神偷天下

鄭丰作品集

目錄

第三部■悲歡無情

·第三部·悲歡無情

第五十四章　太監汪直

在見過仝寅之後，楚瀚便清楚知道自己必得回去京城，就近保護小皇子。但他記著自己對懷恩的承諾，仍未想妥應當如何入京，才不會自毀諾言、觸怒懷恩。他在京城外的小鎮上待了幾日，此地離京城不遠，他想探聽一些京城中的消息，再作打算。

這日他帶著小影子走在街上，忽見一個童子迎面走來，向他行禮，遞上一封信，說道：「楚師傅，主人派我送信來，邀您相見。」

楚瀚甚是驚奇，低頭望向那童子，見他十來歲年紀，面孔白淨，卻是從未見過，怎會認出自己？他慣見宦官的神態舉止，看出這童子是個小宦官，不知爲何卻穿著常人的衣服？他打開了信，但見裡面寫著一段字：

「楚公公鈞鑒：睽別多年，急盼相見，有要事相商。善貞字」

楚瀚一驚，他知道「善貞」是紀娘娘的名字，連忙問道：「人在哪兒？快帶我去！」那小宦官道：「請跟我來。」

楚瀚隨那小宦官走去，心頭十分興奮，盼能即刻見到紀娘娘，但隨即想起：「娘娘怎可能離開皇宮，來到這京城之外的小鎮之上？那麼這小宦官究竟要帶我去見誰？是了，想必是娘娘派出來傳話給我的使者。」

他跟在小宦官身後，走入一條小巷，進入一扇偏門，裡面是一座隱密的宅子。二人穿過天井，來到影壁之後的一間廳堂上。但見堂上安然坐著一人，身著宦官服色，手中拿著一只茶碗，正自悠閒地啜著茶。他聽見二人進來，眼也不抬，只淡淡地道：「你來啦。」揮揮手，那小宦官便退了出去，關上了門。

楚瀚望向堂上這宦官，但見他約莫三四十歲年紀，身形高瘦，面目清癯，濃眉大眼，皮膚略黑，光滑細嫩；手指纖長，指甲整齊，衣衫纖塵不染，顯是個極爲謹慎精細之人。

楚瀚感到這人有些眼熟，但宮中宦官逾萬，他曾照過面的總有數千個，卻始終想不起他是誰。他走上前去，向那宦官行禮，問道：「請問公公高姓大名？找我來此，是否有話要傳給我？」

那宦官微微一笑，放下茶碗，抬起頭來，但見他雙眼精光閃動，面容隱含著一股難言的戾氣和野心。他說道：「楚瀚，你不認得我，我卻認得你。咱家姓汪名直，我們在宮中會過幾次。」

楚瀚微微一凜，他當然聽過汪直這名字，知道他曾在萬貴妃的昭德宮中擔任給事，後遷御馬監太監，頗受萬貴妃的信任，跟梁芳的交情也不淺。但他長年被萬貴妃派去外地物色名駒，很少待在宮中，因此楚瀚對他的印象不深。這樣一個萬貴妃的親信宦官，怎會持著紀娘娘的信來尋找自己？他忍不住問道：「原來是汪公公。這封信……」

汪直微微一笑，說道：「那是假造的，專為騙你乖乖來見咱家。」

楚瀚臉色一變，但見汪直仍舊微笑著，說道：「你別擔心，紀女官的事情，宮中知道的人並不多。除了懷恩和他的親信之外，就只有我了。只要我不去跟萬貴妃或她手下那姓百里的爪牙說，就暫時不會有事。」

楚瀚心中一凜：「他這是在威脅我了。這人怎會知道小皇子的事？就算懷恩和手下口風不緊，但小皇子的祕密也不可能傳到汪直這樣的人耳裡！」心中對眼前這人充滿了不信任，冷冷地道：「現在我來了，你有什麼話說？」

汪直笑容收斂，面色轉為冷酷，說道：「楚瀚，咱們先說說往事吧。你的事情，咱家知道得可多了。你原是個流落京城的小乞丐，後來被三家村的胡星夜收養，學了一身胡家飛技。胡星夜死後，你跟錦衣衛作對，受了重傷，被揚鍾山救活了，並治好了腿傷。之後你為了保護揚鍾山，自願跟隨梁芳入京，被下入廠獄，打得半死不活。在牢中待了一年多，升格爲獄卒，混得還算不錯。成化五年，你被梁芳送入淨身房，入宮服役。表面上你在御用監任職，但暗中幹的，卻是專替梁芳刺探皇帝和娘娘們的祕聞，偶爾也出京去替他羅織罪名，陷害忠良，盜取珍奇寶物。成化六年，你在宮中撞見了紀女官和初生的皇子，從此出手保護，日夜守衛。後來錦衣衛百里段追查太緊，你不得不向大太監懷恩輸誠求助。懷恩答應出手保護小皇子，條件是你得立即滾出京城，你才逼不得已，狼狽離開。怎麼，楚公公，咱家說的可都對麼？」

楚瀚聽到最後，只覺得全身冰涼。他在宮中的經歷雖有不少人知道，但能從他作乞丐說起，以至發現小皇子和離京前後的，卻絕對沒有。他立時想到：「我定是被梁芳和懷恩出賣了，才讓這人得知我的一切來龍去脈。」轉念又想：「但是懷恩爲人正直，行事謹慎，又怎會輕易對人說出小皇子之事？梁芳知道我出身三家村和我在宮中替他幹些什麼勾當，但並不知道我曾在京城作乞丐，也不知道小皇子和懷恩把我趕出京城等情；小凳子和小麥子知道我入宮後在梁芳手下辦事，也知道小皇子的祕密，但不會知道我的出身和我暗中替梁芳辦事的細節。張敏和他手下的宮女，甚至吳娘娘和她的宮女，對我的事情知道得更少。這汪直怎會對我的往事瞭若指掌？」

他離京已久，宮中有何變化，自然無法掌握，此時只能盡量鎭定，說道：「你想如何，就直說吧！」

汪直臉上滿是得色，更帶著幾分鄙視和不屑。他笑了起來，聲音尖銳刺耳，說道：「你再聽下去，便會明白咱家所爲何來了。你當年在京城外被錦衣衛圍攻，滾下堤岸，醒來後卻出現在揚鍾山家中。你可知是誰將你送去揚家的？」

這件事情楚瀚從未想出個頭緒，他在大越時，曾向百里緞問及此事，但她也並不知道內情。難道當年出手救了自己性命的，竟是眼前這個素未謀面的太監？這人又爲何如此沉得住氣，多年來從未現身，從未說破？這究竟是爲了什麼？

汪直見他臉色變幻，露出微笑，舉起茶杯又喝了一口，似乎非常享受眼下這一刻，緩緩說了下去：「那時你年幼無知，不自量力，竟然出手去救那個姓上官的小娘皮。咱家當時便坐在那城門旁的茶館之中，將你放走她的經過都看在眼裡。後來咱家跟上那群錦衣衛，見到你被他們打得半死不活。等他們走後，咱家便爬下河岸，將你送去了揚鍾山家。」

楚瀚隱約記得，當時茶館中確實坐了一個年輕宦官和一個小宦官，但他仍舊不敢相信出手救了自己的就是這人，說道：「我怎知道你所言爲眞？」

汪直撇嘴笑著，又道：「咱家救過你，還不只這一回。韋來虎這個人，你可沒忘了吧？」

楚瀚一呆，他在韋來虎的淨身房中所受到的驚嚇，這輩子絕不會忘記。而韋來虎爲何獨對他刀下留情，讓他未曾淨身便入宮服役，他卻始終不知道原因。韋來虎當時只說是有人命他莫給他淨身，因此沒有下刀，但那人究竟是誰，楚瀚卻從未能探明眞相。

汪直凝視著他，微笑道：「很好，很好。你沒忘了。當年給了韋來虎一大筆銀子，要他放過你的，正是咱家！」

楚瀚呆在當地，直瞪著汪直，良久說不出話來。這人跟自己毫無瓜葛，自己在宮中數年之中，他也從未出面相認，卻在暗中幫過自己這兩個大忙，一次救了自己的性命，一次讓自己免去了淨身的一刀之厄！他忍不住問道：「你……爲何要救我？」

汪直並不回答，卻仔細地端詳了他一陣子，才撇嘴說道：「你眼下這等模樣，是不可能再混入宮中的了。可惜啊可惜！」

楚瀚自也清楚，他十六歲離京，在廣西、大越、貴州、江西等地轉了一圈，此時已有十九歲，身形結實，滿面鬚渣，確實再也不能讓人相信他是個宦官了。百里緞在大越時，只瞧他的模樣，便已猜知他當初混入宮時必有弊病。想起百里緞，他不禁想到：「不知百里緞回到皇宮後，是否曾找韋來虎盤問？」忍不住問道：「韋來虎如何了？」

汪直淡淡地道：「你不用擔心，咱家已經解決了。」楚瀚瞪著他，追問道：「什麼叫解決了？」

汪直抬起下巴，手指輕輕敲擊茶杯邊緣，說道：「告訴你也不妨。那個叫百里段的錦衣衛，一回京便將韋來虎捉起，向他逼問關於你的事情。我早他一步，預先割了韋來虎的舌頭，讓那渾帳逼問不出東西來。之後我看韋來虎撐不了多久，便派人去將他作了。」

楚瀚聽他語氣輕鬆平常，割舌殺人對他顯然都是小事一樁，不禁背脊發涼，知道眼前這人是個不擇手段的冷血劊子手，和百里緞的殘忍狠毒大約不相上下。他吸了一口氣，說道：「你仍舊沒回答我，你我素不相識，當初爲何要送我去揚大夫處，又從韋來虎手下救了我？」

汪直饒有興味地望著他，說道：「怎麼，救你就一定得有理由？你見到人家命在旦夕，或是見到小男孩兒要淨身入宮，難道不會想救他一把？」

楚瀚道：「那你爲何獨獨救我，不救他人？」

汪直哈哈一笑，說道：「咱家自有道理。說穿了，原因也簡單得很，因爲你對咱家來說最有用。」

楚瀚聽他語氣輕蔑冷酷，忍不住打從心底對這人生起強烈的憎惡。即使他一生最重恩情，卻知道自己絕不會因爲這人曾施恩相救，而心甘情願替他辦事。

汪直如能看透他的心思一般，臉上的笑容愈發充滿了鄙夷，說道：「咱家當然知道，當年雖救過你，但你不見得會爲咱家所用。咱家還有別的手段，能讓你死心蹋地替咱家賣命。不如現在便直說了吧，咱家知道懷恩將紀女官的那小崽子藏在何處！這母子二人的性命，都操在咱家的手掌之中。你若不想見他們被打入廠獄，受盡酷刑折磨而死，便得乖乖聽話。」

楚瀚忍著怒氣，說道：「我又怎知你所說爲眞？」

汪直瞇起眼睛，眼中寒光閃爍，語音冰冷，慢慢地道：「咱家也不必如何，只要去跟萬貴妃報個信，或是向她手下那叫百里段的錦衣衛通報一聲那小崽子的藏身處，那女人和小崽子立即就沒命。你以爲懷恩保得住他們？我告訴你吧，咱家的地位此刻雖然比不上懷恩那老頭子，可是總有一日會跟他平起平坐，不分軒輊。咱家和你以前的主子梁芳交好，二人聯手，隨時可以扳倒懷恩。懷恩一倒，你那忠貞善良、悲情苦命的紀娘娘，轉眼就要打入廠獄，飽嘗炮烙之刑。小崽子今年才五歲吧？五歲的小娃兒下了廠獄，要活過一兩日，只怕也不容易。」

楚瀚怒喝道：「不要再說了！」

汪直臉上笑容不減，凝望著他，滿面揶揄之色，說道：「當年你在三家村，柳家的少爺曾仔細觀察過你，早將你的性子摸得一清二楚，都報告給咱家知道了。嘖嘖，果然不錯，你就是這副德性，要將你在玩弄在股掌之中，一點兒也不難！」

楚瀚陡然欺上前去，展開虎俠傳授的點穴功夫，右手扣上了汪直咽喉要穴。他身法奇快，汪直尚未反應過來，已被他制住，楚瀚手上只要一發勁，汪直便會當場斃命。汪直臉上卻毫無懼色，甚至毫不驚訝，神色自若地笑道：「怎麼，你要破你三家村的殺戒，殺死曾救過你兩次性命的恩人？」

楚瀚心中憤怒已極，眞想就此殺死了他。但聽他提起三家村殺戒和自己欠他的恩情，就在這一猶豫間，汪直左手陡出，點上了他脅下穴道，接著一拳打上楚瀚的臉頰。汪直出手飛快，招數詭異莫測，顯然精擅擒拿短打功夫。楚瀚武功原本有限，應變不及，穴道被點後，頓時半身痠麻，被汪直一拳打得往後跌出，摔倒在地。

汪直站起身，走上前狠狠地踢了他一腳，鐵青著臉，厲聲喝道：「不知好歹的小子！是什麼斤兩的玩意兒，竟敢對咱家動手！我要叫你知道厲害！」說著又是一腳踢上他的小腹，這回踢得更重，楚瀚抱著肚腹，忍不住呻吟出聲。

汪直冷冷地道：「你聽好了。汪直是什麼人，豈會跟你這小毛賊虛耗時光？我說到作到。你不聽我的任何一道命令，我立即便讓那小雜種死得慘不堪言，讓那姓紀的賤人在旁眼睜睜地看著自己的寶貝兒子飽受折磨而死！你信不信？」

楚瀚在地上縮成一團，只覺小腹疼痛已極，更說不出話來。他聽汪直語氣中對紀娘娘和小皇子似乎懷有甚深的憤恨，暗覺奇怪，但此時也無法多想，又知道眼前這人確實可能說到作到，當下咬牙道：「我信。」

汪直冷笑一聲，說道：「你信便好。你殺不死我，也不能殺我。此後我便是你的主人，說的話，就是你的聖旨。我要你作什麼，你若敢回嘴半句，或有半點不遵，後果便會直接落在那賤人和那小雜種身上。你聽見了麼？」楚瀚低下頭，說道：「聽見了。」

汪直道：「好！你這便跟我回京去吧。」

楚瀚爬起身，抹去嘴邊血跡，說道：「但是我答應過懷公公，永遠不回京城。」汪直嗤笑道：「懷恩要你永遠別回京城，虧你這小子蠢如豬豕，就這麼答應了。你怕他作甚？」

楚瀚搖頭道：「我不是怕他，這是他答應我照顧保護小皇子的條件。汪公公，我離開京城的這幾年中，直至今日，小皇子並未被人發現，是麼？」

汪直側眼望向他，說道：「是又如何？」楚瀚點頭道：「懷公公作到了他所承諾的事，我又怎能毀約？」

汪直嘿了一聲，只覺這小子蠢得不可理喻，但見楚瀚神色認眞，似乎心中確實記掛著守約之事，只好耐著性子道：「你這蠢蛋！聽好了，你如不跟我回去，我立即便去揭發小皇子的事，懷公公保不住他，豈不是毀了約？與其讓他毀約，不如你先毀約。何況你悄悄回去京城，他又怎會知道？」

楚瀚搖頭道：「不，我若毀約在先，那便是我的錯。我入京之後，他便沒有義務再保護小皇子了。小皇子若出事，全是肇因於我。」

汪直望著他，忽然若有所悟，冷笑道：「我明白了，你不過是要我給你個保證，是麼？」楚瀚順著他的話道：「公公說得不錯。我留在京城之外，懷公公承諾保護小皇子；我跟著汪公公進京，那麼汪公公需承諾保護小皇子。」

汪直踱了幾步，停下步來，深深地望了楚瀚一眼。他倒是沒有料到，這小伙子看來傻頭傻腦，其實一點也不笨；即使在被自己痛擊，深受挫折威脅之際，仍能保持頭腦清醒，用言語逼自己作出不出賣小皇子的承諾。汪直望著楚瀚黑黝黝的臉龐，濃眉下漆黑的大眼睛，重重地呸了一聲，說道：「你不必用話擠兌我。我高興作什麼便作什麼，汪直這一輩子從不向人許諾。你若不聽話，後果我已經說得很清楚了。你要跟我討價還價，只怕你還沒這個本錢！要你入京便入京，你只管乖乖聽話便是，我不會應承你任何事情，聽明白了麼？」

楚瀚低下頭，說道：「是。」心中打定主意，此時雖受制於此人，但回到京城後，一旦有辦法確保紀娘娘和小皇子的安全，便再也不會聽命於這頭心地險狠的豺狼。

汪直更不多說，敲敲茶几上的小鐘，方才那小宦官便推門走了進來，手中提著楚瀚留在客店的包袱物事，說道：「公公，馬已經備好了。」楚瀚心中一凜：「汪直謹慎多慮，竟然已派人去取來我的物事，免得我回去客店一趟，耽擱時間，更生變故，甚至連馬都備好了。」

汪直對楚瀚笑了笑，顯然很爲自己的籌劃周詳感到得意，說道：「上路吧！」當先來到馬房，三人騎上馬，往北而去。

楚瀚將小影子抱在懷中，跟著汪直騎馬從左安門進入京城。三人抵達時，已是傍晚時分，汪直領他來到內城磚塔胡同中一間破舊的小院子，那小宦官跳下馬，將他的包袱物事提入屋中放好。楚瀚心想：「看來是要我住在這兒了。」

汪直從懷中掏出一張紙來，交給楚瀚。楚瀚接過了，見上面寫著十多個人名。汪直道：「看得懂字麼？」楚瀚點了點頭。

汪直道：「你離京數年，京城人事已有不少變化。這上面寫著當今南北二京閣臣和各部尙書侍郎的名字，去將每個人的身家情況都給咱家調查清楚了來。家中有多少錢財，幾個子女，幾個寵妾，有哪些過從較密的朋友，有什麼喜好，收過什麼賄賂，有些什麼把柄，一樣也不能少。」

楚瀚望著那張紙上的人名，其中七八成的人他都曾刺探過，只有十來個新進的官員得從頭來起。他抬起頭，問道：「那公公們呢？」

汪直道：「你又不能入宮，如何調查公公們的事？」

楚瀚心想：「他若眞以爲我進不了皇宮，便對我的飛技和本事知道得還遠遠不足。

這是可趁之機，不應說破。」當下說道：「公公說得是。我是指住在宮外的公公們。」

汪直想了想，才道：「也好。你去查查尚銘。這人現任東廠提督，掌管東廠，勢力不小。」

楚瀚離開京城時，尚銘已是大太監，一度擔任東廠提督，卻被梁芳和自己找到他的碴子，硬給拉了下來，不意今日又恢復了東廠提督的職位。楚瀚點頭道：「謹遵公公指令。」汪直道：「咱家三日後再來，聽你報告。你最好認眞些！」便自離去。

楚瀚等他去遠了，才將那張紙扔在桌上，關上了院門，吁出一口長氣。他在皇宮中待了不短的時日，日夜與老少宦官共事廝混，習以爲常，從來不覺得有何不妥；但他與汪直相處半日，便覺得渾身不自在，有如芒刺在背，難受得緊。他感覺這人雖是宦官，卻並無一般宦官的消沉認命，逢迎屈從，低聲下氣；反之，汪直全身上下充滿了旺盛的企圖心和野心，行止時而溫文，時而躁鬱，滿腔仇恨，整個人有如在燃燒一般，楚瀚在他身邊一刻，便感到一刻不自在。

他甩甩頭，從懷中取出小影子放下，讓牠自去捕捉老鼠。小影子很快便竄入了角落，不見影蹤。楚瀚在那間小院中走了一圈，見除了入口的小廳之外，便是一左一右兩間廂房，後進有個小小的廚灶。左廂房中堆了些破爛的家具，右廂房中有張石炕。楚瀚在院中室內仔細瞧了一回，想找出一些關於汪直的線索，但這屋子空空蕩蕩，似乎是汪直臨時決定使用的，並非常來之地，因此也無甚蛛絲馬跡。

楚瀚在廚下找到半缸米，便生火煮了一鍋稀粥，獨自坐在逐漸暗下的右廂房炕上，慢慢喝著粥。小影子已出去巡視了一圈，回到他腿上睡下。楚瀚伸手摸著小影子柔滑的皮毛，心中感到一陣難言的孤單淒涼。他又怎料想得到，自己有一日會回到京城，落腳於這破爛隱蔽的小院，聽命於一個比梁芳還要險惡的太監？

他眼見房中昏暗，心想趕明兒該去買盞油燈，打罐燈油，夜晚才不會這麼黑暗冷清，但轉念又想：「我多半不會在此長住，不必多花這功夫。」繼而又想：「我如今不能再假扮宦官，自也不可能回去皇宮居住。這小院子雖破舊，但總能遮風擋雨，清淨隱密，也不失是個好住處。」

他當時自然不會知道，這小院就是他往後十餘年的唯一住所。

第五十五章　重操舊業

當天夜裡，楚瀚換上夜行黑衣，潛入皇城探望紀娘娘。他心想娘娘應當仍住在安樂堂的羊房夾道舊居，便逕往安樂堂去。這裡雖仍屬皇城，但不在紫禁城範圍之內，守衛並不森嚴，他輕易便來到了安樂堂外。他先去了當年隱藏小皇子的水井曲道角屋，但見那間堆放黃豆的倉庫棄置已久，夾壁中自也空無一人。站在黑暗中，他想起自己當年倉促離京之前，小皇子剛滿一歲，正學著步，還懂得叫自己「瀚哥哥」了，嘴角不禁泛起微笑，對泓兒的思念愛護一時充滿胸臆。

此時天候仍冷，楚瀚輕輕吐出一口氣，望著面前一團白霧緩緩在黑夜清冷的空氣中散去，忽然想起幾年前在此救出小皇子的情景，以及被蒙面錦衣衛追趕的驚險；隨即想起那蒙面人便是百里緞，那名曾與自己共歷艱辛，互助合作，一路穿越靛海，逃到大越國境的女子。

他想起百里緞，心中頓時百感交集，自己對她熟悉中帶著陌生，親近中帶著隔閡，更有一股無法割捨的依戀。他聽汪直說百里緞曾捉住韋來虎拷打逼問，知道她已回到京城，想來已回歸錦衣衛的行列，幹起了她的本行。楚瀚知道自己曾一度離她非常之近，如今卻又離她極爲遙遠。他既想見到她，又害怕見到再次成爲錦衣衛的她，一時心中不知是何滋味。

楚瀚搖了搖頭，盡量甩去這些念頭，舉步走入彎曲幽隱的羊房夾道，來到紀娘娘的住屋之外。此時已過三更，但屋中仍有燈火。他在窗外等候了半晌，屋中悄然無聲。他探頭從窗縫中望去，見到娘娘正坐在桌邊，就著燈火用一根骨針納一隻孩童的鞋底。楚瀚在大籐峽時，曾見過瑤族婦女用骨針納鞋，與眼前娘娘的針法一模一樣。他忽然想起自己早先的懷疑：「娘娘和我都出身瑤族，她是否原本就認識我，卻始終沒有相認？莫非她不願意讓我知道自己的身世？這又是爲了什麼？」

他輕輕敲了敲門，紀娘娘在門內低聲問道：「是誰？」語音帶著幾分焦慮恐懼。

楚瀚低聲道：「娘娘，是我，楚瀚。」但聽一陣急促的腳步聲，門啪的一聲開了，紀善貞站在門口，手中仍捏著針線鞋底，顯然是匆匆趕過來開的門。她滿面驚訝，凝望著楚瀚，口唇顫抖，老半天說不出話來，過了良久，才道：「是你……你回來了，你回來了！快進來。」

楚瀚跨入門中，紀善貞連忙關上門，抬頭望向這名已比自己高了半個頭的青年，臉上滿是疼惜愛憐，她伸出手，似乎想去撫摸楚瀚的身子頭臉，但又縮回手來，只擠笑道：「楚公公，你長高啦，皮膚黑了，身子也壯了許多。但你臉上是怎麼回事？」

楚瀚摸摸臉上被汪直一拳打上之處，說道：「沒什麼，前日不小心跌了一跤。」但聽她語氣中滿是關懷，心頭一暖，暗想：「娘娘如此疼惜我，我這麼長時間沒來看她，她想必十分掛念。」正要開口問她近來如何，紀善貞已回身喚道：「泓兒，快出來！楚瀚哥哥回來了！」

楚瀚一呆，心想：「泓兒怎會藏在這兒，豈不是太容易被人找出了麼？」念頭還沒轉完，泓兒小小的身形已從牆上一個暗門中鑽出，跑到母親身旁，抬起頭，睜著一雙清亮的眼睛向楚瀚望去，開口道：「你就是楚瀚哥哥？娘時時跟我說你的事呢。」

楚瀚聽泓兒口齒清晰，微微一呆，隨即想起泓兒已有五歲，自然已經識得言語。他一時無法接受泓兒已從嬰兒長成孩童，蹲下身望去，但見泓兒生得極為白淨可愛，一頭長髮綁在腦後，一雙大眼睛精靈活潑，楚瀚心中激動，喉頭一時哽著，說不出話來，過了一陣，才道：「泓兒，泓兒，你長大啦！來，讓我好好看看你！」

泓兒一笑，走上前來，楚瀚伸臂將泓兒擁入懷中，又驚歎又愛惜地撫摸他的頭臉手腳，心中升起一股強烈的歡喜，多年來對泓兒的思念一時全湧上了心頭，只想全心全意地疼愛這個自己曾經懷抱呵護過的稚嫩嬰孩。

紀善貞在旁望著，眼眶也自濕了，上前來拍拍楚瀚的臂膀問道：「你都好麼？」

楚瀚道：「多謝娘娘垂問。我心中一直記掛著你們，見到你們平安無事，我才放心了。」又問道：「娘娘，泓兒住在這兒，不會被人發現麼？」

紀善貞搖搖頭，說道：「多虧懷公公關照。他將泓兒接去宮內住了兩年，等風頭過去了，才讓他回到我身邊住下。他讓小凳子他們在我住處後面添了一間小小的密室，有人來時，便讓泓兒躲在裡面。他老人家親自來看過我們好幾回，告訴我們不必擔憂，一切有他擔待。他也不時讓小凳子、小麥子、秋華、許蓉幾個過來，送飲食用品給我們。」楚瀚聽了，心想：「懷公公果然言而有信，對娘娘和泓兒好生保護照顧。」

紀善貞讓他坐下，楚瀚在桌邊坐了，將泓兒抱在膝頭，泓兒吱吱喳喳地不斷向他詢問：「哥哥，你怎地去了這麼久都不回來？你去了哪裡？好不好玩？你下次帶泓兒出去玩好麼？你不要再離開了，好不好？你常常來陪泓兒玩，好麼？」

楚瀚想起自己過去數年在京城外的經歷，眞不知該從何說起，只能哄著他道：「我去了很多地方，好玩極了。下次帶泓兒一塊兒去。好的，哥哥不再離開了，哥哥總是來這裡陪泓兒玩。」

紀善貞泡了一壺茶，端回桌邊，倒了一杯遞給楚瀚，自己也在桌邊坐下了，微笑著望向楚瀚和泓兒。過了好一會兒，她才對泓兒道：「乖乖，別纏著瀚哥哥不放了，快去床上睡下吧，娘要跟瀚哥哥說說話。」泓兒極爲乖巧，聞言立時跳下楚瀚的膝頭，跳到床上，乖乖躺下，自己蓋上了被子。

紀善貞啜了一口茶，凝視著楚瀚，神色關切中帶著憂慮，問道：「你當初爲何離開，是因爲應承了懷公公麼？」

楚瀚道：「正是。我生怕錦衣衛追查到泓兒，才去請求懷公公出手相助。他答應保守祕密，保護您和泓兒二人，條件是我得離開京城。」

紀善貞問道：「如今你卻又爲何回來？」

楚瀚心想不必讓她知道汪直的事情，徒然令她擔心，說道：「因爲我掛念你們得緊，一定要回來看看，才放得下心。」

紀善貞還想再問，楚瀚卻作手勢讓她噤聲，因他聽見遠處傳來腳步聲響，應是一人從小路一端走來。楚瀚指指外邊，示意外面有人，隨即過去床上抱起泓兒，躲入密室，關上了暗門。

卻聽腳步聲停在居處門口，一人伸手敲了敲門。紀善貞上前開門，楚瀚從密門縫隙往外看，但見一人跨入屋中，身形高瘦，濃眉大眼，眉目間掩不住的一股偏執戾氣，竟然便是大太監汪直！

楚瀚大驚失色，生怕汪直就此出手加害娘娘，蓄勢準備闖入屋中，但見娘娘的神色並不驚慌害怕，只顯得有些憂愁沉重。她走上前，伸手替汪直脫下大衣，取下氈帽，掛在門邊，問道：「冷麼？我去添些炭火。」

楚瀚看在眼中，不由得一怔。他白日見到汪直時，聽他的言語神情，似對娘娘滿懷憤恨，他原以爲娘娘也會對汪直充滿戒心，沒想到兩人看來竟似相識已久，甚且十分熟稔。

紀善貞過去添了火，煮了茶，端來給汪直，在桌邊坐下了。

汪直似乎在沉思什麼，漫不經心地喝了口茶，並不言語。屋中靜了一陣，紀善貞才開口問道：「這一趟出門，事情可辦成了麼？」

汪直橫了她一眼，傲然說道：「妳這蠢婦人，只知道問這等笨問題！我出去辦事，哪有辦不成的？哼！萬歲爺對我寵信日增，情勢大好，我轉眼便能大權在握，妳等著吧，我很快便再也不必聽命於任何人了！」

紀善貞微微皺眉，緊閉著嘴，似乎無法苟同，卻不敢駁斥他這幾句雄心萬丈的言語，以免傷了他的心，或是惹惱了他。

汪直見她不吭聲，忽然勃然大怒，抓起茶杯往地上一摜，粗瓷杯子在磚地上匡噹一聲摔得粉碎。他大聲道：「妳這無知婦人，只知道關心那些孺子瑣事！我汪直是男子漢大丈夫，志在千里，妳對這些大事卻毫不關心，從不明白！總有一日，我要率領千軍萬馬，立下千秋戰功。妳等著瞧吧！」

紀善貞似乎見慣了這喜怒無常的舉止，並不吃驚害怕，只低眼望著地上破碎的瓷杯，靜默不語。過了好一陣子，她忽然低聲問了一句話，楚瀚微微一怔，才聽出那是瑤語，她說的是：「你找到他了？」

楚瀚心中大覺奇怪：「她爲何說瑤語？她問汪直找到了誰？」

汪直別過頭去，沒有回答。紀善貞仍用瑤語，幽幽地道：「我時時掛念著他，我卻不懂你爲何從不曾掛念過他？」

汪直哼了一聲，用瑤語罵道：「愚蠢！」楚瀚聽他竟也會說瑤語，這才恍然大悟：「汪直也是瑤人！是了，他們定是在大籐峽一役一起被捉回來的俘虜，一個淨身作了宦官，一個入宮作了宮女。」又想：「原來並非懷公公或其他人透露了小皇子的祕密，汪直是直接從娘娘這兒得知的。他既然認識娘娘並且同是瑤人，卻爲何如此痛恨她，又以她和泓兒的性命威脅我？」

但聽汪直冷冰冰地說了好幾句話，語氣凶狠。楚瀚所知的瑤語十分有限，只約略聽出他說了「工具」、「利用」、「不聽話」、「除去」等等字眼，卻並不能完全聽明白。

紀善貞臉色蒼白，沒有再言語。

汪直見她不出聲，又是怒從心起，豁然站起身，說道：「我走了！」紀善貞連忙去替他取過大衣氈帽，汪直一把搶過了，頭也不回地走出門去。

待汪直走遠了，楚瀚抱著熟睡未醒的泓兒從暗門出來，但見紀娘娘面色又是疲倦，又是痛苦，又是擔憂。楚瀚將泓兒放在床上，替他蓋好被子，回過身來，說道：「娘娘，您很久以前就認識汪直了，是麼？」

紀善貞一驚回頭，說道：「你……你知道他？」

楚瀚道：「不瞞娘娘，我回到京城，就是因為汪直。他在城外找到了我，說他知道您將泓兒藏在何處，威脅我若不替他辦事，便要去告發這件事。」

紀善貞聽了，驚怒交集，說道：「他……他竟以此威脅你！」

楚瀚望著她，說道：「我剛才聽您跟他以瑤語交談，你們都是瑤族人，是麼？」

紀善貞點點頭，說道：「不錯，我們都是瑤人。我和汪直……是當年一起被明軍抓來京城的俘虜。」

楚瀚心中極想詢問下去，問她是否知道自己也是瑤人，當年是否跟她和汪直一起來到京城，但見她神色憂憤焦慮，臉色白得可怕，不忍心再多問，只道：「娘娘請早些休息吧。」

他起身走到門口，又回過頭，說道：「娘娘不必擔心，我會對付汪直這惡賊，絕不會讓他傷害您或是泓兒！」

紀善貞聽了，怔在那兒，似乎欲言又止，但楚瀚已快步出門去了。

楚瀚親眼見到汪直喜怒無常的舉止，生怕他眞會去告發泓兒，心中打定主意：「這人似乎頗受皇帝信任，我得小心對付。看來我得暫且替他辦事，待摸清他的底細後，再出手對付他不遲。只要娘娘和泓兒平安，汪直這賊子可以慢慢解決。」

他回到磚塔胡同，見到桌上留了一個紙包。他打開了，但見裡面放了一百兩銀子，銀子上放了一張條子，草草數行，說次日要來聽取報告，署名「直」。楚瀚對這人滿懷惡感：「他算準了我會乖乖替他辦事，哼！」

他強忍著心頭怒火，將紙條扔進火爐燒了，收好銀子，在炕上睡了。第二天清晨，他取了三十兩帶在身上，打起精神，出城探訪。

昔年他替梁芳辦事時，曾在城中布下許多眼線，這時他找到了兩個最可信任的舊人，一個是仍在東廠擔任獄卒的老同事何美，他資歷極深，消息靈通，跟楚瀚又是過命的交情，見到楚瀚回來，自是欣喜非常，兩人坐下敘舊了好一陣子。楚瀚給了他十兩銀子，請他繼續幫忙提供消息，何美沒口子地答應了。

楚瀚又去街頭找一個叫小癩的小乞丐，自己當年曾在冬天供他吃穿，讓他沒餓死街頭，因此這孩子對他衷心感恩，加上性子十分伶俐，曾替他探得不少街頭巷尾的謠言傳聞。這時小癩年紀大了，在大運河作縴夫苦力，扛運來往貨物。楚瀚找到了他，也給了他十兩銀子，他喜出望外，說自己的老母親正好病了需要錢治病，向楚瀚再三拜謝。楚瀚又多給了他十兩，讓他去找往年擔任過眼線的幾個乞丐、小販、更夫，告知老主顧回來了，讓他們隨時待命，小癩立即拍胸脯答應了。

至於楚瀚原本是宮裡位高權重的公公，爲何不再當公公，成爲宮外之人，何美和小癩自都又是驚奇，又是疑惑，卻都不敢開口詢問。

楚瀚關心宮中諸事，知道自己必得入宮探查。當天夜裡，他潛入御用監的大院，來到舊時的住處。他見到裡面已住了別人，觀察一陣，才認出是小凳子鄧原。他等小凳子熄燈就寢，幾個小宦官都離開之後，才來到門口，輕輕在門邊敲了幾下，兩長三短。

鄧原認出這是往年楚瀚喚他的暗號，匆匆跳下床，過來開門，但見門外果然便是楚瀚，驚喜交集，脫口叫道：「楚公公！」

楚瀚趕忙舉手讓他噤聲。鄧原按住了自己的嘴，左右瞧瞧，壓低聲音道：「快進來說話。」

楚瀚跨入房中，鄧原連忙閂上了門，關上了窗子，回過身來，望向楚瀚，眼光停留在他的臉龐之上，掩不住滿面的驚疑之色。

楚瀚只道他在看自己臉上的瘀傷，解釋道：「跟人打架傷的。」鄧原卻搖搖頭，說道：「不，不是。你……你長了鬍子？」

楚瀚伸手摸摸下巴的鬍渣，這才恍然：宦官是不會長鬍子的。他這時已有十九歲，一兩日忘了剃鬚，鬍鬚便長出了幾分。他不知該如何解釋，鄧原也不知該如何探問下去，便轉開話題，問道：「楚公公，你怎麼回來了？」

楚瀚道：「一言難盡。你都好麼？」

鄧原咧嘴一笑，連連點頭，說道：「我好，我都好。楚公公，請快坐！」

楚瀚見他一張圓臉仍帶著以往的憨厚，但面容神態已成熟了許多，體態豐潤，神情舒朗，這幾年顯然過得挺不錯。

鄧原這時已轉過身去，手忙腳亂地從櫃中取出幾樣甜點，點起小火爐煮水泡茶；茶點準備好了，又連聲請楚瀚飲用，說道：「楚公公，你這幾年都去那兒了？小凳子好想念你哪！」

楚瀚聽他言語中眞情流露，也不禁感動，說道：「我也時時記掛著你。你這幾年過得還不錯吧？」

鄧原正要說話，忽然想起什麼，說道：「我讓人叫小麥子來。」開門對守候在外房的小宦官道：「快請麥公公過來，說我有急事找他！」那小宦官趕緊去了。

不多時麥秀便趕來了，一見到楚瀚，他也是驚喜非常。他原本身形高瘦，此時長得更加高了，比楚瀚還高出了一個頭。他也忍不住盯著楚瀚臉上的鬍鬚瞧，半晌說不出話來，也不知該如何開口詢問。

三人坐下傾談。原來這時鄧原已取代了楚瀚的職務，成爲御用監右監丞；麥秀的職位更高，擔任司禮監內書堂掌司。楚瀚去後，兩人都受到懷恩的重用和提拔，官運順遂。

兩人告訴楚瀚，那年出事之後，懷公公接了小皇子入宮，親自保護照顧，沒讓任何人發現。等事情平靜些後，懷公公才將小皇子送回紀娘娘的身邊，跟紀娘娘同處一屋，外人來時便藏到紀娘娘居室後的密室之中。平時由紀娘娘照顧小皇子，遇上危險時，則由張敏、鄧原、麥秀、秋華、許蓉五人輪流將小皇子帶到不同的地方躲藏。

麥秀道：「昭德不時派人去安樂堂探查，但懷公公的消息很靈，總能提早讓我們將小皇子帶走躲避。」鄧原道：「昭德怕萬歲爺得到風聲，從不敢大張旗鼓地去搜。小皇子又乖，一聽說危險來了，立刻安安靜靜地跟著我們走，從來不哭不鬧。」

說起泓兒，鄧原和麥秀的眼睛都亮了起來，不絕口地稱讚他有多麼聰明靈巧，懂事可愛。楚瀚微微一笑，說道：「我前夜已經去見過娘娘啦。小皇子乖巧伶俐，果眞討人喜愛得緊！」三人回憶起小皇子還是嬰兒的那時節，心中都不由得充滿了溫馨。

楚瀚問道：「宮中知道小皇子事情的，共有些什麼人？」鄧原道：「懷公公瞞得很緊，連身邊的親信都沒有告知。如今知道事情的，只有懷公公、張敏、我們倆和秋華、許蓉，加上吳后娘娘和她的宮女沈燈蓮，一共八人。」

楚瀚歎了口氣，緩緩說道：「萬貴妃身邊的太監汪直，也知道了小皇子的事情。」這句話如同天外驚雷，鄧原和麥秀一聽，霎時都白了臉。楚瀚道：「我就是爲此才回來京城的。汪直找到了我，以告發娘娘和小皇子爲要脅，逼我回京替他辦事。」

麥秀和鄧原面面相覷，鄧原驚得站起身，在屋中繞了一圈，說道：「汪直這幾年頗受昭德寵眷，萬歲爺也很信任他。他怎會知道這件事？」

楚瀚道：「我不曉得，總之他是知道了。」

麥秀較爲沉著，說道：「汪直若眞去向昭德揭發此事，昭德定會放手大搜。皇宮雖大，她要橫了心封閉宮門徹查，勢必無處可躲。」

楚瀚道：「不錯。因此我得暫且聽他的話，替他辦事。在我們能除去他之前，大家得警醒些，小心在意。」鄧原和麥秀都點頭稱是。

楚瀚又道：「汪直的事，我得去向懷公公面稟。我曾答應懷公公再也不踏入京城，如今破誓，必得去向他磕頭謝罪。可否請你二人先去替我跟懷公公通報一聲，我想在明日晚間戌時過後去拜見他。」鄧原和麥秀一齊答應了。

楚瀚想起一事，問道：「有個叫作百里段的錦衣衛，當年我離京時，他跟在我身後緊追不捨。他可回來了麼？」

鄧原點頭道：「聽說他兩年前回到了京城，回去錦衣衛幹了幾個月，之後便又不知所蹤了。」楚瀚點點頭，心想：「我得早早盯上百里緞，觀察她回京這兩年中都作了些什麼，現在又打算作什麼。」

三人又聊了一些宮中人物的近況，楚瀚見夜色已深，便起身準備離去。鄧原老實心眼，再也忍耐不住，問道：「楚公公，你……你怎能長出鬍子？」

楚瀚不忍向二人說出自己當年並未淨身的事實，怕傷了他們的心，更不能謊稱自己從宦官變回常人，讓他們生起無謂的希望。他此時年歲已長，對於宦官的損失和悲哀體會更深，不知該如何啓齒，吸了一口氣，才道：「當年我有個親戚，出了重金，讓淨身房的執刀對我手下留情。因此我未曾淨身。」

鄧原和麥秀兩個都睜大了眼，滿臉不可置信，望著楚瀚的眼神中帶著艷羨、崇拜，也有著難掩的嫉妒，世上怎能有人如此好運？楚瀚不禁感到十分內疚，心中只覺非常對不起二人，但也不知道能說什麼。

麥秀腦子較靈，忽道：「韋來虎！是了，我聽人說他前一陣子突然失蹤，似乎是被錦衣衛捉了去。爲的……爲的是否就是這件事？」

楚瀚道：「很可能是吧。」心中卻明白韋來虎已被百里緞和汪直二人整死了。他不想多談此事，便與二人約定次日傍晚再來聽取消息。他向二人告別，出屋而去，展開飛技，消失在牆角後。

楚瀚行事謹慎，並不就此離去，卻回過頭來，潛伏在屋外觀察鄧原和麥秀的舉動。他二人若是對己不忠，去向萬貴妃或梁芳報告自己回來之事，他立即便能知道，加以防範。但見二人關上房門，坐下悄聲商議，鄧原似乎仍未從驚詫中回過神來，說道：「楚公公竟然……竟然不是宦官！」

麥秀搖搖頭，說道：「楚公公當年待我們寬容厚道，本是有福之人。」

鄧原點頭道：「楚公公所提的事情，我們得趕緊向懷公公稟報。懷公公原本就厭惡汪直野心勃勃，行事陰險。他若知道楚公公回來是受到汪直的要脅，一定極爲氣憤。」

麥秀沉吟道：「這話我們得說得非常小心。懷公公當年請楚公公離開，就是因爲楚公公爲梁芳辦事。如今楚公公若被迫得替汪直辦事，懷公公最痛恨汪直這等小人，難保不大發雷霆。」鄧原點頭道：「你說得是。這我倒沒想清楚。是了，我們得這麼跟懷公公說：就說楚公公在京城外聽聞一件跟小皇子安危有關的要緊消息，需回來向他當面稟報，因此違背諾言，懇請懷公公原宥。明日他們見面之後，再說出汪直的陰謀和手段。只要懷公公知道楚公公心中忠義，一切所作所爲都是爲了保護小皇子的安危，那就不怕懷公公心中顧忌了。」

麥秀笑道：「小凳子，你這幾年可長進了不少，人情事故都熟透了，可不是當年的小糊塗蛋了！」

鄧原咧嘴一笑，說道：「在宮中混久了，傻瓜才學不會！我們明兒一早便去辦好了這件事，再跟楚公公通個信息，這樣安排，明日的會面才不致生起誤會。」麥秀點頭同意。兩人計議已定，小麥子便告辭離去。

楚瀚心中甚是感動，暗想：「難得他們對我仍舊如此忠心，不負我當年對他們的一番照顧。」

第五十六章　虛與委蛇

次日傍晚，楚瀚再次潛入宮中。鄧原和麥秀向他報告稟告懷公公的經過，並指點他應當如何應對。楚瀚在他們的陪同下，悄悄來到司禮監密會懷公公。懷恩老早屏退左右，緊閉門窗，獨自坐在上首，麥秀和鄧原侍立兩旁。楚瀚從屋簷飛身而下，在堂下跪倒，向懷恩磕頭請罪。

懷恩此時已年過五十，鬢髮略白，更添威嚴。他擺了擺手，緩緩說道：「不罪，你坐下。他們跟我說了你背諾回京的緣由，我想從你口中親耳聽聽。」

楚瀚便敘述了在城外見到汪直的前後。懷恩神情凝重，聽了楚瀚的敘述，沉吟良久，才道：「汪直這人性情奸險而胸懷大志，我早對他存有戒心。但他怎會知道紀娘娘之事？」

楚瀚道：「依我猜想，可能是因為汪直與紀娘娘早年便已相識。他二人都是十多年前明軍從廣西瑤族捉回來的俘虜。」

懷恩恍然點頭，說道：「原來如此！我竟未想到這一層。汪直不僅受到昭德的信任，連萬歲爺也十分寵信他，眼下炙手可熱，很難除去。」他側頭想了想，說道：「汪直如此威脅你，你卻打算如何？」

楚瀚道：「小的以爲，眼下只有暫且拖延。一方面小的得假裝聽從他的指令，應付敷衍一番；一方面我們得趕緊找尋機會，及早讓小皇子重見天日。」

懷恩眉頭愈皺愈深，沉吟道：「汪直這人自成勢力，很難對付。如今之計，你也只能暫且聽他的話了。唉！我又何嘗不想讓小皇子早日正位？但昭德勢力雄厚，一手遮蔽萬歲爺的眼目，在她口中，黑的說成白的，白的說成黑的，萬歲爺照單全收，完全作不得主。」說著不禁長歎一聲。

楚瀚心中一沉，暗想：「看來萬歲爺還是一派糊塗懦弱的老樣子。不但保不住兒子的性命，連僥倖存活下來的親生兒子都未必敢認。如此被一個女人操控於手掌之上，還說什麼皇帝之尊，天子之威？」他不禁想起大越國的皇帝黎灝；黎灝雖好大喜功，重色寡義，卻是個胸懷大志，有所作爲的皇帝。兩國君主年齡相近，個性之剛強懦弱卻天差地遠。若非楚瀚親眼見到，實難相信那懦弱皇帝所掌領的，竟是地域廣大的「上朝天國」；而那剛強皇帝所統治的，不過是個位處偏僻邊疆的狹小屬國。

他想了想，說道：「昭德的勢力，或許可以想辦法慢慢削弱，讓萬歲爺少一些顧忌。請懷公公告訴小的，昭德眼下在外朝有哪幾個重要的附庸，在宮中又有哪些得力的手下。小的可以想法子找出他們的弱點，最好在暗中出手對付，不教昭德起疑，慢慢翦除了她的羽翼。」

懷恩聽了，雙眉豎起，臉色不豫，但並不立即發言。他顯然對此等陰險招數甚爲不齒，但心底又知道除此之外別無他法。他沉吟不決，鄧原在他身邊低聲道：「懷公公，您曾說過『惡人自有惡人磨』。我們不過是以彼之道，還施彼身罷了。」

麥秀也道：「再說，這是關乎宗廟天下的大事，公公身居正位，秉持公正，何須對小人講求仁義？」

懷恩微微頷首，似乎下定決心，吸了口氣，身子前傾，凝望著楚瀚，說道：「你當眞能辦得到？」楚瀚道：「但請公公指點，小的一定盡心竭力。小的沒有別的長處，只懂得幹這些事兒。」

懷恩點點頭，說道：「小麥子，你清楚宮中朝中之事，你來說說。」

麥秀道：「是。昭德在外朝的附庸，不外乎她的兩個兄弟萬天福和萬天喜，加上閣臣萬安。萬氏兄弟很早便被被封爲大學士，號稱入値內閣，但兩人不學無術，並不參與機務，只顧在外歛財貪污，揮霍享樂。閣臣萬安與萬家並無親戚關係，但他認昭德爲遠親，自稱姪兒，由此攀上這層關係。他與昭德通信甚勤，外朝重大人事任命，萬安必定請示昭德，三品以上的官職任免，都得經過昭德的認可。」楚瀚點了點頭，這內閣「三萬」，他已略有所聞。

麥秀續道：「宮裡仍以梁公公為主。梁公公並不干政，主要是為昭德搜刮珍奇異寶，自己也藉機中飽私囊。」懷恩臉上露出不屑之色，說道：「萬安和梁芳這二隻賊子，正是昭德的兩枚毒牙！」

楚瀚想起自己昔年的上司梁芳，這人雖強逼自己淨身入宮，但一直待己不錯，處處提攜照顧，不時升官加祿，從不吝惜。但要保住小皇子，顯然不能放過了梁芳。

麥秀又道：「近來萬歲爺頗信任梁芳引薦的一個和尚，叫作繼曉，我瞧這人十足是個妖僧。還有個什麼人中神仙，叫作李孜省的，自稱能變化萬千，煉鐵成金，長生不老。」

楚瀚啊了一聲，說道：「我知道此人。我曾在南方見過他。」當下簡略說了遇見李孜省的經過。懷恩道：「這等妖人，迷惑主上有餘，為禍應當不大。」楚瀚道：「仍須防範他們妖言壞事。」懷恩點了點頭。

鄧原插口道：「懷公公，宮中還有一人，不可忽視。」懷恩道：「你說。」鄧原道：「是個剛入宮的選侍，姓李。這女子應是由昭德引薦入宮的，事事俯首聽從昭德的命令。這人似乎耳目眾多，消息靈通，是個甚難對付的爪牙。」麥秀道：「可不是？這李選侍甚得萬歲爺歡心，夜夜召寢，顯然是經過昭德默許的。」

楚瀚點頭道：「萬氏兄弟，萬安，梁芳，繼曉，李孜省，李選侍。我就從這幾個人開始著手。」他望向懷恩，說道：「汪直那邊，我還得暫且聽奉其命。小的所作所為，或有乖僻荒唐、邪惡可恨之處，祈請懷公公大量寬宏，暫且寄下小人的罪惡。」

懷恩歎息道：「你既知道分辨善惡，又何須我多說？你好自為之便是。」楚瀚向他磕頭，正要站起，懷恩忽然又叫住了他，說道：「楚瀚，他們跟我說了，你當年並未淨身。」

懷恩語調平靜，不露喜怒，楚瀚聽了卻不禁冷汗浹背，伏在地上，一時不知該如何回答。

懷恩語音轉為嚴峻，說道：「當年替你淨身的韋來虎已經身死，替你驗身的宦官洪昌，我也已下令革職懲罰。這件事情便既往不咎，你在外邊不要再用楚瀚這名字，也莫提起你曾在宮中服役的事情。」楚瀚磕頭道：「謹遵公公吩咐。」懷恩歎了口氣，輕輕地道：「你好福氣。」靜了靜，又道：「你去吧。以後不要再入宮來了。」

楚瀚離開皇宮，大大鬆了一口氣，知道懷恩並未因自己背信而動怒，並且對他頗為信任，同意他在暗中出手翦除萬貴妃的羽翼。至於汪直，聽來連懷恩都扳不動此人，楚瀚心想自己也只能暫且聽他的話，假意替他辦事，先保住小皇子再說。

第二日，他便照著汪直給的名單，開始替他蒐集情報。他原本擅長刺探隱情，現在重操舊業，自是駕輕就熟，一日之內，便已取得了不少隱密的消息。

次日晚間，汪直獨自來到磚塔胡同，但見屋內黑漆漆地，他推門走入，喚道：「楚瀚！」

楚瀚在暗處應了。汪直這才看清，楚瀚抱著黑貓坐在炕上，神態似乎十分悠閒。汪直輕輕哼了一聲，說道：「快點上了燈！」楚瀚道：「這兒沒燈。」汪直皺眉道：「爲何不去弄一盞來？」楚瀚道：「我白日忙著替汪公公辦事，還沒想到這一層上。」

汪直嘿了一聲，在椅上坐下了，伸出手，劈頭便道：「還不快拿出來？」

楚瀚露出疑惑之色，問道：「公公要我拿出什麼？」汪直臉色一沉，喝道：「以後別叫我公公！人前人後，便叫我『汪爺』。知道了麼？」

楚瀚猜想他忌諱自己宦官的身分，因此不喜人家稱他公公，便答道：「是。不知汪爺要我拿出什麼？」汪直道：「你探到了什麼，難道沒寫下來？」楚瀚指指自己的頭，說道：「都在這裡。」

汪直甚是懷疑，說道：「爲何不寫下來，難道你全都記得？」楚瀚道：「當然記得。」汪直質疑道：「你以往替梁芳辦事，難道也不寫下來？」楚瀚搖頭道：「梁公公目不識丁，自然不會要我將消息寫下來給他看。再說，這些事情最好還是別寫下來，免得落人把柄。」

汪直聽了，半信半疑，說道：「好吧，那你說說看，南京戶部左侍郎王恕，此人背景如何？」

楚瀚答道：「王恕，陝西三原人，正統十三年進士，作過大理左寺副、揚州知府、江西右布政使，在江西平定了贛州賊寇。萬歲爺嗣位後，遷河南左布政使，平定南陽和荊襄流民作亂，又平定了大盜劉通和石龍，因功遷南京刑部右侍郎。之後總督河道，濬湖修閘，作了不少實事，近日剛剛升遷南京戶部左侍郎。」

汪直聽他娓娓說來，官位細節一點不錯，微微點頭，又道：「這人有什麼把柄沒有？」楚瀚道：「此人爲人剛正，不喜受人請託，跟很多同僚都相處不來。至於平日居家如何，我得花些時間去南京探查才知。」

汪直又問道：「那麼兵部右侍郎馬文升呢？」楚瀚道：「馬文升，河南鈞州人，景泰二年進士，文武雙全，作過御史和大理寺少卿。成化四年，固原賊滿四反叛，朝廷召他巡撫陝西，平定了固原盜賊，因功升兵部右侍郎。」

汪直聽他對答如流，甚感滿意，說道：「罷了，你果然記得挺清楚的。我讓你繼續觀察這兩人，另外商輅、邱弘和李森幾人，更要替我調查清楚。我五日後來聽你報告。」說完便站起身，逕自出去了。

楚瀚待他離去，撇嘴一笑，心想：「這人倒不難敷衍。我且穩住他，讓他對我沒有防備之心，再開始對付他。」

之後數日，他時而親自出馬，時而通過手下眼線蒐集消息。五日之後，汪直再來時，他便給了汪直許多有用的消息，讓汪直成功在皇帝面前告倒了邱弘和李森兩個正直敢言的臣子，令汪直十分滿意。

楚瀚在替汪直辦事之餘，自也不曾忘記自己對懷恩的承諾，開始對付萬氏兄弟、萬安和梁芳等人。萬安和梁芳較難動搖，楚瀚便從萬氏兄弟下手。

這夜他潛入萬家宅子，忽然想起第一次見到紅倌，便是在萬家大宅之中；自從他回京以後，便低調行事，除了汪直和兩個城中線人之外，平時誰也不見，更不露面，因此也未曾去找過紅倌。這時他望著萬家的大院子，想起當年院中搭起戲臺，紅倌在臺上施展驚人身手的種種往事，一股難以壓抑的思念湧上心頭，暗想：「我離開了這麼久，應當去看看她如何了。」心下卻又不禁惴惴，生怕自己走後，她受人欺凌，下場不堪，那可全是自己的罪過了，思來想去，最後仍舊沒有敢去找紅倌。

他花了幾日的時間，潛入萬家大宅暗中觀察萬家兄弟，發現了一件較大的弊事。前朝英宗皇帝曾經下敕：「皇親強占軍民田者，罪毋赦，投獻者戍邊」。但是到了成化朝，外戚萬家在外面霸占了不知多少土地，只要萬貴妃去跟皇帝說上兩句，多大的田地財產都賜給了他家。這回萬家又透過萬貴妃去求請武強、武邑兩地六百餘頃的田地，皇帝還未准許，他們便出手強奪了過來，還燒毀了不少民房，打死了幾個反抗的農民。

這件事情自已被萬家壓了下來，沒有人敢稟報皇帝。楚瀚在暗中對汪直道：「天下權柄，畢竟掌握在萬歲爺手中。萬家現在勢力雖大，但終究不能蓋過了皇帝。依我猜測，皇帝雖寵愛昭德，對昭德的兩個兄弟卻早已心有芥蒂，汪爺不如順從皇帝的心意，早早將萬家兄弟除去了，可是大功一件。」

汪直聽了，頗以爲然，便將萬家強奪民田的事情密報給成化皇帝知道。成化皇帝老早看不順眼這兄弟倆既無能又奢侈，便以強奪民田之事斥責二人，勒令他們從內閣退休，革除官位，保留爵位。兩兄弟在萬貴妃的庇護下，雖仍在京中過著優渥富裕的生活，但實權已被剝奪一空。

另一個閣臣萬安，因諂媚萬貴妃得法，楚瀚一時扳他不倒。他仍留在閣臣之列，但始終未能擔任首席內閣大學士，權力受到其他閣臣的制衡。

至於要如何對付梁芳，楚瀚倒是煞費心思。他雖對將自己送去淨身房的梁芳並無好感，但之後梁芳待他倒十分寬厚，又給他升官，又給他財寶，還多次領他去覲見萬貴妃和萬歲爺，並帶他會見京城中的高官顯要。他想自己雖對梁芳並無忠心可言，但也不該以怨報德，反咬一口。幾經思量，他決定親自去見梁芳。

梁芳在城中有御賜的宅第，楚瀚當年離開揚大夫家後，便是跟著梁芳來到此地，受到鞭刑拷打。之後他便甚少來此，向梁芳報告所探諸事時，都是在御用監梁芳的辦公房中。這夜他潛入梁芳宅第，趁梁芳單獨一人時，在外敲了敲門，說道：「梁公公，故人求見。」

梁芳皺眉道：「什麼人？」楚瀚推門而入，向他下拜，說道：「梁公公，是我楚瀚。」

梁芳立即站起身，搶上幾步，睜大了一對三角眼，瞪著他好半晌，一時不知該高興還是該發脾氣，最後罵了句粗話，說道：「真是你！小瀚子，你上哪鬼混去了，幾年都不回來！你可害得咱家好苦！」

楚瀚道：「啓稟梁公公，我當時跟江湖上的人結了怨，仇家上門來找我算帳，要取我小命。我受情勢所逼，不得已之下，才不告而別。請公公恕罪！」

梁芳三角眼一翻，呸道：「你說些什麼胡話！當咱家是傻子麼？什麼江湖恩怨，當年你跑掉後，那些錦衣衛追你追得好緊，那又是爲了什麼？定是你手癢，偷了宮中什麼重要物事，被人發現，錦衣衛才大舉出動追你，是不？」

楚瀚心想：「當時萬貴妃派百里緞和錦衣衛出來追我，原是爲了追查小皇子的下落，這事她們想必瞞得很緊，可能連梁芳都不知道眞正的原因。」當下順著他的話頭道：「其實公公的猜測，可說八九不離十。我們三家村的名聲，公公也是知道的。我當年闖出一些名聲後，便有不少江湖中人找上我，軟逼硬求，要我出手替他們偷取宮中的寶物。我一直不肯，後來被逼不過，只好替他們幹了一回，希望他們別再騷擾我。沒想到被錦衣衛發現了，大舉追捕我，我只好趕緊離京逃去。」

梁芳對楚瀚的言語雖半信半疑，但他十分珍惜這個對己有用之極的人才，便揮手道：「罷了，罷了。你回來了就好。咱家還讓你在御用監辦事，之前的官位住處，全都照舊，你需要錢麼？」

楚瀚面有難色，垂首道：「多謝公公美意，但是我已經不能再入宮辦事啦。」

梁芳一呆，瞇起三角眼，仔細瞧向他的臉，這才注意到他竟連半點宦官的模樣也沒有了，大吃一驚，半天才道：「怎麼……怎麼會這樣？你怎麼辦到的？」

楚瀚對小凳子和小麥子兩個說了實話，對這奸險的梁芳就毫無顧忌，隨口扯謊，說道：「我離京之後，在大江南北走了一圈，在廣西的叢林中遇到一位仙人。那仙人給了我一顆仙丹，吃下之後，我就變成這樣了。」

梁芳聽了，心中豔羨已極，連忙問道：「你還有這藥麼？能不能也幫咱家去求一顆來？」

楚瀚搖頭道：「我當時不知道那仙丹有什麼奇效，也只拿了這一顆。後來再去找那仙人，才發現他已經升天去了。」梁芳不信，問道：「你說說，要多少銀兩，才能買到一顆？」楚瀚道：「眞的沒有了。」梁芳懇求再三，楚瀚才勉爲其難，說道：「我可以去試試，看看仙人有沒有留下弟子，不如我們拿幾樣寶貝去求仙人的弟子，或許有幾分希望。」

梁芳忙道：「那好，那好。你要什麼寶貝，咱家都去找來給你。」

楚瀚暗暗偷笑，天下什麼寶貝他自己取不到，還需要梁芳幫忙？當下隨口胡謅道：「天下最懂得寶物的，非萬娘娘莫屬。梁公公若能取到萬娘娘最心愛的和闐玉雕戲水鴛鴦，加上那面刻有商湯盤銘的饕餮紋古銅鏡，想必可以打動他人。」

梁芳轉著三角眼，他原本不會這麼容易就上當受騙，尤其這等宦官回復男身的謠傳祕方，多年來更是不知聽了多少。但是他當年親自送楚瀚進了淨身房，楚瀚又在自己手下服役多年，他從來不曾懷疑這孩子未曾淨身，現在又親眼見到楚瀚回復男身，怎由得他不信？立即打定主意：「這小子運氣特好，我可千萬不能放過這個機會。不論風險多大，都值得一試。娘娘的寶物可多了，我去求這兩件，娘娘就算不給，我便偷偷取了也不妨。」當下點頭道：「好，咱家便去取這兩樣寶物來給你。你可得眞心替咱家辦事，咱家一定不會虧待你的。」

楚瀚道：「我對公公一片忠心，自然會盡心盡力。不瞞公公說，我這次回京，是受了江湖上的幫派所託，來替他們探查一些事情。我聽聞了一件消息，可能對公公不利，爲感念公公當年的恩德，因此特地趕來向公公稟告。」

梁芳一驚，忙道：「你快說。」

楚瀚壓低了聲音，說道：「我聽聞江湖上有幾個武功高強的俠客，他們得知了公公替萬娘娘搜刮珍寶的行徑，還說公公在外面欺壓良民，賣官歛財，是個大大的奸宦，義憤塡膺，揚言要殺公公以謝天下。」

梁芳聽了，一張滿月臉轉爲煞白，忙道：「咱家行事素來小心，從不敢得罪江湖中人。這是怎生來的橫事？」

楚瀚道：「江湖上關於宮中公公們的傳言，原本不甚正確。加上武林中有不少自命俠義的人物，總想幹出幾件大事，好樹立起自己的俠名。這種人跟他說道理，是說不通的，最好的對付方法，莫過於別給他們任何『鏟奸除惡』的藉口。因此小的勸公公還是暫時避開這個鋒頭爲妙，別跟道上的人作對。」

梁芳深思點頭，說道：「我知道了。小瀚子，謝謝你來告訴我這件事。」楚瀚道：

「但教公公平安，楚瀚就放心啦。往後不能再替公公辦事，我好生遺憾，但公公若能交給我那兩件寶物，我便替公公去廣西跑一趟，算是報答了公公的恩德。」梁芳滿口答應，楚瀚便告辭去了。

梁芳原是個不識字的鄙人，除了諂媚斂財外別無長處。他聽了楚瀚的警告，心中惴惴，此後便稍稍安分了些，跋扈行徑稍見收斂。但他一心想得到仙人的靈藥，當眞下手偷取了萬貴妃最珍愛的兩件寶物——和闐玉雕戲水鴛鴦和饕餮紋古銅鏡，交給了楚瀚。楚瀚心中好笑，如今梁芳有此把柄落在自己手上，自己只要去萬貴妃那裡透露一二，梁芳立即便要失寵，當年他鞭打陷害自己的仇恨，可算是報了一半。

梁芳開始收斂以後，楚瀚便趁機建議汪直在宦官中安插自己的親信，將梁芳的手下一一拔除掉。從此宮中服從汪直的宦官逐漸增多，頗有與梁芳分庭抗禮之勢。而所謂汪直的親信，則大多是楚瀚自己當年的親信；汪直爲人高傲冷漠，熟識的宦官原本就少，而當年楚瀚在宮中廣結善緣，對許多宦官的脾氣人品都瞭若指掌，安排宮內人事自是得心應手，在各衙門的重要職位上一一分派自己能信得過的宦官掌職。

楚瀚回京不到一個月，便穩住了汪直，打發了萬氏兄弟，抑止了萬安，制住了梁芳。懷恩對他的所作所爲十分滿意，遣麥秀出宮來對楚瀚道：「我在萬歲爺面前還有些分量，能暫時不讓繼曉和李孜省這兩個妖人作怪。李選侍是後宮之人，暫且不必去理會。眼下汪直勢力愈來愈強，需得想辦法對付他了。」

楚瀚點頭稱是，心想：「汪直現在倚賴我甚深，我也已經摸清了他的底細。這人野心甚大，心狠手辣，有他在一日，娘娘和小皇子便一日無法脫離危險。最好能儘快徹底拔除了這人，以保萬全。」當下便開始計畫對付汪直。

第五十七章 不堪身世

楚瀚曾替梁芳、懷恩和汪直三個大太監辦事，其中梁芳貪狡，但御下甚寬；懷恩剛直，對屬下不假辭色，不怒自威；汪直則陰狠燥鬱，陰晴不定，絕難相處，也極不易討得他的歡心。他對楚瀚的要求愈來愈多，往往命他一兩日內辦好許多件事，楚瀚若露出難色，或直言無法辦到，汪直便大發脾氣，怒喝叱罵，直罵得他狗血淋頭，甚至對他拳打腳踢。楚瀚甚以爲苦，但他都忍了下來，既不爭辯，也不回嘴，心中決意要等候機會，將汪直徹底除去。

這天夜裡，楚瀚潛入安樂堂探望紀娘娘和小皇子。他過去一段時日忙著辦事，一直沒有機會來探望他們，這時他來到羊房夾道，敲了敲房門。紀善貞開門見到是他，歡喜非常，忙讓他進屋坐下，準備茶點。泓兒從密室中看到是楚瀚，一頭衝了出來，興奮之極，拉著他的手問長問短。楚瀚取出他在街頭替泓兒買的一支五彩風車，泓兒從來沒有見過這麼精巧的玩具，只玩得愛不釋手。

紀善貞問楚瀚道：「回京之後，一切可順遂？」

楚瀚微微一笑，說道：「我叩見了懷公公，懷公公大人大量，並未責怪我，還囑託我替他辦一些事。託娘娘的福，事情都還順遂。」紀善貞望著他，問道：「那汪直呢？他是否仍以我們作爲威脅，逼你替他辦事？」

楚瀚一想起汪直，心頭便有氣，冷然說道：「我不過暫且聽他的話。總有一日我會跟他算清這筆帳的！」他轉頭望向紀娘娘，問道：「娘娘，我動手除去汪直，您可不介意吧？」

紀善貞身子一震，說道：「除去他？什麼叫……叫除去他？」

楚瀚見她擔憂的神色，心想：「我尚未弄清她和汪直之間的關係究竟如何，最好別跟她說太多。」當下說道：「也不是眞的要除去他，只教他不能再威脅娘娘和泓兒便好。」轉頭對泓兒道：「泓兒，瀚哥哥帶你出去玩，好麼？」泓兒眼睛一亮，滿面喜色，拍手道：「好，好！我從來沒有出去玩過！」

楚瀚一笑，揹起泓兒，對娘娘道：「我帶他出宮去逛逛，很快就回來。」紀善貞有些不放心，說道：「別去太遠，別讓人瞧見了。」楚瀚道：「我理會得。」

他跨出門去，對泓兒說道：「捉緊哥哥的脖子，別出聲，知道麼？」泓兒點了點頭。楚瀚一躍而起，上了屋脊，奔出幾步，又跳到下一個屋脊。泓兒只覺耳畔滿是風聲，大覺新奇有趣，忍不住低聲道：「瀚哥哥，你好棒，你會飛啊！」

楚瀚微微一笑，一直帶著泓兒出了皇城，來到城西的夜市之外。他見泓兒頭髮太長，便給他戴上一頂帽子，將長髮都塞到了帽子裡，讓他坐在自己的肩頭，在夜市中間逛。夜市中有吃的，有玩的，也有賣泥人兒、木人兒、風車、金魚、烏龜、兔子的，泓兒從小生活在安樂堂的夾壁密室之中，哪裡見過這許多五彩繽紛、琳琅滿目的玩意兒？只看得眼睛都花了。楚瀚替他買了一對團圓阿福泥人兒，又給他買了一串冰糖葫蘆。泓兒樂得什麼似地，他從來沒吃過冰糖葫蘆，只吃得津津有味，一連吃了四粒，留下最後一粒拿在手上。

楚瀚問道：「怎麼不吃完？你要喜歡，哥哥再給你買。」泓兒搖搖頭，說道：「不用啦，我已經吃夠了。這一粒我要帶回家給娘吃。」楚瀚聽了，甚是感動，說道：「那你小心拿好了。」

兩人又在市集上逛了一陣，夜深之後，各處都要收攤了，泓兒也累得不斷點頭。楚瀚道：「晚啦，我們回去吧。」泓兒打個哈欠，手一歪，不小心將那最後一粒糖葫蘆跌到地上，滾進了水溝裡。泓兒啊喲一聲，眼巴巴地望著那水溝，淚珠在眼中滾來滾去。楚瀚見賣冰糖葫蘆的攤子已經收了，便安慰他道：「不要緊，下回我再帶你出來買就是了。」

泓兒點點頭，眼淚卻忍不住滾下臉頰。便在此時，一個骯髒的小乞兒跳入水溝，將那粒糖葫蘆撿了起來，立即放入口中，狼吞虎嚥地吃掉了。泓兒不禁驚呼一聲，他從未見過如此邋遢襤褸的孩子，也從未想過有人會餓到去撿跌入水溝裡的食物來吃。

楚瀚看在眼中，想起自己幼年淪為乞丐時的情境，心中一酸，掏出幾枚銅子，上前去給了那小乞丐。泓兒猶疑一陣，忽然掏出懷中楚瀚剛剛買給他的團圓阿福泥人兒，遞過去給那小乞丐。小乞丐呆呆地望著他瞧，沒有去接。泓兒說道：「送給你，拿去吧。」那小乞兒這才伸手接過了，回身飛奔而去。

楚瀚心中甚是感動，暗想：「泓兒能夠同情比他更不幸的人，小小年紀就具有仁慈之心，將來一定會是一位愛護百姓的皇帝。」

當夜楚瀚揹著泓兒回到羊房夾道時，已將近亥時，泓兒也已伏在他背上睡著了。楚瀚見房中還有燈火，心想：「我們出去那麼久，娘娘一定十分擔心。」正要推門進去，卻聽門中傳出人聲，楚瀚當即止步，側耳傾聽。

但聽說話的人聲音尖細憤怒，楚瀚一聽便知道是汪直。但聽他用瑤語說道：「……妳就只記掛著那孩子！那孩子蠢笨如豬，毫無用處，根本就是廢物一個，不值得妳這般關懷愛護！若不是礙著妳，我隨手便除去了他！」

楚瀚聽汪直語氣充滿憤恨，暗暗心驚，卻又不禁懷疑：「娘娘關懷愛護親子，原是天經地義；泓兒聰明伶俐，怎說他蠢笨如豬？他原也只有五歲，又怎能說他毫無用處，廢物一個？」

紀善貞平時溫婉柔順，此時竟也提高了聲音，大聲道：「你這輩子就只有這一個兒子了，竟然還這樣作賤他！你想要絕子絕孫，可別把我也拖了進去！」汪直一拍桌子，大怒道：「妳說什麼？妳敢再說一次？」

楚瀚聽得甚加摸不著頭腦：「汪直的兒子？難道泓兒是汪直的孩子？不可能，汪直是個宦官，泓兒當然是萬歲爺的孩子。」

紀善貞並不害怕，回眼瞪著他，冷然道：「你已經聽到了，何必要我再說一次？」汪直衝上前，抓住她的手臂，一揮手，重重地給了她一巴掌，怒道：「妳敢再頂撞我，冒犯我，我殺了妳那小雜種！」

紀善貞被他打得跌倒在地，她撫著臉，尖聲道：「我是你的結髮妻子，是你孩子的母親。你敢打我，盤王是不會放過你的！」

汪直暴怒道：「盤王！盤王！哼，盤王不會放過的是妳！妳是我妻子，卻去跟別人生了那個雜種！那小雜種呢？妳要他出來！」

楚瀚一時腦子轉不過來，尋思：「娘娘說她是汪直的結髮妻子，那是什麼意思？娘娘若是他的妻子，那麼泓兒竟是汪直的孩子？但是汪直很早就淨了身，怎會有孩子？他又爲何喚泓兒『小雜種』？」

泓兒這時已被汪直的吼叫聲驚醒，楚瀚連忙示意他不要出聲，感覺泓兒在自己懷中簌簌發抖，顯然極爲恐懼，便緊緊摟住了他。

這時汪直已衝到密室的暗門旁，推門闖入，見到裡面空無一人，微微一呆，轉頭喝道：「妳把他藏到那兒去了？」

紀善貞怒道：「不關你的事。你要發脾氣，就發在我身上，欺負孩子的不算男人！你拿我倆的性命去威逼他，沒種的人才幹這種事！」

這話等於指著汪直的鼻子罵他是失了男身的宦官，汪直眼中如要噴出火來，轉過身，舉起手掌，又要往紀善貞臉上摑去。

楚瀚不能眼見娘娘再次被汪直摑打，當即搶入房中，隨手抄起一張凳子，用力往汪直擲去。汪直連忙矮身閃開，回過頭見到楚瀚，又見到他懷中的泓兒，冷笑一聲，搶上前一步，伸手便去抓泓兒。

紀善貞撲上前，緊緊抱住了汪直的大腿，尖聲叫道：「我不准你碰他！」

汪直怒吼一聲，使勁將她踢開，又待衝上前。楚瀚已然放下泓兒，施展飛技迎上，伸指往汪直臉頰上的四白穴點去。這穴道一旦被點，不但劇痛入骨，而且雙目會暫時無法視物。汪直知道厲害，一仰頭，避了開去。

這時泓兒已從楚瀚身後鑽出，投入母親的懷抱，哇一聲哭了起來。紀善貞緊緊抱著泓兒，連聲安慰。

汪直一避之後，更不停頓，施展擒拿手抓向楚瀚的衣領。楚瀚見識過他的武功，知道他擅長近身擒拿短打之術，出手怪異快捷，早已有備，一個側身，避了開去。汪直一抓落空，又追上兩步，伸手抓去，但楚瀚飛技高絕，總能即時閃避，汪直始終抓他不到。他眼見楚瀚輕功了得，心念一動，當即轉身向紀善貞衝去，伸手抓住了泓兒的手臂，將他硬搶了過來，泓兒和紀善貞同時尖聲大叫。

楚瀚卻老早料到他會使出這等下作手段，打算抓住泓兒作為要脅，當即看準時機，施展飛技欺近汪直的背後，使出虎俠傳授的點穴技巧，點上他背心的「靈臺穴」，汪直悶哼一聲，頓時手腳痠軟無力，放脫了泓兒，委頓在地，泓兒則哭著奔回母親的懷中。

楚瀚第一次在城外宅子中見到汪直時，曾出手制住了他，卻因一念感恩之心，加上三家村不殺之戒，竟讓汪直趁隙反擊，制住了自己。那時他擔憂娘娘和泓兒的處境，不敢輕舉妄動；這時他確知二人平安，又早已著手布置對付汪直的計畫，此回出手已經過深思熟慮，一日制住了汪直，當即趕緊在他胸口「膻中穴」和頸上「天鼎穴」補上兩指，讓他癱瘓在地上，再也動彈不得。

楚瀚微微吁了一口氣，心中對此人痛恨無比，忍不住舉起拳頭，在汪直臉上狠狠地揍了幾拳，只打得他鼻破血流。楚瀚低喝道：「混蛋，惡賊！你有膽威脅我，欺侮娘娘，你眞以爲我不敢殺你？」

汪直滿面鮮血，仍舊狠狠地瞪著他，眼神中滿是暴怒憤恨。楚瀚見了，心頭火起，揮拳又往汪直臉上打去。

紀善貞在旁見到了，尖聲叫道：「楚瀚！住手，住手！」楚瀚卻如瘋了一般，打個不停，一邊打，一邊口中咒罵不絕。

紀善貞衝上來拉住他的手，叫道：「你不能打！楚瀚，他是……他是……」

楚瀚回頭望向她，說道：「我知道，他是妳的丈夫。可我才不管他是誰，他打妳，威脅到泓兒的安危，我便不能讓他活下去！」

紀善貞連連搖頭，聲音微弱如絲，說道：「是的，他是我丈夫，但他也是……也是你的親爹！」說完這句話，她彷彿再也支撐不住，掩面啜泣起來。

楚瀚呆在當地，幾乎不敢相信自己的耳朵，一隻手懸在半空，望著紀善貞，脫口道：「妳說什麼？」

汪直已被他打得滿口鮮血，口齒不清地怒道：「你聽到她說的話了！我是你親爹，你竟敢打我！還不快替我解開了穴道！」

楚瀚低頭望向汪直，想起剛才娘娘和他之間的對話，突地豁然明白過來，他們口中的「孩子」其實指的是自己，而不是泓兒！汪直說他「蠢笨如豬，毫無用處，根本就是廢物一個」，還說「不值得妳這般關懷愛護，若不是礙著妳，我隨手便除去了他！」原來說的都是自己！娘娘方才又說：「你這輩子就只有這一個兒子了，竟然還這樣作賤他」，原來也是在說自己！他二人既是夫妻，汪直若是自己的父親，那麼娘娘便是自己的母親了？楚瀚想到此處，如同被雷打中一般，抬頭望向娘娘，又低頭望向汪直，一時只覺天旋地轉，不知身在何處，也不知此刻是醒是夢。

紀善貞俯身去扶汪直，替他擦去臉上血跡，但見汪直身子僵硬，她不禁頗爲驚慌，抬頭急道：「他怎地不能動了？楚瀚，你對你爹爹作了什麼？」

楚瀚渾渾噩噩地，見到娘娘神色著急，便俯身解開了汪直的穴道。

汪直穴道一解，猛然翻身躍起，撲到楚瀚身上，揮拳打上他的臉頰。楚瀚一驚清醒，立即揮拳回擊。兩人各有一股狠勁蠻勁，在地上互相扭打，一時糾纏不清。楚瀚擅長者唯有飛技，點穴功夫雖會一些，卻未臻上乘，這時跟汪直近身扭打，登落下風，被汪直壓在地下，臉上身上中了好幾記重拳，只能抱頭縮成一團躲避。

紀善貞上前試圖攔阻，卻被汪直一腳踢開。她忍不住哭叫道：「別打了，別打了！他可是你唯一的兒子啊！」汪直卻不停手，似乎拿定主意要將楚瀚往死裡打去。泓兒站在一旁，嚇得張大了嘴，更哭不出聲來。

汪直直打到楚瀚蜷在地上，幾乎昏暈了過去，才站起身，罵道：「我汪直怎會有這種不肖子？若不是我，他早成了沒卵蛋的眞宦官！我不要兒子，我沒有兒子！我是頂天立地的大丈夫，何患無子？」

紀善貞知道他已陷入瘋狂，更不敢出聲接口。楚瀚全身發抖，吐出幾口鮮血，慢慢撐起身來，抬頭望向汪直，心中的痛苦失望更甚於身上的痛苦。他如何都沒有想到，汪直竟會是自己的親生父親！

汪直又喃喃罵了一陣，才從懷裡抽出一條雪白的手巾，小心地擦拭乾淨指節上的血跡，將手巾扔在地上，對紀善貞道：「洗乾淨了，我明日來取。」說完便頭也不回地出門而去。

紀善貞連忙關上門，衝上前去扶起楚瀚，泣不成聲，說道：「孩子，孩子！你沒事麼？」

楚瀚搖搖頭，向泓兒望去，說道：「泓兒嚇著了。」

紀善貞鎭靜下來，忙過去抱起泓兒，一邊搖晃，一邊低聲安慰。夜已深，泓兒原本便已十分疲累，驚嚇過後，神經一鬆弛，便在母親的輕聲細語中沉沉睡著。

紀善貞將泓兒放上床，蓋好被子，回過身來，但見楚瀚倚牆而坐，正用衣袖擦著自己頭上臉上的血跡。

紀善貞見狀眼淚又不禁掉了下來，拿了塊棉布沾上水，過去替楚瀚擦拭。楚瀚抬起頭，凝望著她，聲音嘶啞，說道：「娘娘剛才說的那些話，都是真的？」

紀善貞點點頭，低聲道：「不錯，都是真的。那時漢人軍隊攻入瑤族，我爹那時擔任蠻土官，他被殺後，我很快就被俘虜了。那時我和你爹剛成親兩年多，你才剛滿一歲。我們瑤人成婚得早，當時我和你爹都只有十四五歲年紀。我們為了活命，便假稱是兄妹，並說你是我們的小弟弟。漢人見我們身材瘦小，將我們當成童男童女俘虜了去。我們被押來京城，你爹和我聽說入宮的男子都要淨身，不願你遭此橫劫，才狠心將你丟在京城街頭。孩子……你可不怪娘吧？」

楚瀚腦中混亂，心頭只覺一片麻木，不知是何感受。他回想娘娘對自己的一片親切關懷，當時自己十分感動，現在才知原來她竟是自己的親生母親！但她為何從來不曾說出？為何隱瞞至今？

楚瀚忍不住問道：「妳老早便知道我是妳的兒子，卻為何一直不認我？」

紀善貞咬著嘴唇，臉色蒼白，良久才道：「我以為……以為你不知道比較好。」

楚瀚忽然明白她的顧慮，心頭怒火陡起，大聲道：「我對妳和泓兒，原是一片真心保護。妳怕說出了真相，我便不會繼續保護你們了？妳怕我會嫉妒泓兒？妳怕我會說出真相，讓人知道妳入宮前已生了兒子，沒有資格成為皇子的母親？妳怕我會危害泓兒的將來？」

紀善貞眼淚撲簌簌而下，轉過頭去，掩面而泣，說道：「你當知道在宮中生存有多麼艱難，我爲了保住這孩兒的性命，付出了多少心血，多少代價！你難道不能明白一個母親的苦心？」

楚瀚心中又是悲痛，又是憤怒，低聲道：「妳爲泓兒付出了多少心血，我怎會不知？當年妳將我丟在街頭，淪爲乞丐，被人打斷了腿，滿街乞討，吃盡苦頭，卻不見妳可憐我，擔心我，甚至……連認我都不肯！」

紀善貞低聲道：「我知道你處境可憐，才懇求胡爺將你帶走，讓你在三家村長大。即使學些偷竊的本事並非什麼好事，但總比流落街頭作個小乞丐要強。」

楚瀚聽了，心頭一震：「原來當年舅舅替我向乞丐頭子贖身，將我帶去三家村，竟是出自娘娘的請求！」忽然又想起：「舅舅臨走前，曾說過一些奇怪的言語，要我找到自己的親身父母，好好孝敬他們。原來他老早知道我的身世，才會說出那番話來。」

他回想自己第一次去給娘娘送食物時，她聽見自己的名字，大吃一驚，說話都發顫了；之後她對自己百般信任，百里緞來搜查時，不但放心將初生兒子託付給他，更囑託他去取紫霞龍目水晶，甚至曾勸他不要爲梁芳作些傷天害理的事，應及早洗手脫身等等。當時他不明白娘娘爲何會如此關心自己的未來，原來她老早知道他便是那個當年被她遺棄在街頭的孩子！

紀善貞抹去眼淚，說道：「孩子，我不求你原諒娘。我這幾年日日記掛著你。我愛你的心，和愛泓兒毫無分別。你爹爹……他在淨身入宮之後，神智日漸錯亂癲狂，你要可憐他。他什麼事都作得出來，我很……很害怕。我不要他傷害泓兒，也不要他傷害你。孩子，你要可憐他，敷衍著他就好。他也是很可憐的。」

楚瀚無法再聽下去。他掙扎著站起身，大步往門外走去。紀善貞伸手拉住他，忙問：「你去哪兒？」

楚瀚搖了搖頭，甩開她的手，大步走出門外。他腦中一片混亂，只覺一顆心直沉到了谷底。他知道了自己的親生父母和同母異父的弟弟，心中卻無半分喜悅。他只知道自己痛恨汪直，心疼母親，擔憂弟弟。這三個人同時成爲他肩頭上的重擔，只令他感到沉重得喘不過氣來。他寧可一輩子不知道自己的身世，也不願意陷入今日這等痛苦糾纏、無法自拔的深沉泥沼。

第五十八章　故友重逢

楚瀚施展飛技，飛快地離開了皇城，心頭一片混亂，恍惚回到了磚塔胡同住處，一頭躺倒在冰冷的石炕上，但又如何能入睡？小影子見到他回來，跳上炕喵喵而叫，湊近他舔他的面頰。他伸手抱住了小影子，忍不住痛哭失聲，說道：「小影子，世上只有你是我眞正的親人！只有你是我唯一的親人！你永遠不要離開我，好麼？小影子！」

他哭了好一陣子才止淚，在炕上輾轉反側了幾個時辰，天沒亮便爬起身，換下夜行衣，在廚下洗了臉，包紮了幾個傷口，便抱著小影子信步在城中亂走。走了許久，他恍恍惚惚，不知自己身在何處，抬頭一望，竟爾來到榮家班大院之外。他心想：「我一直不敢來見紅倌，豈知卻在我最潦倒失意時，才想到來見她！」

他來到院後，躍入紅倌的閨房，但見房中空虛，灰塵堆積，似乎廢置已久。他回到大門前，見一旁的門牌上寫著「張府」兩個字，心中疑惑，上前用力拍門。過了良久，才有一個老頭子過來開門，沒好氣地道：「大清早的，幹啥子了？」

楚瀚問道：「請問榮家班還在這兒麼？」老頭搖頭道：「早搬走了。前幾年一班公子少爺爲那叫紅倌兒的武旦鬧得凶，待不住，班主便將整班給拉出京去了。」

楚瀚極爲失望，忙問：「去了哪裡？」老頭兒翻眼道：「誰知道？」他向楚瀚上下打量，搖頭歎氣道：「小子年紀輕輕，身強力壯，合該好好幹活兒攢點錢，娶個老婆。別老記掛著一個武旦兒，沒的賠上了前途！」

楚瀚皮膚黝黑，乾瘦精壯，衣著破舊，臉上又是傷痕又是血跡，形貌便如一個貧困落拓、在城中討生活的苦力，那老頭兒只道他癡心妄想，迷戀上一個男旦兒，才好心相勸。楚瀚無言，望著老頭兒關上院門，面對著大門站了好一會兒，才回身走去。

他走出一段路，突覺一陣頭昏眼花，抱著頭在街角坐下，望著面前的土地，就這麼呆坐了整個早上。小影子似乎十分擔心，在他身旁圍繞著，不斷舔他的手臉，不肯離去。楚瀚感到肚子餓得咕咕而叫，心想該回家煮點飯吃，勉力站起身，只覺臉上身上被汪直拳打腳踢處火辣辣地疼痛。他吸口氣，抱起小影子，說道：「我們回家去吧。」舉步往磚塔胡同走去。

忽聽身後馬蹄聲響，一輛馬車駛了過來。楚瀚毫不理會，仍舊拖著腳步緩緩前行。那車夫不耐煩了，揮著馬鞭喊道：「兀那漢子，這大街可不是你家後花園，慢吞吞地遊園賞花麼？快讓開了！」

楚瀚轉過身瞪向那車夫，車夫也瞪著他，見他衣著破舊，鼻青臉腫，罵道：「原來是個破爛乞丐兒！還不快滾？」

楚瀚平日行事謹慎，這時一腔怒火無處發洩，耳中聽見車夫這幾句輕蔑的言語，再也忍耐不住，怒吼一聲，一躍上車，夾手奪過馬伕手中鞭子，一腳將他踹下馬車。那馬伕大呼小叫，旁觀路人也都驚叫起來，紛紛避讓。

楚瀚抓住了馬轡，勒馬而止，瞥眼見到馬口中的馬勒子竟是以白銀所製，不禁一怔。這馬車看來並不奢華，怎會用上如此精緻的馬勒子？再仔細一瞧，看出這大車外表雖樸素，但輪軸、車身用的都是上好木料，所費不貲，這車子的主人絕非等閒。楚瀚善於偷取，卻從未幹過強盜，這時將心一橫，轉過身去，舉馬鞭向車帘後一指，正打算開口行劫，車帘卻掀開了，一人探頭出來觀看發生何事。兩人一個照面，都是一呆，那人脫口叫道：「兄弟！」

楚瀚也認出了他，叫道：「尹大哥！」他只道車主定是京城大官巨富，沒想到竟是好久不見的珠寶商人，老友尹獨行！

尹獨行鑽出大車，上前一把抱住了楚瀚，喜道：「老弟，好久不見了！你可回來啦。」

楚瀚乍見故人，心情激動，更說不出話來。尹獨行這時才瞧仔細了，見他滿面傷痕，臉色煞白，神情有異，不禁又是擔憂，又是關切，拉著他的手說道：「兄弟，你沒事麼？來，跟我回家去慢慢說。」對馬伕道：「還不快道歉賠禮？這位爺是我好友，誰讓你對他大吼大叫了？」

那馬伕摸摸腦袋，誰猜得到路上行走的一個潦倒漢子，竟會是主人的好朋友？只得低頭賠罪，乖乖上車，喝馬前行。小影子見到楚瀚上了馬車，也躍上車來，坐在楚瀚懷中。

馬車來到一座大屋前，尹獨行和楚瀚下了車，走入大門。和那馬車一般，這屋子的裝飾並不華麗，但木材、磚瓦、家具等都是上好的用料，物件絕不花俏顯眼，卻精緻非常，透露出主人獨特的品味。小影子跳下地，四處聞嗅，自顧自去探險去了。

尹獨行請楚瀚到內廳坐下，命人奉上茶點。熱茶是尹獨行家鄉浙江出產的天目龍井，點心則是剛剛煎好的江浙名點蘿蔔絲餅，香噴噴，熱騰騰。楚瀚這時肚子已餓得狠了，但他心頭鬱悶難解，端起茶喝了兩口，勉強拿起一塊蘿蔔絲餅，吃了一小口，卻無論如何也嚥不下去。

尹獨行見他神態不對，陪著他坐了一會兒，才開口道：「兄弟，你怎地回京了？跟哥哥說說。」

楚瀚搖搖頭，沒有回答。尹獨行也不催他，楚瀚靜了好一陣子，才如水壩洩洪一般，將自己在三家村的經歷、入宮、解救小皇子、離京、受汪直威脅回京、發現自己身世的前後一一說了。他這輩子從來不曾對人說出這許多隱密內情，但此時他只覺天地間再無依靠，若不將心底話說出來，只怕立即便會鬱悶而死。

這番長長的敘述，尹獨行只聽得目瞪口呆。他當初遇見楚瀚時，只知道他是個出身三家村的高明飛賊，怎想得到他竟有這般複雜的身世，更涉及皇室子裔的重大祕辛！

他聽楚瀚說完之後，神情嚴肅，說道：「兄弟剛才說的這些事情，哥哥一定嚴守祕密，一個字也不會說出去。我若洩漏了半點，天地不容，絕子絕孫，死無葬身之地！」

楚瀚見他發起毒誓，微微一呆，說道：「大哥不必發什麼誓。我相信大哥。」他說出了這番話，心中的鬱結略略舒暢了些，吁出一口長氣，說道：「別說我的事了。大哥近況如何，這次上京是來作生意麼？」

尹獨行笑道：「我的事，不外乎生意買賣。我跟你結識的那年，孤身攜帶珠寶來京販賣，賺了不少錢。這筆錢我帶不回家，便在京城買了幾倉子的大麥放著。誰想到隔年麥子歉收，我這幾倉麥子的價錢翻了三倍。我攢到這第二筆錢，沒處放，剛好有個朋友買了幾倉的高粱賣不出去，來求我幫忙，我便以低價買下了那幾倉高粱。誰知隔年正是京中太后五十大壽，上下宴飲慶祝，用酒量大增，高粱的價格又翻了三倍。我賺到這筆錢後，便在京中到處買院子，這裡便是其中的一間，我來京時便住在這兒。」

楚瀚心中驚佩，這等賺錢營利的道理，他可是半點兒也不懂，問道：「大哥生意作大了，如今還買賣珠寶麼？」尹獨行笑道：「當然還經營珠寶啦。我家訓有言：『致富勿驕，有財勿顯。』我偶爾仍扮成癩痢瘡疤和尙，南北行走，攜帶些家鄉的珠寶來京販賣，免得忘記了本行。」楚瀚忍不住讚歎道：「大哥眞是位奇人！」

尹獨行哈哈一笑，說道：「待我讓你開開眼界。」便帶楚瀚來到自己的臥室，從密室中取出一大箱珠寶，讓楚瀚觀看。楚瀚雖愛古董珍奇，但眞正貴重的珠寶卻見得不多。尹獨行興致勃勃地跟他講解貓眼石的紋路特色，如何辨別不同地方所產的玉石，以及哪種珍珠瑪瑙最少見珍貴。楚瀚聽著聽著，只覺從昨夜以來的疲憊倦意全都聚集在頭頂上，眼皮漸重，最後再也睜不開眼，趴在桌上沉沉睡去。

尹獨行見他睡著，便停口不說，輕手將他扶上自己的床，替他蓋上被子。他站在床邊，望著楚瀚的臉龐，輕輕歎了一口氣。不知爲何，自己在幾年前遇見楚瀚時，便感到與他十分投緣，不時掛念他的下落。此番再見，不意楚瀚竟陷入了如此艱困棘手的處境。

尹獨行心中暗暗決定，要盡己所能保護照顧這個朋友。剛才故意滔滔不絕地與楚瀚暢談珠寶，便是想讓他轉移心思，暫且放下煩惱。此時眼見他睡得安穩，便悄聲走出房屋，關上房門，吩咐家人不要打擾。

楚瀚這一覺直睡到次日天明。他醒來時，見到小影子正睡在自己的枕邊，不禁微微一笑。他坐起身，見桌上放了一籠熱饅頭，一碗豆漿。他感到肚子極餓，便坐下吃了。不多時，尹獨行敲門進來，微笑問道：「睡得還好麼？」楚瀚道：「睡得很好。多謝大哥。」

尹獨行見他將饅頭豆漿吃得乾乾淨淨，便喚僕人多送一籠燒餅油條來。他在桌旁坐下，望著楚瀚吃喝，說道：「兄弟，我將你昨夜所說想過了一遍。你眼下的難處，實是無法可解。你要保護小皇子，就得除掉汪直；如今你無法除掉汪直，又必須掩藏你和汪直及紀娘娘之間的關係，不然亦將危害到小皇子。你打算如何？」

楚瀚咬著饅頭，眼望前方，隔了半晌，才道：「難道由得我選麼？」

尹獨行無言以對。

楚瀚又吃了一口饅頭，說道：「我得回去汪直身邊。」他頓了頓，又道：「不是因爲他是我父親，而是因爲他很可能會傷害我娘和泓兒。我得緊緊跟在他身邊，防範他當眞下手。」

尹獨行皺起眉頭，說道：「你得萬分當心。這人心神失常，不管他對你許過什麼諾言，都很可能出爾反爾。」

楚瀚點了點頭，說道：「不錯，他確實已經瘋了，因此更加危險。」

尹獨行聽楚瀚語氣平靜，如同在說一個毫無關係的人一般，心中不禁為楚瀚感到一陣悲哀。他歎了口氣，說道：「兄弟，我是局外之人，說出來的話可能天眞得緊，你可別笑話我。我雖只是個無足輕重的商人，對京城皇宮裡的諸般事情倒也略有所聞。我的心思跟你完全一般一致，認為不論花下多少代價，都一定得保住小皇子，不能讓那姓萬的女人得逞。這是天下是非黑白、正邪清濁之爭，一步也不能退讓。」

楚瀚點了點頭，說道：「大哥說得再對不過。」

尹獨行又道：「你我當年在城外邂逅結識，彼此投契，原是緣分，這回恰好在京城街頭重遇，更是緣分。說老實話，哥哥非常擔心你。你被攪在這局中，無法抽身，往後的日子想必難過得緊。我不知道自己能幫上你什麼忙，我手中別的沒有，銀子倒是不缺。你往後若需要銀兩周轉，隨時來找哥哥便是。」

楚瀚苦苦一笑，說道：「我跟著汪直，錢想來是不會少了的。」尹獨行點了點頭，心想：「我這兄弟即使身處此境，頭腦還是清楚的。」說道：「這樣吧，我每回來京，都會住在這間院子。你心中有事想傾吐，或想找人喝酒聊天，或想取幾件珠寶送人，儘管來找我便是。我會吩咐下人，我不在時，你就是這院子的主人。密室裡的珠寶金銀，家裡的奴僕壯丁，你儘管取用使喚，一點也不必顧忌，更不用問我。」

楚瀚聽了，不禁打從心底感激尹獨行。他明白尹獨行想給予自己的，並非只是花用他的金錢的自由，而是想給自己一個家，一個隨時能來躲藏歇息一會兒的地方。這院子地點隱密，有吃有喝，有床有枕，更重要的是，這兒有一個永遠相信關懷他的知心好友。

楚瀚站起身，向尹獨行拜下，說道：「大哥一番心意，兄弟衷心感激！」尹獨行連忙扶起他，說道：「快別如此！這是作哥哥的份所當爲。我只怕自己能力有限，沒法眞正幫到你的忙。」

楚瀚低聲道：「不，大哥這一番話，便是對我最大的幫助了。」他站起身，長長地吸了一口氣，說道：「我該去了。我一定會時時回來這裡找大哥的。」當下呼喚了小影子，離開了尹獨行的院子。

尹獨行送他出了大門，望著他的背影漸漸遠去，難掩心中擔憂。楚瀚身形瘦削，腳步輕盈，但在尹獨行眼中，卻顯得說不出的沉重。

楚瀚自未將汪直之事告知任何其他人，只默默地繼續替他辦事。懷恩問起時，楚瀚只說汪直極受萬歲爺寵信，很難對他下手。懷恩便也沒有催逼，說道：「只教他保守住小皇子的祕密，便任由他胡鬧去也罷。」

又是數月過去，楚瀚爲了確保娘娘和泓兒的安全，時時去探望他們。他知道泓兒住往整日躲藏在密室之中，寂寞無聊，便將小影子留在那兒陪伴他。泓兒高興極了，抱著小影子不肯鬆手，沒事時便以逗弄小影子爲樂。楚瀚也偶爾帶泓兒出宮玩耍，讓他看看皇宮外面的天地。每次泓兒見到楚瀚來訪，都興奮得又跳又笑，趕不及要跟著「會飛的瀚哥哥」出去宮外呼吸自由的空氣，置身熱鬧繁華的大街小巷，或恬美靜謐的田野山林。

泓兒年紀雖小，卻十分成熟懂事。那夜他目睹了汪直、母親和楚瀚之間的爭吵打鬥，聽見了各人的對話，自己將事情拼湊起來，知道自己的母親就是楚瀚的母親，也知道楚瀚是自己的親哥哥。但是他心中雖明白，卻知道這是不該說出來的事情，只對楚瀚更加親近依戀，叫他「瀚哥哥」時不只是對一般年長男子的稱呼，而是眞心地呼喚自己的哥哥。

至於楚瀚，他在知道了自己的身世後，對這個善解人意、聽話懂事的同胞兄弟只有更加疼愛照顧。他見泓兒眉目間與自己幼年時頗有些相像，想起泓兒剛出生時，紀娘娘曾經說過一句「眞像！」當時不懂她的意思，現在才明白她應是指他們兄弟倆的相貌相似。雖然對娘娘多年來隱瞞自己的身世頗不諒解，但她畢竟是自己的親娘，怪責惱怒也無濟於事，此後仍時常入宮，替她送去飲食衣物，照料她的生活起居。

幾個月後，汪直口中雖不斷叱罵楚瀚愚蠢無用，但心中卻清楚他辦事俐落，已成了自己不可或缺的左右手。這日汪直認爲時機已到，便對楚瀚道：「你整日躲在暗中行事，能作的有限，對我的用處不大。因此，我決定將你帶上檯面，奏請萬歲爺給你個官職作作。」

楚瀚一呆，搖頭道：「但是宮中京中有不少人識得我，若認出我便是往年在御用監辦事的楚瀚，只怕不易解釋。」

汪直揮揮手，不耐煩地道：「蠢材！那已是很多年前的事了。這幾年中你從少年長成大人，身材面貌都改變了許多，只要略加裝扮，別人便難以認出。你就說是我的義子，改個名字叫『汪一貴』，誰也不會敢懷疑什麼。」瑤語之中，「貴」是姓名中表示輩分的字眼，意爲未婚男子；「一」表示排行，「一貴」意即第一個兒子，乃是瑤族慣常給長子所取的名字。

楚瀚知道他剛愎自負，自信權勢熏天，不論弄出如何古怪無理的事情，也不會有人敢出聲質疑，便也不再爭辯。

於是汪直便去向皇帝請旨，給了楚瀚一個錦衣衛百戶的職位，讓他掛名在錦衣衛之下，卻不用眞去報到，此後楚瀚便以「汪錦衣百戶」的名號在外辦事。他知道京城中很多人見過自己帶著黑貓出門，如今改名換姓，若仍帶著小影子到處晃蕩，未免太過招搖，便將小影子留在安樂堂給泓兒作伴，極少帶牠出門。小影子偶爾也會回到他磚塔胡同的住處，似乎是來探望他，待上一兩日後，便又回去安樂堂陪伴泓兒了。

這日汪直召楚瀚來見，說有要事向皇帝報告，要他跟隨入宮晉見。楚瀚這一年來雖也不時潛入宮中刺探消息，這卻是第一次堂而皇之地入宮。他知道這表明了汪直對他的重視信任，也知道這是自己重新在京城建立起勢力的契機。他心知絕不能讓人認出他便是當年御用監的楚小公公，特意黏上鬍鬚，細心改裝了，才隨汪直入宮。

臨行前，汪直叮囑他道：「萬歲爺近日對我青睞有加，眷顧日隆。我得趁著這個機會，多替萬歲爺刺探些消息，好讓他更加信任我。你乖乖在一旁聽著便是，不要出聲。」

二人來到皇帝會見近侍的南書房，汪直讓小宦官去通報。不多時，成化皇帝便在一個嬪妃的攙扶下緩步走出。汪直領著楚瀚叩頭道：「奴才汪直，率賤子錦衣衛百戶汪一貴，叩見萬歲爺、李娘娘。」

楚瀚不用去看那嬪妃的臉，便已知道她是誰。天下間除了百里緞以外，再沒有別人走路能似她這般輕盈無聲。

楚瀚不禁心頭大震：什麼李娘娘，難道便是李選侍？想來百里這個姓太過少見，她因此改以李姓入宮；原來小麥子和小凳子口中的「李選侍」，就是百里緞！百里緞竟眞的成了成化皇帝的選侍！

這時百里緞也感受到楚瀚的眼神，抬起頭來，兩人目光相接，只一瞬間，百里緞已垂下眼睫，面無表情地在皇帝身旁緩緩坐下。即使楚瀚改了裝扮，卻哪裡瞞得過她的眼睛？楚瀚自然知道她已認出了自己，背心流汗，不知她是否會就此說破，還好百里緞只默然依偎著成化皇帝而坐，並未開口，也沒有再次抬頭。

在大越一別之後，楚瀚已有數年未曾見到百里緞，雖知道她已回到京城，卻絕未想到會在這種情景下見到她。皇帝對她似乎十分寵愛，接見親信太監時也讓她隨侍身邊，還不時轉頭望向她，眼神中滿是關愛迷戀。

汪直行禮過後，便開始向成化皇帝稟報最近刺探到的消息。皇帝似乎很有興趣，不斷追問細節。自從上回汪直向皇帝密報萬家兄弟侵占民田之事後，成化皇帝便非常信任他，認為他是自己在宮廷之外的耳目，能替他偵查眞相，發奸揪弊。而另一個不能說出的理由，則是皇帝年紀漸長，對萬貴妃的掌控開始生起厭惡抗拒之心；他發現汪直忠於他更勝過萬貴妃，可以幫助他稍稍脫離萬貴妃的掌控，因而更加倚賴汪直。

楚瀚耳中聽著汪直與皇帝的對答，心中只想著一件事：「她竟眞成了皇帝的選侍！」他知道這定是出於萬貴妃的安排，但她自己可願意麼？成化皇帝年紀並不大，不過二十七八歲，但長年沉迷酒色，外貌憔悴蒼老，體力已十分不堪。她當眞是心甘情願的麼？看來她正使出渾身解數，緊緊纏著皇帝，是否打算一舉得子，好被封為貴妃甚至皇后？她出身太低，想來無法封后，但若眞的生了個兒子，封個貴妃應是可能的。當此情境，她絕對不能容忍泓兒的存在，必會想盡辦法找出並殺死泓兒。

楚瀚想到此處，心頭一涼，對百里緞的疼惜頓時轉爲驚恐。他知道百里緞性情殘忍，手段狠毒，絕不在萬貴妃之下；她原本就知道關於小皇子之事，如今更會加緊追查，非要置之於死地不可。而小皇子所藏之處並不隱密，百里緞竟然至今尚未出手，其中原因，倒頗令人費解。

楚瀚腦中念頭此起彼落，直到見到汪直跪下叩首告退，才趕緊跟著叩首，隨汪直退出了南書房。他努力鎭靜心神，隨汪直離開皇宮，來到汪府。汪直仔細分析了萬歲爺剛才的指示，囑咐他好好去辦。楚瀚勉強打起精神，總算將汪直的言語聽進去了，又詢問了幾處細節，才告退離去。

他一想起百里緞身著嬪妃的服色，坐在成化皇帝身邊的情景，心情便是一陣激盪，久久無法平復。爲了排遣心中焦慮，他按照汪直的吩咐，去城中走了一趟，聯繫眼線，蒐集消息，但不知如何就是提不起勁，心神恍惚。當夜他回到自己在磚塔胡同的住處時，才一進門，便知道來了不速之客。這不速之客不是別人，正是百里緞。

楚瀚吸了一口氣，感覺百里緞正坐在黑暗的角落中，一聲不響。楚瀚也不點燈，反手關上了門，說道：「妳來了。」

百里緞單刀直入，開口便問：「你爲何替汪直辦事？」

楚瀚一整日都掛念著她，此時當眞見到了她，原本心中還帶著幾分關懷，想開口詢問她的近況，但聽她口氣寒冷如冰，心中一涼：「她是來質問我的，更非來此敘舊。」當下輕哼一聲，冷然道：「妳害我險些被黎灝絞死，我還沒找妳算帳呢。」

百里緞也哼了一聲，說道：「大越國的牢獄如何困得住你？你說，你跟汪直是什麼關係？他跟你一樣也是瑤人，莫非你們老早便認識？當年你未曾淨身便入宮，莫非便是他作的手腳？」

楚瀚聽她猜了個八九不離十，心中煩亂，回道：「這不關妳的事，我也不會跟妳多說什麼！」兩人之間瀰漫著濃烈的敵意，一時似乎又回到了進入靛海之前的敵對情狀。

百里緞瞇起眼睛，移動了一下身形，說道：「你不說，我也能查得出來。」

楚瀚冷笑道：「看來妳雖作了選侍，仍舊不離本行，專事刺探消息。」

百里緞沉默一陣，才道：「不錯。我要作的第一件事，便是探清敵情，好除去一切的障礙和威脅。」楚瀚道：「那麼妳第一個要殺的人，該是妳的老主子萬貴妃。」

百里緞在黑暗中凝視著他，說道：「你何必顧左右而言他？你知道我要殺的，就是你一心想保護的小皇子。我在宮中，他也在宮中。我要殺他，可是易如反掌。」

楚瀚向她怒目瞪視，高聲說道：「妳要殺他，就得先殺了我！」

百里緞聲音冰冷，說道：「他對你如此重要，甚至……比我還重要？」

楚瀚聽她這一問，微微一怔，心想：「小皇子血緣上是我同母異父的弟弟，身分上是大明皇室唯一的皇儲。妳是我什麼人，怎能比泓兒重要？」當下答道：「不錯。我死也不會讓妳傷害他！」

百里緞又沉默一陣，說道：「你的回答若非如此，或許我還會饒過小皇子一命。如今，我是非殺他不可了。」

楚瀚聽她這話暗藏玄機，忽然憶起兩人在靛海和大越共處的時日，若有所悟，但又不敢確定……莫非她眞對自己有情？但想到她一切作爲，又明明作了皇帝的選侍，更不可能跟自己有什麼瓜葛。她此時來對自己說這番話，到底有何意圖？莫非是想利用兩人之間的交情，軟逼硬求自己助她當上皇后？

楚瀚想到此處，心頭頓生一股怒意：「這女子本性險惡，逆境中或許稍顯柔順，如今得意了，那便無所節制，本性畢露了。我才不會那麼容易便就範！」他壓抑心中憤怒，伸手打開了門，說道：「妳請吧！」

百里緞默然站起身，經過他身邊時略略停頓，沒有言語，接著便飄然出門而去。楚瀚在黑暗中看不清她的面容表情，卻能感受到她心中強烈的哀傷。這是兩人在靛海中培養出的過人默契，彼此的情緒和心思都無法隱瞞對方。但她爲何會感到哀傷？

第五十九章　撥雲見日

楚瀚知道百里緞說話算話，一定會立即找出小皇子的所在，下手殺害。他心中焦急，徬徨之下，耳邊忽然響起了大卜仝寅跟他說過的話：「我覺知龍目水晶就快重新出世了，大約就是未來一兩年間的事。」

他眼前頓時出現了一線希望，一兩年間，那不就是現在麼？又想起仝寅說道：「不用懷疑，所謂明君，就是那個你一力保護一心愛惜的孩子。他不能再躲藏下去了。他得出來，成爲太子。」

楚瀚想到此處，心中一陣興奮，復又想起仝寅的吩咐：「你需每夜觀望水晶，見到它呈現一片紫氣時，便是它去見新主人的時機到了。你得親自將水晶帶去見它的新主人。你要對那孩子說，仔細聽，仔細瞧。這水晶有話要告訴你。之後便讓孩子捧著水晶，往裡邊瞧。等他瞧懂了，事情就成了。」

楚瀚豁然站起身，喃喃說道：「水晶！」舉步便往小院的左廂房奔去。

當尹獨行得知楚瀚定居於磚塔胡同的小院後，便悄悄將小院周圍的幾間院子都買了下來，裡面的住戶都是由尹獨行的僕從假扮，好護衛照顧楚瀚，並讓小院更加隱密。楚瀚跟尹獨行商議之下，並開始經營小院地底的密室，以備不時之需。尹獨行讓手下壯丁暗中動手，在小院地底下挖掘了一個地底密室。楚瀚運用當年在三家村學到的種種機關陷阱，將這密室掩藏得極爲隱密，守衛得嚴謹非常；旁人不但難以探知地底有個密室，即使知曉，也絕難闖入。密室布置完成後，楚瀚便回到皇宮中恭順夫人舊居花園角落的枯井，將當年藏在井中的紫霞龍目水晶和《蟬翼神功》祕譜都取了出來，收在密室之中。後來梁芳取了萬貴妃的兩件寶物交給他，他便也藏在此處。

這密室的入口便在堆滿了破爛家具的左廂房中，一個破舊的四件櫃左下門之後。這時楚瀚奔到左廂房，解除了幾個防止外人闖入的機關，打開櫃門，跨了進去，沿著階梯往下，來到密室。他還未點燈，黑暗中便見角落放置水晶之處，閃耀著一團紫色的光芒。

他心中一震，搶步來到水晶之前，心中又是興奮，又是自責：「我眞是太糊塗了。全老先生囑咐我每夜觀望水晶，我竟然忘得一乾二淨！紫氣或許已出現許久了，我卻直到現在才發現！」

他凝望著水晶，見到水晶當中的紫氣在黑暗中流動閃耀，按捺不住心中的欣喜，暗想：「或許時候眞的到了！」伸手輕輕捧起了水晶，小心地收入懷中，離開密室，奪門而出。

他懷著紫霞龍目水晶，飛身潛入安樂堂羊房夾道。當時紀善貞還醒著，泓兒卻已入睡。楚瀚對她道：「我有緊急要事，需叫醒泓兒。」

紀善貞有些驚訝，卻沒有多說什麼，便去密室中叫醒了泓兒，楚瀚也跟了進去。泓兒原本摟著小影子而睡，這時揉揉眼睛，坐起身來，見到楚瀚，問道：「瀚哥哥，有什麼事麼？」

楚瀚對紀善貞道：「娘娘，請您出去一會兒。」紀善貞見他神情凝重，便不多問，走出密室，關上了暗門。

楚瀚從懷中取出龍目水晶，對泓兒道：「泓兒，你看著這個水晶球兒。仔細瞧，仔細聽。」

泓兒有些懷疑地接過了水晶，往水晶當中望去。小影子曾在地底密室見過這水晶球許多次，並不稀奇，但仍坐在一旁，睜著金黃色的眼睛，好奇地盯著水晶球中不斷變換的色彩。

泓兒凝望它許久，都未出聲。楚瀚忍不住問：「你見到了什麼？聽到了什麼？」

泓兒微微搖頭，又專注地往水晶當中望去。楚瀚見水晶的顏色由紫色轉爲純淨的青色，又見泓兒臉上逐漸露出笑容。他心中又是興奮，又是著急，再次問道：「泓兒，你見到了什麼？聽到了什麼？」

泓兒並未抬頭，仍舊專注地望著水晶，說道：「我見到了許多人，他們臉上都笑得很開心，我也聽到了他們的笑聲。」

楚瀚不明白，又問：「都是些什麼人？」泓兒道：「我不知道？有幾個農人，幾個樵夫，幾個小販，還有許多孩子。」

楚瀚嗯了一聲，仍舊不甚明白。過去數月中，他曾多次偷偷帶泓兒出宮玩耍，在城外田郊中見到耕田的農人，在山林中見到砍柴的樵夫，以及其他各色各樣的市井小民，因此泓兒對皇宮以外的世界並不陌生。但聽泓兒又說道：「我知道他們爲什麼這麼開心了，因爲他們有得吃，有得穿，而且不用害怕什麼。」

楚瀚聽出泓兒語音中的嚮往，心中也不禁惻然。泓兒自幼在恐懼躲藏中長大，向來吃穿從簡，眾宮女宦官能張羅到什麼便給他吃什麼，衣服也是用大家省下來的碎布拼湊縫成的。他知道泓兒非常懂事，小小年紀，便能夠忍受整日被關在夾壁密室中的枯燥和寂寞，懂得得時時自制，保持安靜，不然隨時有殺身之禍。泓兒自幼生活在困乏壓抑和危險恐懼之中，因此明白有得吃、有得穿，免於恐懼，便是人生最大的幸福。楚瀚想起第一回帶泓兒出宮去玩時，泓兒手中持著的一粒糖葫蘆跌到了水溝裡，被一個小乞丐撿去吃掉了。那時泓兒便展現出極大的仁慈心，竟然將自己身上唯一擁有的事物——一對楚瀚剛剛買給他的團圓阿福小泥人兒——送給了那個小乞丐。這種人溺己溺、人飢己飢的胸懷，不是每個人都能有的。

楚瀚想到此處，眼眶不禁濕潤，陡然明白：泓兒已經準備好了，他了解民間疾苦，懂得仁慈體恤，知道一個人要如何才能活得快樂，活得有尊嚴。楚瀚心中激動，伸臂將泓兒擁入懷中，喜極而泣，說道：「我明白了。泓兒，你好好等著，你的生活很快就會不同了！」

他收好了水晶，更不遲疑，當夜便去見懷恩，將百里緞的來由和威脅全都說了。懷恩皺眉道：「這李選侍很不好惹，我早就懷疑她來歷不尋常，原來竟是錦衣衛出身！萬歲爺身邊跟了這樣一個女人，絕非好事。她竟知道了小皇子的事？」

楚瀚道：「正是。事不宜遲，小皇子不能再躲下去了，一定得現身露面，得到萬歲爺的認可。」

懷恩點點頭，說道：「我早在盤算這件事。小主子都六歲了，不能無止境地躲藏下去。但這事要如何辦妥，我始終沒能想到完善之策。」楚瀚道：「如今火燒睫毛，事態緊急，即使得冒些險，也只得硬著頭皮去幹，否則小皇子的安危可慮啊！」

懷恩凝肅地點點頭，說道：「你說得是。」兩人便低聲商議起來，擬定計策，分頭執行。

這一日，楚瀚感到坐立不安，焦躁難言。多年來的等待，就在這一刻了！他這一年來小心謹慎，慢慢翦除萬貴妃的羽翼，除掉了萬家兄弟，並將宮中聽命萬貴妃的宦官宮女一一除去或收歸己營，如今時候終於到來。他與懷恩商量妥當，決定於當日起事。

這日懷恩蓄意安排張敏替成化皇帝梳頭。這時成化皇帝已年近三十，望見鏡中自己面容衰敗，已不復青春年少，忍不住喟歎道：「我都快老了，卻仍然沒有兒子啊！」

自從萬貴妃所生的悼恭太子夭折後，他便一直未曾有子息。當然萬貴妃在暗中墮掉和殺掉了不知多少胎兒嬰兒，他自然全被蒙在鼓裡，一概不知。

張敏聽見皇帝這麼說，櫛髮的手不禁顫抖，心中暗想：「時機到了，時機到了，天助我也！」當即放下櫛子，拜伏在地，顫聲道：「張敏該死！啓稟萬歲……萬歲爺……已經有皇子了！」

成化皇帝愕然，低頭望向地上的張敏，忙問：「我有皇子了？你說什麼？」張敏叩首道：「奴才一說，必死無疑。但是萬歲爺一定要替小皇子作主啊！」

成化皇帝聽他口氣眞切急迫，似乎確有其事，不禁又驚又喜，連聲道：「這個自然，這個自然。你快說，孩子在哪兒？」

這時大太監懷恩站了出來，叩首道：「萬歲爺，張敏所言千眞萬確。小皇子潛養於西內，如今已有六歲了，奴才們一直隱瞞著，不敢讓人知道。」

成化皇帝一時高興得昏了頭，並未去想爲何眾宦官得將皇子藏起，又爲何不敢讓人知道，只連聲嚷嚷：「眞有此事？快帶我去見他，立即便去！」

懷恩早已備好了皇輿，讓人抬了皇帝經過金鰲玉蝀橋，來到西內北海之旁的玉熙宮。玉熙宮再往北去，便是羊房夾道了。但是這等低下卑賤的處所，萬歲之尊自然是去不得的，只好停輿在玉熙宮的廳堂中，遣張敏去迎接皇子出來。

這一切都在楚瀚的暗中觀望之下。當張敏來到紀善貞的房中時，楚瀚已早一步趕到，將事情稟報給了娘娘。紀善貞雖然知道遲早會有這麼一日，但臨到頭來，仍感到不敢置信，她拉著楚瀚的手，詢問再三：「是眞的麼？是眞的麼？」楚瀚不斷點頭。紀善貞心中激動，一時悲喜交集，淚流滿面。

她鎭定下來，抹去眼淚，走到泓兒身邊，蹲下身子，緊緊抱住了泓兒，微笑道：「孩子，好消息，你爹爹派人來接你啦。你待會見到穿著黃袍、留著鬍鬚的人，那就是你爹爹。知道麼？」

泓兒眼見母親神色激動，警覺事情嚴重，說道：「娘，妳跟我一塊兒麼？」紀善貞搖了搖頭，說道：「你先去，我一會兒就來。」

泓兒望著母親，心中明白母親只是在安撫他，說道：「我不去成麼？」

紀善貞笑著搖頭，說道：「你去見你爹爹，這可是天大的好事情。怎能不去？別擔心娘，有你瀚哥哥在。」泓兒望向楚瀚，楚瀚也點了點頭。泓兒對瀚哥哥萬分信任，便道：「我明白了。我去。」

紀善貞替泓兒穿上一件親手縫製的緋色小袍，讓他隨張敏坐上小車。她望著泓兒離去的背影，忍不住哽咽，低聲對楚瀚道：「泓兒這一去，我就沒得活啦。」

楚瀚握住她的手，搖頭道：「娘娘莫說這等喪氣的話。請放心，有我在。」

卻說泓兒在張敏的護送下，火速來到玉熙宮外。張敏將他從車上抱下，放在階梯之下。這時泓兒一頭長髮披散在地，他自出生以來便躲在夾壁密室之中，從未有機會剪髮，因此髮長及地。他抬頭望見一個穿黃袍、留長鬚之人坐在堂上，想起娘的吩咐，便走上前去，主動投入那人的懷抱。

成化帝激動得全身顫抖，連忙伸手將孩子抱起，放在膝上，仔細觀望他的臉面，不住撫摸他的頭臉手腳，喜不自勝，流淚道：「這眞是我的兒子！你看他多像我！」

懷恩站在一旁，聽皇帝這麼說，頓時放下了心頭大石，趕忙上前叩首道：「皇上大喜！皇上大喜！這等大喜事，需得立即讓外臣知曉才好，好讓普天同慶啊。」

成化皇帝連連點頭，說道：「不錯，不錯。你快去內閣，向閣臣詳細說明此事。」

懷恩知道事情一旦公布給外臣知曉，那便是天下皆知，再也不可能被掩蓋了。當即領命奔出，來到內閣。當時任職內閣的是被後世稱爲「紙糊三閣老」的萬安、劉吉和劉珝三人，其中除了萬安是萬貴妃的親信外，其餘幾人對於皇嗣還是極爲重視的。三人聽了懷恩的敘述，皆是大喜，群相慶賀。萬安暗中驚懼交集，想質問皇子的眞假，但在一片慶賀聲中，又聽見皇帝喜極而泣的情形，生怕掃了皇帝的興，更怕觸怒了皇帝，只有隱忍不言，趕緊悄悄將消息通報給萬貴妃知道。

懷恩老於世故，當即藉機敲釘轉角，立即請群臣次日便即上表道賀，並讓大臣草擬詔書，將尋得皇子之事頒詔天下。

次日，群臣果然一齊入宮祝賀。成化皇帝坐在龍椅之上，懷中抱著泓兒，讀了大臣所擬關於尋得皇子的草詔，龍心大悅，不斷點頭，說道：「你等揣知朕意，甚好，甚好。快將這詔書頒布天下，讓天下臣民同喜同慶。」

成化皇帝對尋得皇子之事歡喜非常，又下旨封小皇子的母親紀善貞爲淑妃，命她移居長樂宮。長樂宮位在西六宮的東南角，是離乾清宮最近的院落；他讓小皇子隨母親而居，自己好時時能見到他們母子。

紀淑妃遷入安樂宮的當日，成化皇帝便召見了她。他其實早已不記得這個任職內承運庫的小小女官，此時見到她的面，才隱約記起自己曾臨幸過此女。成化皇帝並非險惡薄情之人，只是長年受到萬貴妃的箝制，性格怯懦，事情不論大小，鮮少由自己作主；但他此時終於得了個寶貝兒子，心中激動，竟將對萬貴妃的恐懼忌憚放在一邊，見到紀淑妃時，一把拉起她的手，衷心感謝她六年來含辛茹苦，替他生養了這麼一個雪白端正、聰明伶俐的兒子。

此時西內一眾受貶宮女的興奮之情，更是如過年過節一般，笑聲盈耳，交相慶賀，只差不敢放起鞭炮來。這群被打入冷宮、徹底絕望的女子，許多都耳聞小皇子之事，也都或多或少曾照顧過這個惹人憐愛的孩子，並且守口如瓶，從未洩漏出半點消息。如今紀淑妃和小皇子苦盡甘來，怎不讓這些女子感到衷心的痛快？

廢后吳氏安然坐在西內住處，當婢女沈熗蓮快奔進來告知小皇子已身穿緋色小袍上了車時，心中感到一陣難以言喻的感動和滿足，她想：這麼多年了，我可終能見到萬貴妃臉上露出恐懼之色了！

可想而知，當萬貴妃聽聞從羊房夾道中冒出了個六歲的皇子之時，怒發如狂，在宮中摔物哭罵，直鬧了幾天幾夜還不罷休。她只道自己已牢牢掌控了宮中一切情報，怎料得到這些卑賤的宮女宦官們竟敢同心一志，聯手隱瞞自己，竟然一瞞便瞞了六年！她知道這背後一定有厲害角色在策動，便召了百里緞來細細盤問。百里緞不敢隱瞞，全盤托出，萬貴妃這才知道，多年來一直保護著小皇子的，正是那原本跟在梁芳背後的小宦官楚瀚，亦是如今跟在汪直背後的錦衣衛汪一貴。

此時萬貴妃便再惱怒也已無用，小皇子的事情木已成舟，再也無法逆轉。次日成化皇帝便敕禮部爲皇子命名，取名爲「朱祐樘」，泓兒自此才有了正式的名字。在懷恩的指點下，大學士商輅趁機請皇帝建儲，立朱祐樘爲皇太子。成化皇帝非常心動，幾乎便要准議。

明廷慣例，長子若出於皇后，通常一出生便立爲太子；而長子若出於嬪妃，則加封其母，嬰兒若未夭折，而皇后始終無子，那麼該子多半便會被立爲太子。此時成化皇帝的王皇后清淡自持，安然獨居，已有許多年未曾見到皇帝的面，自是不可能有子息了；而萬貴妃年過四十，自從數年前生下的孩子夭折之後，便再未有孕，再要有子只怕也是難了。此時朱祐樘年已六歲，健康活潑，更無嬰兒夭折的憂慮，那麼立儲應是理所當然之事。群臣見大學士商輅如此奏請，都同聲贊成。然而此事卻遲遲未決，皇帝既不准議，也未駁回，群臣開始感到慄慄不安，心想事情或許又有變卦。

楚瀚得知了立儲未允之事，便去與懷恩密談，請問詳情。懷恩歎息道：「昭德厲害得很，夜夜纏著主子，哭鬧威脅，弄得主子心神難安，不敢擅作決定。」

楚瀚點了點頭，他往年曾花上不少時間替梁芳偷窺成化皇帝的舉止，知道皇帝天性儒弱，優柔寡斷，而且對萬貴妃極爲依賴，晚間總要萬貴妃來他寢宮，在他床前陪他說話輕哄，才能睡得著覺。哪日萬貴妃不高興了，不來陪他，他便焦慮得席不安枕，食不下嚥。加上成化皇帝生性懶惰，從不按時上朝，軍國大事都交給閣臣處理，高興時讓太監給他讀讀奏章，聽了也不全懂，不置可否；通常便由司禮監的秉筆太監懷恩票擬御旨，皇帝過個目，點個頭了事。若有大小事情必須由皇帝御批的，皇帝便要驚惶失措，必得先請問過萬貴妃的意見，才能定奪。她若說可便可，她若說不可，那事情是如何也不可的。

如今商輅這一奏折久久未批，連秉筆太監懷恩都不敢擅作主張，只因萬貴妃硬咬著不肯答應。楚瀚皺眉沉吟，問道：「懷公公，您瞧該如何是好？」

懷恩歎了口氣，說道：「事情很不容易。如今小皇子是正式入宮了，但離成爲皇儲還遠得很。楚瀚，你若能辦到一件事，那便是莫大的功德。」楚瀚忙道：「公公請說。」

懷恩壓低了聲音，說道：「萬貴妃知道自己即使能擋得一時，卻擋不了一世。過得幾個月，如果再不立儲，天下都要譁然。她的如意算盤自是釜底抽薪，儘早將小皇子除掉了事。」

楚瀚點點頭，說道：「我自當竭盡所能，確保小皇子的安全。」他抬起頭，問道：

「那麼公公您呢？」

懷恩也抬起頭，與楚瀚眼光相對，明白楚瀚是擔心自己的安危。懷恩挺身而出，一舉將小皇子送回皇宮，擺明了與萬貴妃作對，萬貴妃自不會輕易放過他。他望著楚瀚，心中甚是感動，暗想：「這小子對人未免太過眞誠。幾年前我趕他出京，而如今擔心我安危的人竟然是他！」

他長歎一聲，說道：「老命一條，早就豁出去了。皇儲乃是朝廷大事，我雖不才，也知道此黑白是非。昭德眼下還扳不倒我，你不必擔心。」

楚瀚點頭道：「公公請多保重。最好讓鄧原和麥秀跟在您身邊，隨時護祐，以策萬全。」懷恩道：「如此多謝你了。」

此後楚瀚便日夜潛在紀淑妃和小皇子所居長樂宮外，小心保護，不敢稍有懈怠。此時汪直剛好被成化皇帝派去南方探查消息，楚瀚獨自留在京城，無人管他，他才得以整日潛藏宮中，寸步不離。

自從小皇子搬到宮中之後，黑貓小影子也跟了來，白日總跟在小皇子身邊，晚上也睡在小皇子的床頭。楚瀚知道小影子十分警醒，牠平時跟自己睡時，一有任何動靜，便會立時醒覺，若有危險，更會喵喵大叫。即使楚瀚日夜在長樂宮外守護，畢竟無法時時刻刻保持清醒，幸得有小影子守在小皇子身邊，能隨時出聲示警，讓楚瀚放心了不少。

第六十章　鬥法宮中

楚瀚藏身長樂宮內院的第五日晚間，便聽外面人聲喧嘩，似有許多人到來。他離開長樂宮，從夾道出了內右門，但見八個小宦官在前打著燈籠，後面跟著御用監大太監梁芳，領著一群人大搖大擺地走向外朝三大殿的謹身殿。其中一人是個身著金色法袍的中年人，留著長鬚，面孔尖長，楚瀚認出竟是曾在桂平見過的妖人李孜省，旁邊是個高瘦和尚，身穿黃色袈裟，道貌岸然。楚瀚心想：「這和尚既然跟李孜省作一道，想來也不是什麼好角色。」

兩人身後各自跟著七八名身穿道服僧服的弟子，手中捧著各式各樣的法器。楚瀚微微皺眉，暗想：「皇帝召這些妖人進宮來，不知想作什麼？」

他悄悄在後跟上，但見一行人走上謹身殿的階梯，眾弟子們站在門外伺候，梁芳領李孜省和那和尚跨過門檻，走入殿中，跪稟道：「奴才梁芳，奉旨恭領奉天神聖通靈教化李大師諱孜省，摩訶大乘教主通天禪師上繼下曉，叩見萬歲爺、貴妃娘娘。」

李孜省和繼曉走上前跪拜行禮，楚瀚見到坐在殿上的，正是成化皇帝和萬貴妃。

萬貴妃眉花眼笑，說道：「梁芳，你這回辦事得力，竟同時將兩位大師請了來，可著實不容易哪。」

梁芳諂笑道：「啓稟萬歲爺、貴妃娘娘，這兩位大師可不是一般人。李大師天生異稟，精通煉金化丹、長生延壽之術，早是仙人一流，尋常弟子就算想見他一面，也得等到因緣成熟，往往得修練好多年的時間才得以拜見。繼曉上人則是神通具足的佛門高僧，平時閉關禪修，更不出山。兩位神仙今日是聽說萬歲爺和貴妃娘娘盛情相邀，才答應隨奴才入宮叩見。」

萬貴妃點了點頭，對成化皇帝道：「最近宮中不平靖，小人作怪，耳語橫行，什麼妖精鬼魅的事情都冒了出來。我特別讓梁芳請了兩位大師來，替咱們宮中消災祈福，驅魔除妖。」

成化皇帝也不笨，知道萬貴妃口中的「妖精鬼魅」，便是暗指從西內冒出來的紀淑妃和小皇子，但也不好多說，只唯唯稱是，向李孜省和繼曉道：「有勞兩位大師了。」

那名叫繼曉的和尚合十說道：「萬歲爺和貴妃娘娘福慧深厚，英明睿智，垂拱而令天下太平，百姓安樂。在我佛家來看，兩位這一世所累積的善業福報，已足夠流傳千生百世，世世安樂長壽，福德無邊，最終必能得悟大智慧，立地成佛。」

萬貴妃甚是高興，說道：「說得好，說得好！梁芳，賜上人黃金五十兩。」

梁芳當即親自上前，跪在繼曉面前，將盛著黃金的銀盤高舉過頂，呈給繼曉，神態恭敬已極。繼曉面不改色，安然收下了。

梁芳對李孜省使個眼色，李孜省眼見繼曉隨口胡謅兩三句，便有黃金進袋，怎不眼紅，當即說道：「萬歲爺和貴妃娘娘有上天護祐，自然事事順遂，平安吉祥。然而老朽在進宮之前，遙遙望見宮中似有妖氣。此刻尚不明顯，但若不加遏制，只恐日後難以收拾。老朽啓稟聖上，若要驅妖去魔，須得在宮中進行幾場降魔法事，平衡陰陽，回歸正道，方可消災得福。」

萬貴妃連連點頭，說道：「李大師這話說得再對也沒有了。我老早就說了，宮中地大人多，總不免藏污納垢，妖邪亂舞。就請李大師在宮中作場法事，揪出那些爲非作歹、妖言惑眾之徒，好好懲戒一番。」

李孜省行禮道：「老朽一定不負萬歲爺和貴妃娘娘的期望。」萬貴妃道：「大師多盡點心，放手去作，一切有我，不用顧忌。」

楚瀚在旁聽著，心中雪亮：「看來她是想藉這妖人之手，陷害紀淑妃，甚至傷害小皇子。」

成化皇帝對驅妖去魔顯然沒有什麼興趣，插口問道：「我聽說李大師精擅長生不老之術？朕對此很有興趣，盼先生賜教。」

李孜省精神一振，先自吹自擂一番，說道：「萬歲爺請猜猜看，老朽今年幾歲了？」成化皇帝道：「大約四五十歲吧？」

李孜省邊笑邊搖頭，說道：「不瞞萬歲爺，老朽其實已經有一百五十六歲了。這都是『長生術』的功效啊。」成化皇帝大爲驚異，忙問詳細。李孜省當即滔滔不絕地說起養生延壽之術，從飲食健體說起，繼而談論煉丹術和房中術，成化皇帝聽得津津有味，不斷追問細節。

楚瀚想起在桂平見到李孜省聚眾斂財那時，曾聽信眾說起李孜省有不少對付仇家的法門，如「打小人」、「咒髮術」和「養小鬼」等，心中警惕，知道此後得留心李孜省和繼曉這兩人，以防備他們對小皇子使出什麼奸計。

過不幾日，李孜省便在開始宮中設壇作法，率領徒眾在宮中四處焚香舞劍，吟唱遊走，撞見低階宦官宮女，便阻止盤問，用話相套，不肯配合的，便聲稱是妖人一流，就地鞭打處罰，肆無忌憚，弄得宮中人心惶惶，眾宦官宮女紛紛向懷恩投訴。懷恩最痛恨這等妖人祟事，不屑地道：「找妖人進宮的是梁芳，這爛攤子該由他來收拾！大家見怪不怪，其怪自敗。不用理會！」

楚瀚在暗中觀察這伙人的行動，很快就知道他們的目的，是想找出願意配合扯謊的宦官宮女，讓他們作供指稱小皇子是假冒的。只要有一個人敢出頭這麼說，梁芳便能打蛇隨棍上，多拉幾個證人串供，大肆宣傳謠言，讓小皇子地位不保。楚瀚向懷恩報告此事，懷恩爲人剛毅正直，說道：「眞便是眞，假便是假。這些人裝神弄鬼，顚倒是非，怕他何來！」

楚瀚卻是個很務實的人，知道人心黑暗，不可不防。他暗中跟鄧原和麥秀商量，讓他們出面穩住局勢，將一些平日不得志、奸滑取巧的宦官一一疏攏安撫，該給錢的給錢，該升官的升官，讓大家死心蹋地，毫無怨言，全心全意效忠於楚瀚；而大多數的宮女宦官們畢竟是善良的，他們受萬貴妃和梁芳欺壓已久，懷恨在心，自然而然地對紀淑妃和小皇子生起保護疼惜之意。因此六年來無人通風報信，而六年後也無人肯出面作假供，不管李孜省和梁芳在宮裡如何折騰，都未能釀造出任何不利於紀淑妃和小皇子的謠言。

這夜李孜省又在宮裡作法，神壇就設在長樂宮外。楚瀚老早知道他意存不良，在李孜省入宮前便已偷偷去過他下榻之處，在他的道具裡作了手腳。

這時但見李孜省指派了十多名教徒層層守衛在神壇之旁，不讓人靠近，自己鬼鬼祟祟地跪在神壇前，只有梁芳湊在一旁觀望。楚瀚從樹上仔細瞧去，見到李孜省左手握著一個稻草人，右手拿著針，不斷往稻草人心口插下，口中喃喃念咒。

楚瀚暗暗搖頭，下了樹，四下一望，見到一人遠遠走來，卻是鄧原。他悄悄上前攔住，問道：「小凳子，是懷公公派你來的麼？」

鄧原點頭道：「是啊。懷公公聽說這姓李的在宮裡鬧得太過分，派我來瞧瞧。楚大人，他們這是在作什麼？」楚瀚搖頭道：「想是在施展什麼邪法咒術。小凳子，不如我們去揭穿這場把戲，讓他們收斂一些。」於是悄悄向鄧原囑咐了一番，鄧原不斷點頭。

楚瀚便施展飛技和點穴之技，將李孜省分派守衛的十多個教徒全都無聲無息地點倒，回來對鄧原點點頭。鄧原便悄悄走上前，一逕來到李孜省身後，高聲說道：「李大師，聽說你的法術高明得很，受到詛咒的人，半年內一定會死去，是也不是？」

李孜省沒料到身後竟會有人，這一驚非同小可，跳起來足有一尺高，連忙回過頭來，見到是鄧原鄧公公，忙陪笑說道：「鄧公公說……說什麼來著？」

梁芳也沒料到鄧原會這麼輕易便闖進來，更無半點徵兆，不知外面的守衛是在幹什麼的？他立即變了臉色，冷冷地道：「小凳子，你來這兒作什麼？」

鄧原道：「懷公公說外邊紛紛吵吵，要我出來瞧瞧。」他一伸手，從李孜省懷中奪過了稻草人，笑道：「這是什麼來著？我聽人說過紮草人施咒術的，沒想到真有這回事。被詛咒的人名可是放在草人肚子裡吧？待我瞧瞧李大師要詛咒誰呢？」

李孜省連忙去搶，但鄧原早已有備，立即將小人扯開，露出肚子裡面寫著姓名的紙條，跌落在地。李孜省和梁芳見到紙條，臉色都是大變，但見那白紙上以朱紅墨跡寫著兩個字，赫然竟是「梁芳」。

李孜省雙眼瞪得老大，簡直不敢相信自己的眼睛，張大口說不出話來。

梁芳瞇起三角眼，他雖識字不多，自己的貴姓大名倒是認得的，又驚又怒，惡恨恨地瞪著李孜省，喝道：「你……這你怎麼解釋？」

李孜省明明親手寫了小皇子的名諱，藏入草人的肚中，怎想得到草人竟被人掉了包？若是寫上小皇子的名字，至少是出於萬貴妃和梁芳的授意，自己不擔罪過；現在紙上寫的竟是梁芳，自己可是要吃不了兜著走。他連忙辯白道：「這名字給人換過了！我絕對不會詛咒公公，求公公明鑑！」梁芳重重地哼了一聲。

鄧原在一旁問道：「給人換過了？那麼原先寫的是誰呢？」

李孜省如何敢說，緊緊閉著嘴。梁芳惱怒非常，揪住李孜省的衣襟，罵道：「沒用的東西！我花大錢聘請你來宮中作法，你莫是收了別人的錢，反倒來詛咒我了？」

李孜省又是驚詫，又是焦急，只能放下大師身段，跪地求饒道：「我怎麼敢？梁公公是我再造恩人，李孜省若有半分違逆相害之心，教我天打雷劈，不得好死！」

鄧原眼見兩人鬧得不可開交，便笑嘻嘻地退了開去。他笑著向楚瀚敘述了經過，楚瀚只淡淡一笑，說道：「那姓李的原只會些騙人的伎倆。他那打小人的咒術若真有用，怎地不見梁芳心痛而死？」

鄧原笑道：「大人說得是。梁公公現在知道這人是個騙子，往後便不會再信任他了。」

果然在這件事之後，萬貴妃和梁芳對神人李大師的態度一下子冷淡了下來，李孜省便較少在宮中出沒了。只有成化皇帝對他的法術仍十分著迷，不時傳旨召見。楚瀚為了破除皇帝對李孜省的迷信，便找出自己數年前從李孜省在桂平的住處取得，用以哄騙信眾的種種作假唬人的法寶，交給了鄧原，讓他拿去給皇帝看，並當場示範「木炭變蓮花」的法術。皇帝見了，沒有說什麼，卻也沒有降旨懲罰李孜省。顯然他雖對李大師的「五雷法」心中存疑，但對他的房中術仍大有興趣，因此仍時常召李孜省祕密入宮，傳授種種房中祕術。

醜造謠言、妖術詛咒相繼失敗之後，萬貴妃和梁芳仍不肯放棄，轉而命妖僧繼曉入宮暗殺。這和尚不知從那兒學得一身外家功夫，掌力強勁。他在梁芳引領下，於夜間潛入宮中，預謀伺機傷害小皇子。

楚瀚自知武功不如他，但飛技和警醒卻遠遠勝過，加上消息靈通，繼曉打算何時從何處入宮，他都一清二楚，早已作好準備，讓鄧原和麥秀率領一群宦官和宮女特意在他

到移子皇小將已早卻瀚楚，手出會機著找曉繼回幾有。手動從無他讓，聊閒會聚處藏躲

他處，讓他撲了個空。

這夜繼曉不肯放棄，再次潛入宮中，準備出手暗殺。楚瀚心想不能夜夜這麼跟他耗下去，便決意出手制伏這個妖僧。他藏身暗處，見到繼曉的光頭在樹叢中起伏，躲躲藏藏地來到長樂宮外，探頭往小皇子的窗中望去。

此時睡在小皇子床頭的小影子早已醒覺，跳起身，對著窗外低吼。繼曉望見一對眼睛在黑暗中閃閃光，微微一驚，待看清是一隻貓，低罵道：「畜生！」打開窗戶，正準備躍入，卻聽小影子一聲怒叫，身子一彈，直向他的臉面撲去，揮爪抓上了他的光頭。繼曉沒料到一隻貓竟能凶狠至此，又驚又怒，腦門吃痛，連忙揮掌向貓打去，連退兩步。小影子一抓之後便立即扭身跳開，避開了繼曉的一掌。

楚瀚趁繼曉被小影子攻擊、驚怒交集之際，陡然出手，從樹上無聲無息地落下，還未落地，已然出手，制住了繼曉背心的大椎穴。這穴一旦受襲，重則全身癱瘓，輕則麻痺半日。繼曉全未料到自己竟會毫無徵兆地被人制住，登時嚇得全身冷汗，不敢動彈。

楚瀚壓低聲音，在他身後說道：「繼曉大師，你想對小皇子不利，宮內早已人盡皆知。至於誰派你來的，大家也都心知肚明。若不想事情鬧大，丟掉項上腦袋，你最好趁早收手，別來淌這渾水。」

繼曉呑了口口水，平時的莊嚴寶相此刻已轉爲蒼白鬼容，顫聲道：「你……你是誰？」

楚瀚道：「奉命守在宮中的護衛，每夜都有五十多名。我們觀察你的行動已有好一陣子了。今夜我們決定出手懲戒，省得你繼續白費工夫，賠上性命。下次我們若再見到你，可就不是取你性命的事了。廠獄詔獄隨時等著你，主使你的人也不免立即下手，殺人滅口。」說完便點了他的昏睡穴。

繼曉醒來時，人已在城中法海寺的單房中。他摸摸腦袋，知道自己前夜遇上了高人，竟然還留住一條命，實是極爲僥倖。他心中清楚，要是再執迷不悟，下回可沒這麼便宜的事了。那人說得對極，自己若被下入詔獄，拷打審問個一年半載當然不好受，但更可怖的還是遭萬貴妃和梁芳殺人滅口。他心有餘悸，也不敢向梁芳辭別，當日便改裝逃出城去，入山潛藏躲避，再也不敢出來招搖撞騙。

萬貴妃能夠掌握的殺手當然不只妖僧繼曉一人，只因繼曉是宮外之人，容易用後便棄，因此她先寄望於繼曉暗殺成功，再怪罪於他，便能輕易結案了事。如今繼曉失敗，萬貴妃只能使出殺手鐧，派錦衣衛出手。

此時錦衣衛由大太監尙銘掌管，不再是萬貴妃的直屬爪牙。楚瀚得知之後，便決定從中阻擾周旋。他原本認識許多錦衣衛，在替汪直調查尙銘的背景之後，對這人的心性更是瞭若指掌，知道他極端貪財，只有金銀可以打動他。楚瀚於是向尹獨行討了五百兩黃金，直接去見尙銘。

尙銘自也聽聞過汪一貴的名頭，知道他雖掛名錦衣衛百戶，卻是專替汪直辦事的爪牙。他和汪直並不友好，也無衝突，暫時相安無事，聽說汪一貴求見，便見了他。

楚瀚以下屬之禮參見，二話不說，立即奉上黃金。尙銘微微皺眉，說道：「汪百戶，這是作什麼來著？」

楚瀚道：「汪公公命屬下呈給尙公公一點兒微薄意思，微禮不成敬意，還請尙公公笑納。」

尙銘見到黃金，哪有不收之理，當下說道：「這份微禮，我若不收，汪公公定要不快，那我就收下了吧。」

他讓楚瀚坐下，閒閒問道：「不知汪公公派你來此，有何指教？」

楚瀚道：「屬下有一件宮中隱密內情，想稟報給尙公公知道，但怕尙公公未肯輕信。」尙銘道：「但說不妨。」

楚瀚道：「屬下查出，紀淑妃和小皇子的事情，其實萬歲爺老早就知道了，至少三年之前，萬歲爺便已得知內情，但是吩咐主事的人不要聲張。」

這倒是尙銘沒聽過的消息，登時被勾起了興趣，傾身向前，問道：「眞有此事？你怎麼知道？」

楚瀚道：「此事再眞確不過。萬歲爺三年前便已偷偷見過紀淑妃和小皇子，心中再無疑慮，但是他不願貿然觸怒昭德，因此才不敢張揚。如今萬歲爺吩咐主事者公布出來，主要有兩個考量，一來昭德勢力漸衰，顧忌較少；二來小皇子已到了該讀書識字的年歲，萬歲爺心知對皇太子的培養絕不能輕忽，因此決定公布此事，好替太子延請名師，正式就學。」

尙銘聽得將信將疑，他聽聞宮中小道消息，以爲這小皇子的身分可疑，地位不穩，就算被暗殺了，也不會興起太大的波瀾。但是皇帝要是對這小皇子的身分深信不疑，甚且對他寄予厚望，有心封他爲太子，那麼暗殺一旦成功，皇帝必將震怒，定要追究到底，自己身任錦衣衛提督，負責皇宮守衛，要擺脫干係，可沒有那麼容易。

楚瀚觀察他的臉色，知道他已動搖，又補了一句：「這其中內情，懷公公是最清楚的。他從頭至尾都參與了隱藏小皇子的謀畫。懷公公是宮中老前輩了，他若不確定自己能對抗昭德，定然不敢貿然行事。」

尙銘知道懷恩是當今宮中勢力最大的稟筆太監，素來受到皇帝的信任，而小皇子現身之事，確實是由懷恩一手主導，不由得自己不信。他想了一陣，問道：「既然如此，萬歲爺又為何尚未讓小皇子正位東宮？」

楚瀚道：「事情需得一步一步來。小皇子突然出現，令昭德震怒不已。萬歲爺想等她情緒平復些了，再走下一步。我聽懷公公說道，事情宜緩不宜急，萬歲爺的心意既然已經定了，正位東宮的事情，便不必爭在這一時一刻。」

尚銘聽了，背上流下冷汗，暗暗慶幸：「我卻不知萬歲爺暗中竟如此支持小皇子。我若真的聽了昭德的話，出手暗殺小皇子，事情可不易了結。幸好汪直派了這人來跟我說明內情，不然可真要鑄下大錯了。」當下故作輕鬆，微笑說道：「這些事情，我也早有耳聞，哪裡算得什麼祕聞？萬歲爺中年得子，自是普天同慶的大喜事一件。昭德勢力再強，畢竟年高無子，無法長久掌權。」

楚瀚知道他聽信了自己的言語，說道：「尚公公掌管東廠，消息自然比屬下更加靈通了。宮中這些內情，知道的人確實不少。小皇子有萬歲爺在後撐腰，此刻看似地位飄搖，其實穩固如山。未來登基，我們今日擁護的功勞，小主子想必都會點滴在心。」

尚銘不斷點頭，說道：「汪百戶說得再對也沒有。」兩人又聊了一陣子，楚瀚才告辭離去。

楚瀚用賄賂和言語擺平了尚銘和他手下的錦衣衛，但心中仍留下一個巨大的隱憂，那就是身處宮中的「李選侍」百里緞了。她人在宮中，武功既高，手段又狠，若要出手暗殺，就算自己日夜守護，小皇子也難以保全。但是不知爲何，一個多月來她始終沒有出手，可能是因爲萬貴妃認爲她此刻地位敏感而重要，不願她冒險出手，也可能是別的原因，楚瀚始終未能探知。

之後數月，楚瀚幾乎每夜都去窺探百里緞的動靜。憑著百里緞的警覺，自然也知道他來了，卻從不說破。許多個夜晚，楚瀚更不費心隱藏身形，乾脆就在百里緞住處的屋簷上坐著，百里緞坐在屋內，兩人靜靜地隔著門窗傾聽彼此的呼吸，彷彿又回到了在靛海中相依爲命的時光。

偶爾皇帝夜間召她侍寢，楚瀚望著她對鏡細心打扮，身著盛裝，在宮女的簇擁下走向乾清宮，心中咀嚼著種種複雜難言的滋味，是傷感，是痛惜，還是嫉妒？

第六十一章　正位東宮

萬貴妃沒料到尚銘竟然不肯合作，拒絕出手暗殺小皇子，勃然大怒，卻也無法可施。她眼見來暗的不成，乾脆便來明的。這日她派身邊的親信宮女周喜去見紀淑妃，紀淑妃雖曾多次去覲見萬貴妃，但萬貴妃卻始終避不見面，顯然不願意承認紀淑妃的地位。這次萬貴妃派了親信宮女周喜來，紀淑妃只能戰戰兢兢地迎接。

周喜是個四十來歲的宮女，因相貌醜陋、辦事能幹和忠心耿耿，受到萬貴妃的重用。她來到紀淑妃的宮裡，大剌剌地坐下了，對一旁的宮女宦官道：「你們全都退出去！」眾人望了望紀淑妃，見她點了點頭，便都退了出去。

紀淑妃見到周喜的神態，不免驚憂，但她相信這宮女不會敢在光天化日之下對小皇子不利，她若要害死自己，那也罷了，便神色自若地問道：「不知貴妃娘娘有何懿旨請您傳達？」

周喜滿臉橫肉，一對小眼睛橫著往紀淑妃打量去，皮笑肉不笑地道：「淑妃娘娘如今母以子貴，貴妃娘娘哪裡敢給您什麼懿旨哪？」紀淑妃道：「您說笑了。貴妃娘娘地位崇高，如今乃是六宮之主，但有所命，淑妃不敢不遵。」

周喜喝了一口茶，說道：「人都說，愛子莫若母。淑妃娘娘對於小皇子，想必是疼愛得很了。」紀淑妃道：「人同此心，您這句話說得再對不過。」周喜道：「淑妃娘娘想必一心盼望小皇子正位東宮，將來得以身登大位。」紀淑妃道：「這全憑萬歲爺定奪，淑妃豈敢妄言妄想？」

周喜嘿了一聲，說道：「淑妃娘娘這話說得倒是不錯；這件事確實毫無妄言妄想的餘地。您可知道爲什麼？」

紀淑妃心知她說到正題上了，頷首道：「妾身愚蠢，還請指教。」周喜道：「這很簡單。所謂一山不容二虎，小皇子若是當上了太子，那淑妃娘娘豈不是母以子貴，要爬到貴妃娘娘頭上去了？」

紀淑妃聽她說得直接了當，只能沉默不答。

周喜又道：「貴妃娘娘得知萬歲爺得子，高興極了，連聲說這是天大的喜事。但是她擔心萬歲爺會被這件事沖昏了頭，作出傻事來，那可就不美了。」

紀淑妃心中雪亮，小皇子若是正位東宮，而自己又能拴住皇帝的心，那麼被封爲貴妃甚至皇后，也是指日之間的事。萬貴妃擔心自己威脅到她的地位，因此一定會反對到底。她沉思一陣，才緩緩說道：「如此說來，若是沒有這層顧慮，貴妃娘娘便會樂見小皇子成爲太子了？」

周喜小眼一翻，擠出一個醜陋的笑容，說道：「這個自然。萬歲爺春秋鼎盛，此時建儲，貴妃娘娘當然是再贊成也沒有了。」

紀淑妃點點頭，說道：「請您告訴貴妃娘娘，淑妃明白了。」周喜站起身，也不行禮，只冷笑著去了。

周喜去後，紀淑妃眼望窗外，陷入沉思。一直到晚間楚瀚潛入覲見，她也沒移動過，楚瀚見她神色有異，低聲問道：「娘娘，怎麼了？」

紀淑妃道：「萬貴妃派了貼身宮女來，說怕我威脅到她的地位。我若不死，她便絕不會讓萬歲爺立儲。」

楚瀚哼了一聲，說道：「這女人暗殺不成，竟想用這些胡話來逼迫您！娘娘千萬別理會，她鬥不過我們的。」

紀淑妃淡淡地道：「鬥來鬥去，也不過如此。我本是有夫之婦，卻身不由己，陷身宮廷。若不是爲了泓兒，眞不知這幾年活著是爲了什麼？如今我也不復青春美貌，還得使盡功夫討好取悅萬歲爺，跟那女人明爭暗鬥，拚個你死我活，又是所爲何來？」

楚瀚聽她語氣落寞，暗暗擔心，安慰道：「娘娘，您堅持了這麼久，還不都是爲了泓兒？如今泓兒年紀還小，一定得要有您在他身邊照顧保護才行。您可千萬別喪氣，如今最大的難關已經過了，再撐幾年，必定能苦盡甘來的。」

紀淑妃輕歎一聲，卻不再言語。

過了幾日，汪直從南方辦事回來，回到宮中向皇帝密稟探訪經過。皇帝十分高興，賞了他不少金銀，當然也告訴了他尋得小皇子的大好消息。汪直出宮之後，第一件事便是找楚瀚來詰問。楚瀚老實向他述說了過去幾個月來城裡和宮中發生的事情，也說了萬貴妃試圖暗殺小皇子的種種舉動。

汪直冷冷地聽著，忽然將茶碗往地上一摔，怒喝道：「我不在的這些日子，你可無法無天了！除了保護那賤人和那小雜種，什麼屁事也沒幹！」

楚瀚倒是理直氣壯，說道：「我回到京城，原本就是爲了保護紀淑妃和小皇子。現在正是關鍵時刻，我自然得全心全意盡力保住二人，這有什麼不對？」

汪直呸了一聲，罵道：「渾帳！偏你對他們便有這等情急關心，也不見你對我有同樣忠心？你難道不知道，你今日擁有的一切都是我賜給你的？如果沒有我，你早已淨了身，也根本不可能回到京城來，更不可能擁有今日的高官厚祿。難道我給你的錢還不夠多麼？對你還不夠提拔照顧麼？那賤人和小雜種倒給了你什麼？你說啊！」

楚瀚默然不答，心想：「如今小皇子的身分已然公諸於世，娘也已被封爲淑妃，你無法再以向萬貴妃告密來威脅我，我又何必再聽你的話？」想到此處，眞想一走了之，再也不要見到此人醜陋奸險的嘴臉。

汪直見他不說話，又摔了一回東西，發完脾氣之後，他瞪著楚瀚，冷笑一聲，說道：「你以爲我不知道你心裡在轉著什麼念頭？你道小皇子的事情公開以後，我就不能再威脅你了？傻小子！你想想，我若說出你的身世，說出小皇子的母親曾是我的妻子，你想她這淑妃的位子還坐得住麼？小皇子還能保得住麼？」

楚瀚一聽，登時背脊發涼。汪直的這一著殺手 果然厲害！一般人或許不敢說出這等隱情，免得將自己也牽連了進去；但汪直是個狂人，他若想毀滅別人，便會不顧一切，即使玉石俱焚也在所不惜。楚瀚知道他說得出作得到，這件隱情若被掀了出來，紀淑妃和小皇子搖搖欲墜的地位將更是風雨飄搖，岌岌可危。

汪直知道自己的威脅對他有效，心中十分得意，橫眉豎目地繼續罵道：「你這不肖子！不乖乖地替我辦事，一有機會就想背叛我，我汪直究竟造了什麼孽，生了你這樣的逆子！你給我聽好了，我總有辦法整治你，有辦法整治那賤人和那小雜種！」

楚瀚知道他說的是事實，只能盡力壓抑心中的憤怒惱恨、沮喪低沉，俯首道：「汪爺明鑒，一貴不敢。」

汪直哼了一聲，說道：「你知道就好。將地上收拾好了。萬歲爺對我的上報十分滿意，要我再南下一次。留你一人在此只會縱容你胡作非爲，對我毫無好處。明日清晨，你便跟我一起動身南下。」

楚瀚心中又是擔憂，又是焦急，但他知道自己無法違抗汪直，只能垂首不語，蹲在地上慢慢撿起散了一地的茶碗碎片。汪直走上前來，狠狠地踢了他一腳，才大步走出。

楚瀚恚怒已極，但也只能在心底隱忍咒罵。他匆匆收拾完了，便潛入宮中，告知麥秀和鄧原自己即將出京，請他們留意照料紀淑妃和小皇子，又囑咐小影子好好保護小皇子，次日便跟著汪直啓程。二人喬裝改扮了，悄悄出京，南下來到南京。

皇帝派汪直出去幹的事兒，也不過是在暗中探聽南京大臣的舉止情況。這事兒楚瀚幹來輕鬆容易，一兩天便辦成了，汪直卻堅持要在南京多留幾日，肆意搜刮了一番，又裝模作樣地探訪了幾日，才慢慢回往京城。楚瀚心急如焚，生怕京中出事，進城後沒聽見京中發生什麼大事，知道小皇子平安，這才放下心。

當天夜裡，楚瀚潛入長樂宮覲見紀淑妃。當時已是半夜，但見宮中一片混亂，兩個宮女跪在寢室的地上，神色驚慌，淚流滿面，正是被派來服侍紀淑妃的秋華和許蓉。

楚瀚心中一跳，知道事情不好了，衝上前去。但見紀淑妃橫躺在地，臉色青白，顯然已經死去。他霎時如五雷轟頂，呆在當地無法作聲。他強自鎮定，顫聲問秋華道：

「這是怎麼回事？」

秋華又驚又悲，哭道：「就是……就是剛才。娘娘要我們早早都去睡了，我聽見房中傳來奇怪的聲音，過來探視，便見到……見到娘娘躺在地上了。」

楚瀚在紀淑妃身邊跪下，但見她眉目間隱隱透出青氣，但神情安詳，嘴角似乎仍帶著微笑。他一望便知道她是自盡的。瑤族人善用蛛毒，紀淑妃想是用蛛毒結束了生命。他不禁自責無已：「如果我未曾跟著汪直離開京城，娘又怎會屈從萬貴妃的威脅，決定讓步自殺？她為何連我的最後一面都不肯見？」隨即明白：「她故意趁我離開時自盡，因為她不願意為難我，又決心保住泓兒，讓泓兒能登上太子之位。」他想到此處，怒火中燒，對汪直和萬貴妃的憤恨幾乎一發不可收拾。

楚瀚將眼光從紀淑妃的臉上移開，深深地吸了一口氣，站起身，走入泓兒居住的內室。小影子老早聽見外面的人聲，蹲在床頭，警戒地望著門口，見到是楚瀚進來，才鬆了口氣，跳下地迎上前去。楚瀚摸了摸小影子，見泓兒仍在床上熟睡，心中微感猶疑：「泓兒才六歲，是否該讓他見母親最後一面？」隨即決定：「娘愛他勝過性命，更是為了他而死。泓兒一定得去見娘一面。」當下叫醒了泓兒，將他抱起，柔聲道：「泓兒，有一件很不好的事情發生了。我現在帶你去看娘。你乖乖的，不要哭，不要怕，知道麼？」

泓兒生於患難，長於患難，聽了楚瀚的語氣，登時清醒過來，似乎已預知這件「很不好的事情」十分嚴重，睜大眼睛望著他，點了點頭。楚瀚便抱著泓兒出來，走向已被宮女們抬到床上的紀淑妃的屍身。

楚瀚將泓兒放在床邊。泓兒望向母親的臉龐，聲音細微，說道：「娘病了？」楚瀚忍住哽咽，低聲道：「她再也不會醒來了。」

泓兒並不十分明白，沒有說話，只怔怔地望著母親的臉龐。楚瀚低聲道：「跟娘道個別吧。」

泓兒湊上前，親了親母親的臉，感覺她的肌膚冰冷，不禁身子一震，終於明白了瀚哥哥的意思：娘再也不會醒來，再也不會跟他說話或抱抱他了。泓兒臉色轉白，口唇顫抖，眼淚在眼眶中滾來滾去，卻沒有哭出聲來。

楚瀚讓秋華抱起泓兒，吸了一口氣，讓許蓉去稟告萬歲爺，請示該如何處理紀淑妃的後事。

大約是震於萬貴妃的淫威，成化皇帝對紀淑妃的死並未表現出太大的哀戚，只下令厚葬了她，諡號「恭恪莊僖淑妃」。喪禮之上，泓兒撫棺痛哭，他年方六歲，卻哀慕如成人，在場的宦官宮女見了，無不悲痛，低頭拭淚。

紀淑妃的葬禮才結束，就傳出張敏吞金自殺的消息。楚瀚知道張敏恐懼遭到萬貴妃報復，心知如果連紀淑妃都自身難保，他一個小小門監又怎能逃得過一劫？與其整日擔驚受怕，不如早早自我了斷。楚瀚想起張敏的善心，當年他被萬貴妃派去溺殺小皇子，卻不忍心下手，並跟自己一起掩藏小皇子，輪流到水井曲道角屋倉庫的夾壁中照顧哺餵嬰兒。那段又驚險又溫馨的時光，彷彿猶在眼前，而張敏卻已自殺身亡，人鬼永隔。

楚瀚心中哀恨，親手火化了張敏的屍身。他查知張敏是同安人，出生於南方海外一個叫作金門的小島。他派人拿了一大筆錢，帶了張敏的骨灰遠赴金門，讓他的屍骨得以回鄉安葬，並將金錢送給了他的家人。

幾個月後，在懷恩和諸閣臣的力爭下，加上紀淑妃已然自殺，不致對萬貴妃的地位構成威脅，萬貴妃開出的條件已然達成，成化皇帝終於名正言順地將泓兒立爲皇太子，正位東宮。

泓兒雖然在成化皇帝的支持下正位東宮，但母親死去，身邊圍繞的一半是忠於楚瀚的宮女宦官，一半仍是萬貴妃的人馬，性命依舊朝不保夕。

楚瀚將情勢看得十分清楚，便去與懷恩討論對策。懷恩沉吟道：「此刻宮中能保住這個孩子的，只有一個人。」楚瀚忙問：「是誰？」

懷恩道：「萬歲爺的母親，周太后。」

楚瀚一拍大腿，說道：「正是！如今只盼能得到太后的同情，出手守護。不知太后對太子之事，是何態度？」

懷恩歎道：「太后半信半疑，始終沒出過聲。」

楚瀚道：「這事情，需得多作功夫。」兩人於是商議，由懷恩悄悄派親信手下去向周太后最寵信的貼身老宮女作功夫，讓她在太后耳邊多說好話。那老宮女向來敬重懷恩，一口便答應了。

當時周太后心中確實仍有些疑慮，不大相信這孩子能一藏六年，無人知曉，莫不是宮外頭抱回來的野種？而紀淑妃一死，死無對證，實在難以令人相信。她正疑慮間，但聽身邊老宮女說道：「娘娘，我今兒在東宮見到了小太子，他長得就跟萬歲爺小時候一個樣子！您一定要抱來看看呀！」這宮女跟了她幾十年，當年帶養成化帝長大她也有份，太后聽了，便有些心動。

這時楚瀚往年的親信麥秀，也被懷恩安插在太后身邊，當下趁機說道：「若非後宮專擅，這孩子又何至一躲六年，不敢見人？如今正位東宮，卻仍整日擔驚受怕，小小年紀就沒了親娘，沒人愛惜保護，怪可憐見兒的。」

周太后原本就厭惡萬貴妃專權橫行，聽了這話，終於下定決心，對麥秀道：「既是如此，你去將孩子帶了來，讓我瞧瞧。」麥秀一聽這話，心中大喜，飛也似地將太子抱來了皇太后所住的仁壽宮。

泓兒的面貌果真與成化帝幼年時十分相似，生得白淨清秀，乖巧伶俐。周太后一見到他，整個心都融化了，立即抱在懷中撫摸不止，疼愛不盡。她早已風聞萬貴妃在後宮作威作福，墮胎殺嬰等情，如今想來當是不假，心中更疼惜這個得來不易的獨孫，便召了成化皇帝來，說道：「這孩子交給哀家了，就住在我這仁壽宮，誰也別想動他！」

成化皇帝最孝順母親，連忙應諾。他雖心愛這孩子，但畢竟難改懦弱的本性，在萬貴妃的淫威之下，連一個千辛萬苦替他生養了兒子的妃子也保不住，當年參與密謀的宦官也得自殺，實在無能保住這個幼子。他眼見母親出面護孫，大大鬆了一口氣。須知萬貴妃往年曾是周太后身邊的婢女，對周太后始終懷抱著恭敬畏懼之心，不管她在後宮如何囂張凶狠，也絕不敢闖入仁壽宮加害孩子。從此，太子便隨祖母住在仁壽宮中。

然而成化帝可是低估了萬貴妃。不多久，萬貴妃便召太子去她宮中，說要請他吃東西。周太后知道她不懷好意，便道：「太子，你去到那兒，可要記著，什麼也別吃。」泓兒點頭答應了。太后不放心，讓麥秀跟太子一起去。麥秀甚是警醒，對太后道：「太后娘娘請放心，一切有奴才在。」

泓兒來到貴妃住的昭德宮，萬貴妃臉上堆笑，取出食物讓太子吃。泓兒十分乖覺，當即說道：「我已經吃飽了。」萬貴妃道：「肚子不餓麼？那也成。來人，給太子上點兒湯喝。」一旁的宮女立即端上一碗湯來，放在太子跟前。

麥秀一見，臉色立即變了，他知道在食物中下毒，吃了還不致於就死；湯水中下毒，那可是要多毒便能多毒，喝下去可以立即斷腸嘔血而死。麥秀生怕太子不知世事險惡，眞喝了那湯，正想搶上一步將湯打翻了，卻聽太子稚嫩的聲音說道：「多謝娘娘，但是我不喝。」

貴妃臉上變色，說道：「怎麼，你就算肚子飽了，總可以喝點兒湯水吧？」

太子直視著萬貴妃的臉，說道：「我怕湯中有毒。」

萬貴妃大怒，拍桌站起，喝道：「這孩子才幾歲年紀，便懂得這麼說話！是誰教他的？」瞪向麥秀，麥秀低頭不敢回答。萬貴妃倏然站起身，大步來到泓兒面前，端起那碗湯，直拿至泓兒嘴旁，惡狠狠地道：「你今日一定要給我喝下，不喝，便別想走出我這昭德宮！」

泓兒雖然年僅六歲，但神情鎮定，毫不慌張，抬頭望著萬貴妃，說道：「我不喝，妳不讓我走；我喝了，只怕同樣走不出去！」

趁萬貴妃聞言一呆之際，麥秀趁機上前接過湯碗，陪笑道：「貴妃娘娘，太子心直口快，說話不知輕重。剛才在太后那邊，太子確實已經吃飽喝足了。如今太后正等著他回去讀書呢，請貴妃娘娘高抬貴手吧。」

萬貴妃瞪了他一眼，這才將湯放下。她不是爲了麥秀說的這幾句話而放過他二人，卻是因爲她認出麥秀乃是楚瀚的親信，也知道楚瀚多年來在暗中力保太子，毫不鬆懈。她聽說過楚瀚的能耐，知道他的輕功出神入化，說不定此時便在樑上或窗外、樹上偷窺，隨時能取己性命。就算他此刻人不在此，但他若執意殺己，想必隨時能夠潛入昭德宮，割己首級，無人能擋。她忍不住向樑上和窗外瞥去，沒見到什麼風吹草動，但心中凜然，勉強克制怒意，對麥秀呵斥道：「咄！還不快去！」

麥秀跪下謝恩，抱起泓兒，飛快地離開了昭德宮，奔回仁壽宮去。

二人走後，萬貴妃回想剛才所見，怒火中燒，咬牙想道：「這孩子小小年紀，便已如此鎮定機警。等他大了，還不將我當成魚肉般宰割麼？我豈能留下這孽種，自掘墳墓？」

麥秀回到仁壽宮後，將在昭德宮中發生的事情向周太后詳細稟報了。太后聽了以後，臉色發白，拍著胸口道：「小麥子，幸好有你陪著，不然後果不堪設想！以後太子再也不可以去那女人那裡了。誰來請都不去，就算是萬歲爺來請都不去，就說是哀家說的！」

第六十二章　西廠之興

便在小皇子朱祐樘正位東宮之後沒多久，宮中便發生了李子龍事件。這李子龍是個妖道，跟李孜省以長生術和煉金術招搖撞騙不相上下，他在朝中有不少親信，暗中受萬貴妃之託，要爲皇宮「觀氣」，想看看小皇子是否確是眞命天子，有沒有扳倒他的機會，也看看萬貴妃是否有可能「得子」。

於是李子龍在萬貴妃親信的掩護下，登上皇宮北方的萬歲山，觀察內宮。楚瀚對這幫妖人的行事老早掌握在手中，便趁李子龍夜間登上萬歲山之時，帶著錦衣衛上山巡邏，將他逮住，搜出他身上攜帶的各種法器，不由分說，便指稱他有弒君意圖。李子龍百口莫辯，又不敢招出是受到萬貴妃的請託，皇帝一怒之下，便處死了這妖人。

自此之後，成化皇帝開始疑神疑鬼，生怕再有人起意謀害自己，對汪直更加倚重。他命汪直改換便裝，出宮替自己祕密伺察諸事，因汪直行事隱密，報告詳盡，令皇帝獨知京裡京外之事，給了皇帝莫大的安全感。他因此對汪直寵信逾恆，幾乎每日都要召見，詢問大小事情。汪直將刺探消息的工作交給楚瀚去作，自己專門向皇帝報告，因他口才便給，爲人狡智，所說總能深得皇帝歡心，皇帝因此更加信任他。

這日汪直從宮中出來，滿面春風，得意已極，對楚瀚道：「萬歲爺龍心大悅，終於決定讓我獨當一面，替聖上辦些大事了！」

楚瀚猜不到那糊塗皇帝究竟派了汪直什麼新的差事，卻聽他得意洋洋地道：「萬歲爺派我擔任官校刺事，掌領一個全新的廠子，命我從錦衣衛中挑選所領緹騎，人數比東廠還要多一倍！嘿！東廠有什麼了不起的？我汪直今日成立『西廠』，遲早要壓過東廠，收伏錦衣衛，號令天下！」

楚瀚這才恍然，原來汪直果眞混得不錯，皇帝竟答應讓他自己開創一座廠子！世間一個東廠還不夠，再來個由汪直掌領的西廠，眞要弄得天下大亂才罷休。楚瀚心中雖憂慮，卻也知道汪直得勢並非壞事，自己的勢力大半依靠汪直而來，汪直的權勢愈強大，自己保護小皇子就愈容易，當下躬身道：「汪爺所說極是。我們西廠的手段，定要比東廠更加厲害。」

汪直點頭道：「說得好！楚瀚，你熟知東廠行事，我要你率人建造一座西廠廠獄，裡面各種拷打刑具，絕不能少過了東廠。聽明白了麼？限你一個月內建成。」楚瀚領命而去。

楚瀚果然不負所望，半個月內便將西廠的監獄建成了。汪直非常高興，當即啓奏皇帝，升楚瀚為錦衣千戶。汪直細數過去敵人，決定拿曾在皇帝面前說過自己壞話的南京鎮監覃力鵬開刀。

楚瀚早已查清此人罪狀，報告道：「覃力鵬去年進貢回南京，用了幾百艘船載運私鹽，騷擾州縣。武城縣典史去質問他，卻被覃力鵬打落了牙齒，還射殺了典史的一個手下。」

汪直大喜，說道：「運送私鹽，打官擾民，絕對是死罪，萬歲爺決不會輕饒。快去將他捉了起來！」

楚瀚便帶了幾個錦衣衛，趁夜闖入覃力鵬在京城中的御賜宅子，將他五花大綁，押入剛開張的西廠廠獄。汪直命錦衣衛剝光了他的衣衫，雙手用麻繩綁起，吊在半空中鞭打。東廠的鞭子是用牛皮製成，西廠的鞭子不但是用牛皮所製，還帶著刺，一鞭下去，皮肉登時被扯下一大片。

汪直在旁觀看，極為高興，對楚瀚道：「他們打得不夠重，你去！給我狠狠地打五十鞭！」

楚瀚接過鞭子，親手打了覃力鵬兩鞭，覃力鵬的前胸後背登時血肉模糊一片。覃力鵬哪裡禁受得住，痛得屎尿齊流，殺豬般哀號起來。楚瀚喝道：「你此刻倒知道痛，當初運鹽殺人時，怎地不知收斂一些？」

覃力鵬看清他是汪直的手下，知道自己大禍臨頭，只能哀哀求饒道：「汪大爺，您看我當初服侍懷公公、梁公公的份上，饒了我一條老命吧！」

汪直在旁聽見，大怒道：「有我汪直在場，你還敢跟他人攀交情！給我往死裡打！」楚瀚繼續揮鞭，覃力鵬被這幾十鞭打下來，早已體無完膚，裸身吊在半空，昏暈了過去。

楚瀚見他翻了白眼，才停手不打，向汪直稟告道：「昏了。」汪直道：「取鹽水澆醒了，再打。」便有錦衣衛取過鹽水，往覃力鵬身上澆去。覃力鵬即使昏暈，傷口一被灑上鹽水，登時醒了，痛得慘叫不絕。汪直甚覺痛快，命錦衣衛繼續打，自己和楚瀚坐在一旁，一邊觀看，一邊飲酒談笑。

次日汪直拿了覃力鵬親筆簽押的罪狀，列明「偷運私鹽，騷擾州縣，傷官殺人」等罪名，呈給皇上。成化皇帝見了十分高興，著實誇獎了他幾句，贊他能辨忠奸，辦事能幹。覃力鵬很快便被判了斬刑。此後汪直更加無所顧忌，到處找人開刀。

這日楚瀚在京城中探訪後，向汪直稟報了幾件大小事情，其中一件是一對姓楊的父子在家鄉受人告發，逃到京城，避難在一個親戚叫董璵的家裡。

汪直獨獨對這件事情大有興趣，說道：「這等違法脫逃之事，萬歲爺最是忌諱。你立即派人去，將這對父子給我捉了來。」

楚瀚一呆，說道：「這對父子祖上楊榮，曾經擔任少師，可是不小的官哪。」汪直揮手道：「管他官大官小，我照樣要辦！而且楊榮都死去多少年了，一點不相干。相干的是楊家還有個在兵部任主事的楊士偉，多嘴多舌，對我西廠頗有怨言，我看了他就不順眼。你立即去將這對姓楊的父子給我捉了來！」

楚瀚只好奉命，去將這對倒楣的父子楊泰和楊曄捉了來，連帶收容他們的親戚董璵也被捕，下入西廠廠獄。汪直命手下對他們施以「琶刑」，將犯人的骨節寸寸截斷，痛得死去活來，卻又不會便死，痛後甦醒過來，呻吟哀號不絕。汪直天性殘忍，一連琶了他們三次，楊曄年輕，受不得苦，便依照汪直的指示，誣告叔父兵部主事楊士偉，說藏了金子在他們家。

汪直大喜，也不稟報皇上，立即便派楚瀚等去將楊士偉捉了來，下入廠獄拷打訊問，又大搜楊家，將金銀珠寶一劫而空。

當時這件案子震驚京城，人人都在觀望將會如何收場。汪直要擒拿無官無位的楊泰父子，拷打逼供，那也罷了，但公然捉拿京中命官楊士偉，下獄拷打，卻是張狂之極。但是事件發生以來，成化皇帝一句話也沒有說，顯然支持汪直，放任他去幹。結果楊曄刑求過甚，死在獄中，父親楊泰論斬，楊士偉遭貶。另有一群跟他友好或無關的官員受到牽連，丟官的丟官，貶謫的貶謫，流放的流放。

自此以後，汪直手下的西廠更是肆無忌憚，在成化皇帝的縱容下，派出無數校尉到諸王府、邊鎮及南北河道伺查隱情，民間互相爭鬥吵架、種種雞毛蒜皮的小事，汪直都一一向皇帝稟告。皇帝爲了顯示自己明察秋毫，一旦得知什麼細微的違法情事，往往施以重刑嚴懲，弄得官民無不慄慄自危。眾人知道汪直直接受命於皇帝，行事毫無顧忌，不論是高官還是平民，他隨時可以將人捉入廠獄，輕則丟官，重則丟命。

汪直知道人人畏懼於他，趾高氣昂，每回出巡，總率領上百隨從環繞護衛，不論公卿大臣、權勳國戚，遇見了沒有敢不避道行禮，畢恭畢敬。有一回兵部尚書項忠看不過眼，不肯避開汪直的車駕，汪直立即命錦衣衛將項忠拽下車來，當眾毆打了一頓，才放他走。

汪直如此屢興大獄，自然引起了諸大臣的強烈反感。大學士商輅看不下去，號召了「紙糊三閣老」萬安、劉吉和劉珝三人，一起上疏皇帝，奏告汪直無法無天的行止。成化皇帝見這幾個閣臣竟然敢批評自己的親信，震怒空前，派了大太監懷恩、覃吉等到內閣，聲色俱厲地質問：「這奏章是出自誰的意思？」言下之意，便是要嚴懲奏章的主使者。

萬安立即便想撇清，說這事與他無關，但商輅卻是個有擔當的大臣，當即詳細述說了汪直的種種罪惡，最後說道：「我們幾個同心一意，爲國除害，不分先後！」萬安聽他這麼說，也只好閉上了嘴。劉珝也是較有骨氣的，慷慨陳述汪直如何爲禍朝廷，愴然淚下。

懷恩看在眼中，不禁歎了口氣，說道：「汪直幹的這些事情，我們在宮裡難道不知道麼！好吧，我便將各位大人的言語據實奏報給萬歲爺，盼萬歲爺能聽進去。」

成化皇帝聽了懷恩的稟報後，心中便有些動搖，說道：「罷了，罷了。這些大臣也不好得罪，你去替我傳旨慰勞他們，這件事就算了吧。」

到了第二天，被汪直鞭打的兵部尚書項忠和其他大臣也上疏指稱汪直罪惡，眾口一辭，將汪直說得十惡不赦。成化皇帝是個沒主張的人，看到這麼多反汪的奏章，登時慌了，不得已之下，只好下旨廢除西廠。他派了懷恩去找汪直，將他的罪行數說了一遍，之後便原諒了他，派他回去御馬監任職，將西廠的旗校都派回了錦衣衛。

楚瀚見西廠興而又廢，自己不必再日日審問拷打無辜的人犯，大大鬆了一口氣。然而汪直卻毫不氣餒，對楚瀚道：「那些小人得勢，不過是一朝一夕的事情。你等著瞧吧！我很快便會東山再起，那些自命正直的傢伙，一個個都要倒楣！」

果然，成化皇帝對汪直寵信依舊，即使關閉了西廠，仍然每日召見汪直，聽取他的報告。汪直在皇帝面前哭訴道：「奴才秉持萬歲爺的旨意，率領西廠手下鏟奸除惡，舉弊揪污，行事風風火火，得罪了太多權貴，才會招人忌恨，被迫關閉西廠。萬歲爺居天下尊位，為天下主持正道，可千萬不能向惡勢力低頭啊！」

成化皇帝因平時不理政事，對於朝中大臣的為人及朝情知道得極少，因此聽汪直將公卿大臣說成是邪惡勢力，很輕易便相信了。汪直又進言道：「要抑止大臣們胡作非為，必得伸張皇權；要伸張皇權，萬歲爺手中必得掌握足以令大臣畏懼的力量。奴才和西廠，就是萬歲爺手中的鞭子，用來鞭策警醒群臣，令他們兢兢業業，為國效力。如今這些臣子竟然想將萬歲爺手中的鞭子奪下，天底下還有誰管得住他們呢？」

汪直這番話，將西廠的存廢跟皇權的強弱連在一起，意謂著大臣們攻擊西廠，要求關閉西廠，便是挑戰皇權，是可忍，孰不可忍？

幾日之後，成化皇帝便下旨讓西廠重新開張，天下大譁。汪直得意已極，命令楚瀚召集錦衣衛，重開廠獄，繼續幹他們「懲奸除惡」的勾當。

汪直報復心極強，第一個要對付的就是逼迫西廠關門的兵部尚書項忠。他命令手下誣告項忠違法犯紀，皇帝命令三法司和錦衣衛會審。眾人皆知誣告項忠是出於汪直的意思，哪裡敢違抗，會審坐實了罪證，將項忠革職為民。其他曾跟著項忠一起上疏陳述汪直罪惡的言官，也一一被罷黜。甚至連大學士商輅也遭罷免，九卿之中遭到彈劾罷免者共有數十人，自此朝中正直之士一掃而空。汪直一不作，二不休，讓不斷巴結他的都御史王越當上了兵部尚書，另一個走狗陳鉞則擔任右副都御史，巡撫遼東。

西廠重開，朝廷正直之士一一革職，從此再無人敢對西廠的作爲發出任何微辭。汪直給楚瀚的指令十分簡單：「放手去幹！」

於是楚瀚每日出門替汪直「探聽弊案，查奸揪惡」。但他心底很清楚，汪直要的只是仇家的把柄，並非眞想鏟除貪官惡吏。他盡量稟報一些罪大惡極的貪官污吏，但被汪直整治的畢竟是少數，受害的仍是那些忠良之士。楚瀚眼見無數無辜之人陷身西廠，情狀比之當年東廠還要慘烈，動輒家破人亡，牽連廣泛。他知道如此絕非長遠計，遲早會引起反撲，但汪直鐵了心要拔除政敵，鞏固權力，楚瀚無從勸起，只能奉命辦事。

他此時已被升爲錦衣千戶，奉祿不少，而收到的賄賂更是數以萬兩計。但他仍跟當年在東廠擔任獄卒、在御用監作右監丞時一般，一分不留，都偷偷送去接濟那些受冤獲罪者的家屬。夜晚他躺在磚塔胡同的石炕上，想著那一個個遭受毒打的犯人，他們身受的痛苦，臉上悲慘絕望的眼神，往往徹夜難眠。漸漸地，他開始感到麻木，日日如行屍走肉般，汪直命令他作什麼，他便去作什麼，再傷天害理、殘忍無情的事，他都照作不誤。

他知道自己內心日漸空虛，孤獨難忍，夜裡往往惡夢不絕。偶爾不作惡夢，便會夢到大越國幽靜美好的山水景色，或是廣西山區瑤族在慶典中跳舞的情景，甚至叢林深處那水聲盈耳的寬廣巨穴，也多次出現在他的夢中。他明白自己爲什麼會作這些夢。他心底萬分嚮往那些發現自己身世前的日子，嚮往遠離宮廷鬥爭的美好平靜。然而他的心仍牢牢牽繫在太子的身上。如今紀淑妃死去，太子年幼，孤獨無助，他必得等到太子長成，羽翼豐滿了，才可能離開這痛苦之地。

楚瀚心中清楚，太子在宮中隨時能被萬貴妃謀害，之所以能安然無事，完全是靠了懷恩的威信，以及汪直和他自己掌持西廠的勢力。懷恩正直忠耿，內外大臣都對他十分敬服，不敢妄議變更太子；而皇帝對汪直眷寵正隆，事事言聽計從，連萬貴妃都對汪直頗爲忌憚。汪直雖不曾力保太子，但楚瀚全力維護太子卻是人盡皆知之事，他與繼曉、李孜省的幾場鬥法，也讓宮中想對太子不利的人不敢妄動。眼下形勢，楚瀚知道自己的角色舉足輕重，不論必須幹多少惡事，他都無法迴避，無法拒卻。沒有他在西廠，太子的生命便如風中之燭，隨時可以被敵人一掐而滅。

他只能深深藏起內心的掙扎和痛苦，打起精神跟著汪直放肆胡搞。有時實在難以忍受了，便躲到好友尹獨行家中飲酒，發洩心頭鬱悶。他往往跟尹獨行對飲，直至大醉，醉後便抱頭痛哭一場。尹獨行不料自己一語成讖，楚瀚果然捲入這既混亂又沉重的局勢當中，無法自拔，日子豈止是難過，簡直是場無止無盡的折磨。他眼看著楚瀚日漸削瘦，眼中的一點靈光也漸漸隱去，只能盡力安慰他，鼓勵他。每回西廠陷害了什麼人，楚瀚必會將別人進獻給他的銀兩搬來尹獨行家，請他幫忙善後。尹獨行往往徹夜在城中奔波，四處散發銀兩，盡力彌補楚瀚的罪惡，洗清他的滿手血腥。

日子便這麼過了下去。這夜楚瀚潛入宮中探望太子，見到太子正在讀書，教他的乃是老太監覃吉。小影子安安靜靜地睡在一旁的暖爐邊上，牠聽見楚瀚到來，只睜開了一隻眼睛，抖了抖鬍鬚，算是打了招呼，便又閉上了眼睛。

覃吉的年資和懷恩相近，飽讀詩書，在懷恩的請託下，擔任太子的啓蒙老師，每日向太子口授四書章句及古今政典。太子年幼時終日住在夾壁密室之中，不見天日，瑤人母親雖識字，但讀書畢竟有限；這時聽覃吉滔滔不絕地述說聖賢之言和歷史典故，都是以往聞所未聞的道理，只聽得津津有味。

楚瀚見太子讀書認眞，心中歡喜，潛在屋外偷聽了好一會兒。夜深之後，太子上床就寢，楚瀚等他睡著了，才悄然入屋，來到太子的床邊。楚瀚靜靜地望著太子安詳的臉龐，伸手摸摸睡在一旁的小影子，臉上露出微笑，卻又不自禁長長地歎了口氣。如此呆望了好一陣子，他才如夜風一般悄悄地離去。

過了幾日，懷恩召楚瀚相見，談起太子讀書的進展，說道：「太子識字已多，該是時候替太子聘請幾位學識淵博、人品端正的師傅了。」

楚瀚點頭稱是，想起大越國的皇帝黎灝滿腹經綸，出口成詩，暗想：「太子將來要成爲一位英明的皇帝，將書讀好自是必要的。」但他自己也沒讀過什麼書，又怎知道該去哪兒替太子請老師？忽然靈機一動，想起一個人來：謝遷。

他記起許多年前，梁芳曾派他去武漢對付一個名叫謝遷的被貶縣官，這人曾高中狀元，滿肚子的文章，尤善言談，說起話來頭頭是道。當年有個姓萬的地方惡霸有事求他，他不肯答應，那姓萬的軟硬兼施，卻總被他一頓言辭說得面紅耳赤，狼狽而去，不敢再來滋擾。

楚瀚想到這人，當即道：「我想到一個人，或可任用。此人姓謝名遷，浙江餘姚泗門人，中過狀元，後遭人排擠，被貶去武漢，之後因病辭官回鄉。這人不但學識豐富，口若懸河，而且極有風骨。若能請得他回京替太子講學，再適合不過。」

懷恩點頭道：「謝遷這人我略有所聞。當初聽他托病辭官，我就猜想他絕意仕宦，不願留在官場淌這渾水。你說我們請得回他麼？」

楚瀚道：「我派人去請，應能請到。」又道：「另有一位，姓李名東陽，也是個人才。李大人也曾中過進士，不幸遭東廠冤獄，僥倖裝死逃出，化身道士，藏身武漢。這人滿腹文才，足智多謀，也可召回京來任用。」

懷恩十分同意，當即去請示皇帝。成化皇帝本身不曾讀過什麼書，也不怎麼在意對太子的教育，聽懷恩這麼說，便道：「這樣也好，你看著辦吧。」

懷恩當即擬旨，召謝遷入京擔任講官，爲太子講學；李東陽的冤獄也得到洗雪，召回京城擔任翰林院侍講。

謝李二人初初接旨時，都是驚愕交集。他們當然聽聞了西廠的倒行逆施，若非見到懷恩今日在朝中作主，加上楚瀚親筆所寫的書信，哀哀懇請，還眞不敢不願奉旨回京。當他們攜家帶眷重入京城時，心中仍不免戰慄。當年烏煙瘴氣的朝廷仍舊烏煙瘴氣，只是囂張跋扈者由東廠換成了西廠。

懷恩親自設宴爲二人接風，楚瀚在旁陪席，並請了當代理學名家，年高德劭的劉健同席，眾人相談甚歡。此後謝遷和李東陽便負擔起爲太子講學的重任。太子侍講之職無關朝廷政事，也無實權，因此汪直對這幾個教書先生也沒有多加理會，算是放他們一馬。

李東陽見事甚明，老早看出楚瀚在京中奇妙而關鍵的地位。他私下邀請楚瀚來家中飲酒，舉起酒杯敬楚瀚道：「太子能有今日，全仗大人之力！」

楚瀚只能苦笑，起身辭謝，舉杯回敬，說道：「小人知識淺薄，粗鄙低下，不過盡一己綿薄之力而已。天下大事，還須靠先生們這樣的正人君子才是。」又道：「小人讀書不多，心中最仰慕的，便是滿腹詩書的諸位先生們。如今太子年幼，勤勉好學，還請先生們盡心教導，小子便衷心感恩不盡了。」

李東陽道：「教導太子乃是關乎天下興衰的重責大任，我和謝公自不敢有半絲疏忽。何況大人昔年對我二人有恩，此番重獲大人舉薦，入京任職，更是再造之恩，我等怎能不盡心竭力，務求報答大人恩德？然而我對大人，亦有一言相勸。」

楚瀚道：「李大人請說。」

李東陽道：「大人迴護太子的用心，我等都看得十分清楚。然而大人亦需留意攀附之人及所使手段，是否有太過之處。」

楚瀚聽到這裡，已明白了他的言外之意，是說自己依附汪直，幹下太多惡事，保護太子雖然重要，但是如此不擇手段，弄得滿手血腥，可值得麼？

他轉過頭去，眼望窗外，沒有回答。汪直對他的箝制，已不只是父子骨肉的羈絆所能涵蓋，也不是汪直威脅說出自己的身世隱情所能道清。他和汪直已如藤蘿一般，成爲兩股同謀共生，再也難以分開的糾纏。離開汪直，楚瀚不可能擁有足以與萬貴妃抗衡的勢力，甚至不可能替太子延請名師；而離開楚瀚，汪直也不可能掌握京城內外的種種隱情，鞏固他在皇帝面前的地位。他們合作無間，各取所需，汪直不干涉楚瀚對太子的全力護持，楚瀚便也不過問汪直的殘害忠良。

這樣下去伊于胡底，楚瀚並不知道，也無法猜測。他只知道太子今年只有七歲，而萬貴妃仍舊虎視眈眈，絕不會放棄任何除去太子的機會。未來的路還很遙遠，很漫長，他不能讓任何人傷害太子，那個他曾經懷抱照料過的初生嬰兒，那個自己發誓一生守護的同胞兄弟。即使這條路將引領自己墮入地獄深淵，讓自己遭受千刀萬剮，他都將義無反顧，毫不猶疑地走下去。

第六十三章　情繫獄囚

這日楚瀚潛入宮中，短暫探望太子後，忽然心中一動，信步來到百里緞的宮外。他已有許久沒有見到她了，自從汪直成立西廠以來，楚瀚幾乎日日夜夜都在替汪直陷害無辜，拷打罪犯，甚少進宮。泓兒已正位東宮，又有太后保護，連萬貴妃都不敢妄動，因此他再未擔心百里緞會出手加害太子。

他來到百里緞的屋外，見到百里緞正躺在軟榻上歇息。百里緞聽見他來了，顯然知道，卻沒有出聲。兩人一裡一外，默然傾聽著彼此的呼吸，忽然都想起了大越國明媚的風光，秀麗的山水，碧綠的稻田，一時神遊天外，忍不住同時歎了一口氣。

楚瀚聽見自己的歎息竟和她的如此相似，心頭升起一股難言的傷感，正要離去，百里緞忽然對身邊的宮女道：「我要一個人靜靜，妳們都退去，關上了門。」舉起手，向窗外作了個手勢。楚瀚會意，等宮女離去後，便從窗戶跳入屋中，來到百里緞的榻前。

楚瀚見百里緞臉色蒼白，若有病容，低聲問道：「妳還好麼？」百里緞笑了笑，說道：「我很好。」伸手摸向肚腹，說道：「再好也沒有了。」

楚瀚見狀一驚，頓時明白，百里緞有了身孕！他腦中一片混亂，坐下身來，第一句話便問：「保得住麼？」

百里緞微微搖頭，說道：「主子原本便希望我受孕，生下來的孩子假作是她生的，爭取太子之位。但是如今情況轉變，紀淑妃的兒子當上了太子，主子的勢力又不如從前，她反而怪我搶走了萬歲爺的寵愛，這孩子想必保之不住。」

她說這話時一派淡然鎮定，似乎毫不在乎腹中胎兒的死活。楚瀚暗歎一聲，當初紀淑妃懷胎生子，數次被萬貴妃派人相害，可說極度幸運，才成功將孩子生下來。當年曾被萬貴妃派去殺嬰的百里緞，如今竟處於同樣的境地，豈不諷刺？他低聲道：「當年我盡力保護過紀娘娘，今日我也會一般盡力保護妳。」

百里緞聽了，似乎有些出乎意料之外，望向楚瀚，說道：「你這是什麼意思？你認爲我該將孩子生下來？」楚瀚道：「這個自然。」

百里緞搖頭道：「生下來又如何？這孩子又當不上太子，最多就是個皇子，又能如何？」楚瀚道：「總比枉死要好些。」

百里緞忽然凝視著他，說道：「我倒很想知道，你跟紀淑妃無親無故，當初爲何盡力保護她和那孩子？你當時自然無法料想得到，那孩子會有今日吧？」

楚瀚搖了搖頭，說道：「我和紀淑妃，當初確實是無親無故，我也從未想過那孩子有一日竟能當上太子。」他猶疑一陣，知道即使自己不說出來，百里緞也能猜知大半，便說出了實情：「後來我才發現，我和紀淑妃都是從大籐峽來的瑤族俘虜。她其實是……其實是我的親娘。」

百里緞緩緩點頭，說道：「果然如此，我早已猜到了。那麼汪直便是你的父親了，是麼？」楚瀚默然不答，轉過頭去。

百里緞道：「你會聽從汪直的話，除了為保住太子而不擇手段，自然還有別的原因，因此我老早懷疑你和他的關係頗不尋常。我觀察你這陣子的作為，跟往年大不相同了。我一直以為你是個心地太過善良的傻子，從未想到你也能如此殘酷，如此狠心，現在我終於明白了。汪直這人太過囂張，但確實很有本事，萬歲爺百般信任他，連主子都對他頗為忌憚，你跟他是跟對了人。」

楚瀚最不願意去談汪直和西廠的事情，轉開話題，說道：「妳想昭德會對妳下手麼？」百里緞漫不在乎地道：「那是遲早的事。我也並不想要這個孩子。這原本是她一手安排的戲碼，她願意如何演下去，我哪裡管得著？」

楚瀚不禁搖頭，說道：「妳為何要受她掌控？就算她對妳有恩，憑妳的本事，也不必事事順從那老婆娘的指使！」

百里緞聽了，忽然哈哈大笑起來，伸手指著他道：「楚瀚，你聽聽自己的言語。那你又爲何要受汪直箝制？就算汪直對你有恩，憑你的本事，也不必事事聽從那奸賊的指使！」

楚瀚語塞，過了一會兒，才道：「我是爲了保護太子，才不得不這麼作。」

百里緞搖搖頭，嘴角露出微笑，伸出手來，說道：「楚瀚，你我眞是太相像了。我們都思念那段在靛海和大越國的時光；那時我們無牽無掛，無負無累，即使身體歷盡艱辛，心靈卻多麼自在！你還記得我在靛海中問過你的話麼？」

楚瀚沒想到她會陡然提起這件事；不知爲何，她當年提出的那個問題，近日不時浮現縈繞在他的腦際，他不由自主伸出手，握住了她的手，低聲道：「我記得了。我曾說過，我跟妳約定，如果有朝一日，妳不作錦衣衛了，我也不作宦官了，那麼我便娶妳爲妻。」

百里緞臉上露出滿足的笑容，眼中卻淚光浮現，說道：「你說世事是否古怪？我早就不作錦衣衛了，你卻成了錦衣衛；你已不是宦官，我卻成了皇帝的選侍。我們的位置對調了，當年的約定卻始終沒有實現。」

楚瀚低下頭，眼淚不知爲何湧上眼眶。他緊緊握住百里緞的手，低聲道：「姊姊，總有一日，我們要一起離開這兒，回到當初我們立下約定的地方。」

百里緞閉上眼睛，淚珠也滾了出來，輕聲道：「太遲啦。」楚瀚搖頭道：「不遲。

妳相信我，我一定會盡心保護妳。總有一日，我們一定能一起離開這兒。」即使他口中這麼說，心裡卻一點也不相信自己的話。

百里緞望著他，伸出手輕撫他的臉頰，微笑道：「你仍舊太過老實，連謊都說不好。快去吧。」

楚瀚離開皇宮之後，心中激蕩不已，他從未想到自己和百里緞還能再次心意相通，互道情衷。但是或許百里緞是對的，一切都已經太遲了。百里緞曾經兩度向他示意，一次是在大越行軍途中的難眠之夜，黎灝的軍營之外；一次是回到京城後，百里緞來到他在磚塔胡同的小院，問他是小皇子比較重要，還是她比較重要，而他兩次都未曾明白，未曾回應。如今百里緞身懷六甲，他才在寢宮之中第一次握住她的手，立下一同回去大越的誓約。然而連他自己都無法欺騙自己：一切確實都已經太遲了。

過了半個月，這晚汪直十萬火急地將楚瀚叫來，關上門窗，厲聲問道：「李選侍跟你是什麼關係？」

楚瀚一呆，說道：「李選侍？她跟我沒什麼關係。」

汪直將一張紙扔在他面前，楚瀚飛快地讀了，登時臉色大變。那紙上是李選侍的「供辭」，指稱錦衣衛汪一貴就是當年在御用監任職的宦官楚瀚，並說他入宮時並未淨身，穢亂宮廷，曾與李選侍私通。更可怖的是，供辭指楚瀚曾與紀淑妃有染，因此皇太子並非皇帝的龍種。

楚瀚全身冰涼，雙手顫抖，說道：「這是……這是……從哪裡來的？」

汪直臉色鐵青，說道：「你說你跟她沒有什麼關係，那她怎會知道這麼多事情？」

楚瀚低下頭，不敢相信百里緞竟會如此對付自己。這是出於萬貴妃的指使麼？還是出於她的報復？問道：「她現在何處？」

汪直道：「在東廠的廠獄裡。據說昭德發現她行止不端，立即將她逮捕，下獄拷問，這供辭就是我們在東廠的眼線緊急捎來的。」楚瀚問道：「她簽押了麼？」汪直搖頭道：「還沒有，但那也是指日之間的事。事情一鬧大，你我都要丟命！你立即給我躲起來，不准露面。這事讓我來處理。」

楚瀚心中又驚又急，說道：「這一定不是她的意思，定是出於昭德的指使。昭德恨她奪寵懷胎，又想藉此扳倒你，因此逼她誣告我。」

汪直嘿然道：「問題是供辭中有眞有假，難以分辯。你沒淨身是事實，跟紀淑妃有染自然是假。至於你是否跟這李選侍私通，你自己說吧！」

楚瀚堅決搖頭，說道：「自然是假。我確實識得她，她在錦衣衛任職時，曾多次想殺我，甚至追殺我追出京城，一直到了南方。但我從未跟她有過什麼……什麼瓜葛。」

說到這兒，連自己都有些不敢相信，兩人孤身同行千里，在靛海、大越共處數月，竟然始終沒有逾禮，也是奇事一件。

汪直道：「無論如何，這女人非得除掉不可，不然後患無窮。」楚瀚開口欲言，汪直已喝道：「不要再多說了！你給我捅出這麼個大簍子，快快給我躲起來是正經！不然我立即將你逮捕下獄，讓你嘗嘗廠獄的滋味！」

楚瀚也知道情勢嚴重，只能垂首答應，立即躲藏到尹獨行家中，隱匿不出，靜觀變化。

萬貴妃這一招極狠，汪直被打得措手不及，楚瀚若非躲得快，差點就要被補下獄。一個多月過去了，尹獨行不時替楚瀚捎來外邊的消息，告知百里緞日夜在東廠遭受拷打，卻死也不肯簽押供辭。楚瀚心如刀割，度日如年，卻知道自己什麼也不能作。幾次他想悄悄溜出去，潛入東廠救出百里緞，但都被尹獨行勸止了，說道：「這是關乎小皇子身世的大案，你切切不能妄自出手劫獄，更加不能露面！」

一個月後，汪直才傳話給楚瀚，讓他從藏身處出來，說道：「那小賤人口硬得很，被拷打得不成人形了，腹中的胎兒也早流掉了，仍舊不肯誣告你。我想她自己也清楚，若是承認與你通奸，她還想活命麼？招也死，不招也死。事情就掛在那兒，一時之間你也不會受到牽連，趕緊出來替我辦事吧。」

汪直雖讓楚瀚出來，但他知道事情仍未平息，需得儘早解決，便親自去跟東廠指揮使尚銘打交道，花了五百兩銀子，謊稱皇帝密旨，將李選侍移送西廠審問。

尚銘知道汪直跟皇帝關係甚好，不敢拒絕，又擔心無法向萬貴妃交代，便親自押了百里緞來到西廠。汪直爲了顯示自己辦事認眞，對楚瀚道：「這犯人奸險狡詐，萬歲爺吩咐了，定要狠狠拷打逼供。你下手重些，犯人一定會招的。」

楚瀚跟在汪直身後，直到此時才見到淪爲階下囚的百里緞。汪直說她已被拷打得不成人形，絕非誇大其辭。但見百里緞衣衫破爛，頭髮散亂，滿面血污，睜著空洞的雙眼望向屋頂，唯有眼神中那抹冷酷堅毅未曾改變。她身上傷痕累累，一雙腿虛弱地攤在地上，楚瀚一望便知她這兩條腿受過琶刑，肯定是廢了。楚瀚感到自己的心如在淌血，不論百里緞往年曾作過多少惡事，但她曾經如此美貌，曾經擁有如此高妙的輕功，如今這一切都已不再，而她受此苦刑而堅不招供，全是爲了我！

百里緞感受到他的目光，轉過頭來，望向柵欄外的楚瀚。兩人目光相觸的那一剎那，霎時都明瞭了彼此的心意：當年他們在靛海中建立起的默契，畢竟仍牢牢地牽繫著兩人，從未斷絕。楚瀚明白百里緞爲什麼寧可身受苦刑，也不肯作假供陷害自己；他知道如果換成自己，自己也會心甘情願，爲她受刑，因爲他們早已將彼此當成了自己的一部分。

楚瀚深深地吸了一口氣，他知道百里緞已不能承受更多的鞭打，回頭喚道：「拿重枷來！給犯人戴上了。」兩個獄卒應聲去了，不久便抬來一個重三百斤的大枷，獄卒將百里緞從地上拉起，熟練地將枷戴在她的頭頸上。百里緞雙腿已無法站立，只能癱倒在地，頭靠著重枷，閉上眼睛，終於得到一絲喘息的機會。

楚瀚知道自己在汪直和尙銘面前不能露出半點同情，冷酷地道：「戴到她暈倒了，用冷水澆醒，再繼續拷問。」獄卒齊聲答應。

在百里緞被轉到西廠後的半個月中，尙銘和汪直日日來獄中監視，楚瀚不得不命手下繼續拷打百里緞，即使他已暗中命令他們下手要輕，也已換上了最細軟的鞭子，但是打在百里緞身上的每一鞭，都如同打在他自己的身上。百里緞大部分的時間都昏迷不醒，偶爾醒來，睜眼在囚室中見到楚瀚，臉上一片空白，沒有憤怒，沒有恐懼，也沒有仇恨。

汪直暗中囑咐楚瀚快下殺手，早早結束了此事。就在此時，遼東發生激變，成化皇帝想知道邊疆戰況，便派了汪直去遼東探聽。楚瀚一心想救百里緞，當即請求懷恩在皇帝跟前探探口風。但成化皇帝疑心甚重，聽萬貴妃說李選侍曾經跟人有染，頗爲惱怒，不願聞問，楚瀚只好又透過麥秀去打探周太后的心意。

周太后早已耳聞關於李選侍的謠傳，她對李選侍這小小嬪妃當然毫不關心，但聽說事情關乎她心愛的孫子，怒從中來，斥道：「這等謠傳根本是胡說八道！太子長得跟我兒幼年一模一樣，怎麼可能是他人所生？這李選侍散布謠言，供辭中沒有一句是眞的，罪該萬死，要他們往死裡打！」

周太后既然如此發話，自無人敢多說一句。一案就此終結，李選侍賜死，傳播無稽流言者同罪。

楚瀚得到了這個結果，終於鬆了一口氣。太后開口要百里緞死，那事情就容易辦了。等他爭取到救出百里緞的機會，已是她入獄後三個月的事了。他跟西廠親信獄卒作好安排，趁夜用了個替身，換出了百里緞。替身當夜便服毒而死，因所戴的枷太重，將她的臉容壓得血肉模糊，難以辨認，楚瀚命人將屍體扔去亂葬崗上，報備了事。

那天夜裡，楚瀚親手將百里緞抱回磚塔胡同地底的密室中。這時他已在密室中添置了一張床，讓百里緞在室中養傷。她在西廠廠獄中被拷打過甚，不省人事，一直沒有醒來。楚瀚請了尹獨行的好友醫者徐奧來替百里緞治傷，徐奧與楚瀚熟識多年，自然知道替他辦事需得守口如瓶，此時見到傷者的慘狀，也不禁搖頭，說道：「就算能活，也是廢人一個了。要慈悲些，便讓她去吧。」

楚瀚緊抿著嘴，搖了搖頭，說道：「不。我要她活下去。」

徐奧歎了口氣，便竭盡其力，替她醫治身上不計其數的創傷。許多傷口深至見骨，肌肉潰爛，需得長期修養照護，才有可能略略恢復。一個不留心，隨時便能致命。他仔細地告知楚瀚需注意哪些傷口，何時換藥，以及該服食什麼藥物。楚瀚凝神傾聽，一一記下。

那夜徐奧離去後，楚瀚坐在百里緞的床邊，望著她包裹得層層疊疊的身子。他望了許久許久，才輕輕在她身邊躺下，伸出雙臂，將她瘦弱的身子摟在懷中。他將臉貼著她的臉，感受她臉上冰冷脆弱的肌膚，傾聽她若有若無的呼吸。他爲何要百里緞活著？他心中很清楚：百里緞不是他的負擔，是他世間唯一的依歸。

他摟著她，喃喃在她耳邊說道：「好姊姊，我們一塊兒離開這兒，回大越國去，好麼？我們在那兒種塊地，秋天收成了，我趕馬車載了米糧，去升龍的市場上賣，給妳買最好的布料回來，作件最好看的衫子給妳穿。過年了，我給妳梳最時興的頭，替妳化妝，走在升龍街頭，人人都要回頭多看妳一眼。」

百里緞閉著眼睛，眼淚卻不由自主撲簌簌地落下。楚瀚說出了她心底深處最熾烈的嚮往。自從她離開大越後，便時時刻刻幻想著與楚瀚一起回去大越，找個鄉下地方，種地過活。然而他們二人心中都很清楚，他們在京城各自有著千絲萬縷的羈絆，楚瀚不可能放下太子，不可能離開父親汪直；百里緞也無法擺脫萬貴妃的掌控。愈是達不到的夢想愈美，也愈令她珍惜渴望。如今她以半條命的代價換回了自由之身，楚瀚卻仍無法離開。等到他能離開的那一天，百里緞心想：我們還能去得了大越麼？

楚瀚明白她心中的疑問，輕輕吻走她的淚水，說道：「好姊姊，妳等我。只要幾年的時間，我一定帶妳回去大越。妳等我。」這回他心中對自己所說的話，竟稍稍多了幾分信心。

此後的許多日子裡，楚瀚日日親侍湯藥，親手替百里緞打點梳洗便溺，未曾間斷。直到半年之後，她才稍稍恢復，能夠自行坐起身，持碗持筷進食。但她行動仍然不便，楚瀚夜夜扶她練習行走，偶爾也抱著她或揹著她偷偷離開密室，在城中遊蕩。他也曾帶她騎馬來到城外幾百里處，讓她坐在自己身前，縱馬疾馳。

百里緞原本寡言，傷後更加沉默。只有在楚瀚帶她出京騎馬飛奔時，她嘴角會露出一絲笑意，大約是回想起了自己當年行如風、縱如猿的快捷身法。

晚間楚瀚總與她同榻而眠，摟著她入睡。兩人都感到這是再自然不過的事；他們此前雖從未有過肌膚之親，但早已建立起比夫妻還要親密的情感。二人相處，貴在知心，世間沒有比他們二人更明白彼此心意的了。

當年曾隱瞞紀娘娘懷孕，差點被萬貴妃打死的宮女碧心，已於一年前被楚瀚從浣衣局接出宮外，留在家中。楚瀚不在家時，便由碧心照顧百里緞。這兩個女子當年一個一心保住小皇子，一個一心殺死小皇子，雖不相識，用心善惡卻是天壤之別。如今卻終日同處一室，彼此作伴，世事之難料，可見一斑。

一年之後，百里緞才能自己下床行走。雖能打理自己生活，但往年的功夫盡失，手勁甚至比不上手無縛雞之力的中年婦女碧心，但百里緞的身體雖殘缺虛弱，心裡卻極爲平靜滿足。日間她幫碧心作些簡單家務，晚間便陪伴著楚瀚。兩人交談不多，往往默然對坐好幾個時辰。但這靜默的時刻，正是他們最珍惜的時光。

一日晚間，楚瀚半夜回到家時，來到地底密室，見百里緞還沒有就寢，卻在燈下作著針線。楚瀚來到她身後，伸手輕撫她的肩頭，柔聲道：「這麼晚了，怎不早點休息？」

百里緞抬起頭，說道：「我在作衣服。」

楚瀚見她殘廢的左手手指上一點一點都是被針刺出的鮮血，不禁心疼，說道：「衣服去外面買一件便是，何必自己作？」百里緞道：「這是替你作的。你身上那件穿了好幾年啦，太舊了。」楚瀚極爲感動，在她身邊坐下，伸手摟住了她，說道：「姊姊，妳都是爲了我！」

百里緞淡淡地道：「你在外面奔波，難免遇上各種危險。我只盼能時時陪在你身邊，隨時保護你的安全。但既無法跟著你，只好替你作件衣衫陪伴你了。」楚瀚搖頭道：「妳不需要這麼擔心我。只要照顧好妳自己，我就放心了。」

百里緞搖了搖頭，說道：「這我又何嘗不知？如今我身上還能動的，也只剩下這雙手了。不幫你作件衣衫，還能作什麼？因此我才請碧心幫我去剪了塊布，請她教我裁布縫衣。」說著有些埋怨地望著自己那雙殘廢的手，說道：「只恨我這雙手太笨，也不知什麼時候才能縫好一件衣衫！」

楚瀚心中酸苦，眼淚湧上眼眶，他將頭靠在百里緞的肩上，靜靜飲泣。百里緞伸手輕撫他的頭髮，沒有言語。兩人在靜默之中，傾訴著只有彼此能夠明白的辛酸，惋惜，和苦痛。就在那一剎那，兩人心中忽然升起一股奇異的平靜，彷彿時光已停止在這一刻，令他們忘卻一切，融為一體，一切過去的傷痛、未來的憂慮，都在那一霎間化為無形。這世間再也沒有什麼能將他們分開，也再也沒有什麼能傷害他們。

第六十四章　遼東巡邊

這一年間，楚瀚的官位愈升愈高，汪直對他極爲重視，派他出去作了無數傷天害理的事。汪直自己聖眷正隆，志得意滿，他不似懷恩重視朝政權柄，也不似梁芳貪財聚斂，卻獨獨嚮往建立軍功。

這年春天，汪直的親信遼東巡撫陳鉞發兵偷襲建州外族，想借此冒功，沒想到激怒了建州左衛領袖伏當加，揚言反叛。事情鬧大了，傳到了成化皇帝耳中。

汪直想藉機一展軍事長才，便對成化皇帝拍胸脯道：「這伏當加不自量力，才敢起心叛變。奴才向萬歲爺請命，去替萬歲爺將邊境平定了！」

成化皇帝雖然寵信汪直，但畢竟不能確知他是否眞會用兵，便命令司禮太監懷恩等人到內閣跟兵部一起會商此事。懷恩心想：「這陳鉞明明是汪直的人，陳鉞捅出的簍子，讓汪直去收拾，事情只會愈弄愈糟。」爲了阻止汪直前往，便主張道：「依我之見，這事情應當派遣一位大臣，前往安撫。」

兵部侍郎馬文升立即表示贊同，說道：「懷公公所言極是。」

會商之後，懷恩便去向皇帝報告，成化皇帝當即命馬文升前往遼東安撫。汪直聽說馬文升搶了自己的任務，爲此大大不悅，想讓楚瀚跟著去，馬文升卻謝絕了。馬文升原是個文武雙全的將才，有勇有謀，得旨後立即馳赴遼東，宣告皇帝敕令，撫慰外族，伏當加對馬文升十分服氣，便偃鼓息兵而去。

事情平定之後，汪直心中仍憤憤不平，暗想：「馬文升能辦到的事情，難道我汪直辦不到？」便又去向皇帝請求，得到皇帝的允可之後，便帶著楚瀚等手下也去了遼東一趟，再次下令招撫。

馬文升看在眼中，覺得這汪直的作爲實在幼稚可笑至極，便將平撫邊亂的功勞都讓給了汪直。汪直見他還懂得禮讓，便暫時放過了他，但心中對此人不免頗爲忌恨。馬文升原本只是想息事寧人，懶得去爭功，沒想到成化皇帝信以爲眞，還道汪直眞的懂得兵法，對他愈來愈信任倚重。

不久之後，遼東邊境又傳來紛爭。汪直這回終於說服了皇帝，派他到遼東巡邊。往年汪直出門辦事，都得喬裝改扮，暗中探訪，一點兒風頭也不能出。這回卻是堂堂正正奉御旨巡邊，如同欽差大臣，汪直興奮得好似發現了滿樹桃子的猴子，跳上跳下，命令手下替自己準備軍服戰馬，好似大元帥要出征一般，意氣風發。他爲了彰顯自己的地位，召了一批錦衣衛同行，楚瀚當然也在其中。這時百里緞身子已恢復了許多，情況穩定，楚瀚較爲放心，便跟隨汪直同去。

於是汪直便率領了數十錦衣衛，出發巡邊。一行人日馳數百里，沿途御史、主事等官聽說汪直來了，無不出城敬候恭迎，執禮惟謹，連皇帝出巡都未必有他的威風。汪直趾高氣揚，迎迓的官員中有誰敢露出一絲不恭敬，他立即命手下上前將那官員痛打一頓，毫不手軟。一行人還未到邊疆，邊都的御史老早聽到了他的威名，幾百里外就開始鋪設迎接的陣仗，珠寶珍饈等種種貢品擺放得琳琅滿目，各級官員穿著戎服，牽著軍馬，跪在道旁迎接。汪直見了這等陣仗，大爲滿意，顧盼自得，一時忘了自己是個地位卑下的太監，還道自己眞是個戰功彪炳的大將軍。

其中有個巡撫叫秦紘的，不賣汪直的面子，向皇帝密奏，說汪直巡邊擾民；不料成化皇帝對這密奏看也不看，便將之扔在一旁。這件事情卻讓汪直在宮中的眼線知道了，立即傳話給汪直。汪直派手下錦衣衛將秦紘從官邸拖出來，當眾狠狠鞭打一頓，從此再沒有大小官員敢向皇帝密稟半句汪直的壞話。

一行人一路囂張收賄，吃喝玩樂，大搖大擺地來到了遼東。巡撫遼東的右副都御史陳鉞是汪直的親信，最懂得如何討好汪直。他身著官服，率領大小官員來到郊外，親自趴在泥地上迎接汪直。迎接處擺滿了各種山珍海味，佳餚美饌，都是汪直素來最喜歡的。陳鉞明白汪直的心理，不但奉上各種金銀珠寶給汪直本人，汪直身邊的每個錦衣衛和手下都送了一份厚重的禮品。汪直這一輩子從來沒有如此風光過，只樂得闔不攏嘴，不斷對楚瀚稱讚邊疆軍紀多麼嚴謹，陳鉞這人多麼忠心能幹。

楚瀚一路上極少說話，冷眼旁觀，他知道汪直已被巡邊這件事沖昏了頭，心中暗暗擔憂。他與汪直相處日久，知他絕對不會肯聽逆耳忠言，便閉嘴不語，只盡量在暗中照顧那些因汪直暴虐而遭殃的人。

也是湊巧，汪直的老對頭兵部侍郎馬文升正撫諭遼東。汪直召馬文升來見，馬文升自恃武功，對汪直既不跪拜，也不奉上任何禮金，坐下來後，便正經八百地談論起遼東的情勢。汪直見他毫不曲迎諂媚，心頭已經有氣，強自忍住，說道：「巡撫陳鉞陳大人認眞能幹，想來已將邊疆事務處理得甚是完善。」

馬文升嘿了一聲，說道：「陳鉞陳大人在擺設筵席之上，確實認眞；在搜刮民財之上，也確實能幹。除此之外，陳大人對遼東形勢可說是一無所知，所作所爲可說是一場糊塗。」

汪直聽他對自己的親信如此輕視貶抑，勃然大怒，當場便摔了茶杯，起身拂袖而去。

陳鉞與馬文升素來交惡，便在一旁搧風點火，勸汪直一定要告倒了馬文升。汪直對楚瀚道：「你立即給我找出這馬文升的弱點，我一定要好好教訓他一番！」

楚瀚心中對馬文升十分敬重，聽汪直這麼說，不禁好生為難，幾番思索之後，別無他策，只好硬著頭皮，私下去找馬文升。他見到馬文升，便請他遣退左右，向他拜下。馬文升見他如此，一時摸不著頭腦，連忙扶起了他，問道：「汪大人，您這是作什麼？汪公公派你來，只怕不是讓你來對我下拜吧？」

楚瀚道：「下官敬仰馬大人的文功武績，原本來到遼東，一心想拜見大人，盼能向大人請益。但是下官慚愧，不得不遵從汪公公指令，要找個理由將馬大人告倒了。」

馬文升聽了，哈哈大笑，說道：「汪直恨我已久，終於要對我下手了麼？汪大人，你是來警告我的麼？」

楚瀚道：「不敢。下官是想跟馬大人商量，去皇上那兒告您個什麼罪狀，造成的傷害最小，罪刑不致太重，讓您日後還有機會再被起用。」

馬文升心中大奇，尋思：「京城中的朋友都說汪直奸險狡詐，但是他的義子卻是個有良心之人，可以信任；如今這汪一貴自己跑來找我，意思甚誠，看來傳言當眞不假！」當下說道：「汪大人，你的名聲，我在京城也已有所聽聞。汪直此刻權勢熏天，即使我百般忍讓，也終不免遭他毒手。大人既然有意相助，馬某衷心感激，還請大人多多指點關照！」

兩人當下祕密商議，認為可以讓汪直指稱馬文升禁止邊民買賣農器，激起民怨和叛變。這擺明了是誣告，一來馬文升從未禁止邊民買賣農器，二來所謂民怨叛變，全是陳鉞倒行逆施的結果。既然是查無實據的誣告，往後重審便很有可能平反，還他清白。當然不論誣告的內容多麼無稽，只教是從汪直口中說出，便足以告倒一位兵部侍郎了。

商議妥當後，楚瀚便去向汪直如此這般地說了。汪直大喜，當即上奏皇帝，說馬文升行事乖方，禁止邊地人民買賣農器，因而招致邊民怨恨，發動叛變云云。成化皇帝昏庸，立即便聽信了汪直的誣告，將馬文升打入詔獄，由錦衣衛審問。由於罪行實在不重，楚瀚又替他打點好了錦衣衛中的人物，因此馬文升雖被下入詔獄，卻沒有吃到什麼苦頭。判刑則是依照汪直的意思，將馬文升貶謫充軍，流放到重慶去。

汪直告倒了馬文升後，威勢震懾天下，不論京城內外，更沒有哪個官員敢攖其鋒。萬貴妃即使掌控朝政，四處搜刮珍奇寶貝，但其勢力始終沒有及於京城之外。汪直此時的張揚跋扈，可連萬貴妃也要自歎不如。

卻說陳鉞在遼東軍營中盛大接待汪直，晚間把酒密談，只有楚瀚隨侍在側。陳鉞笑著敬酒道：「汪爺春秋鼎盛，精擅軍事謀略，正是爲國家立下一番事業的良機。」

汪直素來喜愛兵法，聽這話正對上了他的胃口，說道：「陳大人所言正合我意，願聞其詳。」

陳鉞道：「如今遼東局勢，建州左衛的伏當加一族勢力孤弱，有如垂卵般容易擊破。汪爺不如便率領一支軍隊，將他們打個落花流水，立下邊功，不但鞏固今日的地位，連聖上都要對您另眼相看了。」

汪直被他說得心動，當即找了撫寧侯硃永擔任總兵，自己擔任監軍，沒頭沒腦地便出兵去攻打伏當加。這一仗打了幾乎等於沒打，伏當加原本沒有作任何軍事準備，也沒想到明朝軍隊會不聲不響、毫無理由地前來攻擊，只能一路避退。明軍洗劫了好幾個城鎮，才大勝班師，還俘虜了不少號稱是「敵軍」的平民百姓回營。

汪直對這場「勝仗」非常得意，自認出師大捷，乃是千古奇功，連忙奏告皇帝，進貢了俘虜。成化皇帝一貫糊里糊塗，見奏甚是高興，當即大加封賞，總兵硃永封了保國公，陳鉞升右都御史，汪直因是太監，不能加官進爵，就給他加了祿米。

汪直回到京城之後，大大地張揚慶祝了一番，京城官員無不來奉承阿諛，道賀稱頌，進送各種珍奇禮品。眾官員眼見建立邊功如此容易，都躍躍欲試，當時跟汪直要好的兵部尚書王越便偷偷來找汪直，兩人都認為打仗乃是升官晉爵的最佳途徑，商議之下，決定讓邊境傳來假訊，稱外族首領亦思馬因率眾侵犯邊境。

這消息一來，皇帝著急了，立即便問最有邊境戰爭經驗的汪直該怎麼辦。汪直老早便已想好對答，回道：「聖上請放心。只要派硃永和王越率軍征討，定能平服邊境紛爭。」

成化皇帝對他言聽計從，便派汪直作監軍，讓他和硃永、王越率領了數萬軍隊出發。既然外族犯邊是子虛烏有的事，那麼大軍征討自也可虛應故事一番。一行人率領軍隊在外族部落中恣意燒殺，便傳捷報回京師，說外族侵犯已經平定。成化皇帝龍心大悅，封王越爲威寧伯，汪直再加祿米。

當然這麼胡來不會沒有後果；伏當加憤怒已極，立誓報仇，率領海西諸部深入雲陽、青河等堡，燒殺掠奪。陳鉞是個不會打仗，膽小如鼠之徒，偃兵不敢應戰，任由伏當加燒殺而去，並隱匿整件事情，沒讓半點消息傳回京城去。當初無端被攻打的亦思馬因也極爲惱恨，率領部族侵略大同，殺掠甚眾，王越等當然也將消息壓了下來。誰敢大膽向皇帝說出眞相的，都被汪直暗中或誣告貶謫，或下獄殺害。群臣皆噤不敢言，任由汪直和王越、陳鉞幾個胡鬧去。

楚瀚對邊疆這些無端的燒殺戰爭毫無興趣，他對汪直道：「京城中還有許多事情得照應，不如我還是早些回去吧。」汪直也認爲他不懂軍事，在邊地毫無用處，便打發了他回京城。爲了讓楚瀚在京中全權掌理西廠事務，汪直又奏請皇帝升了他的官，讓他當上「錦衣衛五千戶、正留守指揮同知衛」，那是正三品的官職，同時兼領西廠副指揮使。

楚瀚回到京城，心情鬱鬱，他親眼見到邊疆平民無端遭受燒殺擄掠，心中甚是難受。但至少汪直此時不在京城，西廠在楚瀚的統御下，也不那麼忙著陷害無辜，楚瀚慢慢將受冤的犯人一一平冤釋放，將汪直給他的錢財都散給了眾人，即使遠遠不足以賠償冤犯的痛苦和損失，也只能聊作補償。馬文升被貶去邊疆，楚瀚也設法照顧他留在京城的妻兒，定時給他們送去金錢衣物。

這時萬貴妃看準了汪直忙著建立邊功，無暇顧及京城中事，便又不安分起來，讓自己的親信萬安當上了內閣首輔，勢力逐漸增加。

梁芳失去了楚瀚這個得力的手下後，三家村的上官家又早被自己毀滅，如今能替萬貴妃辦事的，便只有柳家了。於是梁芳又找上柳家，派遣柳家父子四出探聽消息，偷取寶物，對二人的表現甚感滿意，各封了四品的官。這兩父子原本只敢在暗中行事，這時仗著萬貴妃的眷顧，在京城中肆無忌憚，開始營建巨大華美的房宅，裡面藏滿珍奇寶貝，動輒廣邀貴族官吏到宅中宴飲作樂，山珍海味，歌舞聲妓，極盡奢華。至於奪人田舍、搶人妻女，更是家常便飯之事。柳子俊的貪花好色、揮霍淫亂，在京城內外已是惡名昭彰。當年萬貴妃的兩個兄弟萬天福和萬天喜得勢之時，也從未敢如此囂張。

楚瀚眼見萬貴妃勢力又起，並不十分擔心，汪直雖不在京城，他自己仍舊牢牢掌握著西廠的勢力。他知道只要萬貴妃對他心存忌憚，就不會敢出手加害小皇子。他眼見柳家小人得勢，只覺得極度厭惡，遠遠避開，不去理會。

這日楚瀚從西廠回來，碧心對他道：「有個老乞婆，來找你好幾次了。」楚瀚一呆，問道：「人在哪兒？」碧心道：「她先走了，說午後再來。」

楚瀚等到午後，果然聽見拐杖聲在巷口響起，奇的是只聞拐杖聲，不聞腳步聲。楚瀚立即知道那是誰；果見一個貓臉老婆婆出現在巷中，正是三家村的上官婆婆。

上官婆婆看來更加骯髒潦倒，似乎這幾年過得十分不堪。楚瀚讓她入屋坐下，上官婆婆開門見山便道：「姓楚的小子，我得求你一件事。」

楚瀚對她雖無好感，但見她情狀可憐，也不禁心生憐憫，說道：「妳說吧。」

上官婆婆咧開缺牙的老嘴，說道：「我的小孫子，上官無邊，你可記得？」

楚瀚當然記得上官無邊。當年自己在三家村祠堂罰跪時，那個尖頭鼠目的無賴少年曾出言譏嘲，還用大石頭砸他，他的後腦至今仍留有疤痕。之後他在桂平窺探李孜省等一班妖人時，曾見到一個姓羅的偷子，自稱在山東盜夥中隨上官無邊學得了一些飛技，還從他身上偷走了三家村的飛戎王銀牌。

他想著這些不愉快的往事，說道：「當然記得。怎地？」

上官婆婆道：「他當了幾年強盜，失風被捕，下獄論斬。老婆子求你救他出來。」

楚瀚嘿了一聲，三家村的子弟淪為強盜，原已十分不堪；失風被捕，更是丟臉之至。他歎了口氣，問道：「關在哪兒？」上官婆婆道：「城東的大牢裡。」

楚瀚點了點頭，知道那是正規的牢房，關些殺人搶劫的惡徒，只要給獄卒一些銀子，並不難救出。若是關在東廠、西廠或是錦衣衛詔獄中，那就得動用許多關係才能了。他道：「這事不難。」

上官婆婆盯著他，等他說下去。楚瀚明白上官婆婆想知道他要提出什麼條件，而他心中其實什麼條件也沒有，救人便是救人，哪裡需要什麼條件？而且這人還是三家村的故人，即使不是什麼善類，他也不至於冷漠到見死不救。他沉默不語，上官婆婆忍耐不住了，說道：「你有什麼條件，快快說出，老婆子一定給你辦到！」

楚瀚歎息一聲，說道：「這件事就交給我吧。辦成之後，就算上官家欠我一份情，你們日後看著還便是。」

上官婆婆瞪著他，爽快地道：「只要你能救出我孫兒，要老婆子幹啥都願意！」

楚瀚對這奸險的老婆子並無多少信任，但聽她這話倒說得誠心誠意，暗想：「她的三個孫子孫女中，一個死了，一個失蹤，只剩下這一個子息了。我出手救了上官無邊，只希望他們日後莫來找我麻煩就是。」

上官婆婆壓低聲音，又道：「我懷疑無邊被捕捉，是柳家的人在背後指使的。」楚瀚嗯了一聲，說道：「柳家又爲何要這麼作？」

上官婆婆咬牙切齒地道：「柳家恨我上官家入骨，幾十年前便是如此。他們整得我家破人亡，卻沒將藏寶窟中東西弄到手，因此更加憤恨，非要將我們全數殺死才甘心。」

楚瀚靜默不語，心中動念：「上官家只剩下一個老婆子，一個盜匪，不值得柳家出手對付。他們要對付的應該是我。難道柳家仍懷疑我取去了藏寶窟中的事物，現在想藉打擊上官家來將我扯下水？」

他知道自己必須謹慎行事，更須防範柳家暗中設計陷害。上官婆婆離開後，他便派手下去京城東的大牢探監，將上官無邊帶回西廠審問。楚瀚身爲西廠副指揮使，大牢的典獄長見他派人來詢，怎不嚇得屁滾尿流，恭敬得無以復加，立時便將人犯交了出來。

上官無邊被帶到西廠，全身發抖，不知自己究竟得罪了何方神聖，竟然被轉去廠獄拷問，那可比一刀殺頭要慘酷得多了。沒想到人來到西廠，在等候他的卻是上官婆婆。上官婆婆一見到上官無邊，衝上前抱住了孫子，痛哭失聲，說道：「乖孫兒，是誰陷害了你？」

上官無邊摸摸腦袋道：「是我自己失風，給官差給捉住了。」上官婆婆聽了，啪的一聲打了他一個耳光，罵道：「小崽子，丟盡了上官家的臉！若不是汪大人，你早死了一百次了。」說著押著他去向楚瀚磕頭拜謝。

上官無邊磕了頭，起身後向身前的這個官人上下打量，這才看出他便是往年三家村的胡家小童楚瀚，沒想到竟是他出手救了自己！聽祖母稱他「汪大人」，這才想起聽人說過楚瀚化名汪一貴，成了西廠的頭子。他心懷戒懼，說道：「原來是楚……汪大人。我聽人說你當上了西廠指揮使，原來竟是眞的！」楚瀚沒有回答，只點了點頭。

上官無邊的形貌跟往年一般，尖頭鼠目，只不過不再是少年流氓，而是個中年流氓了。他擠眉弄眼了好一陣子，忽然啊了一聲，似乎想起什麼大事，說道：「汪大人，有人讓我傳話給你。」楚瀚問道：「是誰要你傳話給我？」

上官無邊道：「我失風被捕前，回了三家村一趟，見到了胡家小姑娘，她託我帶話出來給你。我也沒想到入京後便被捉了起來，更沒機會見到你。總之她想問你什麼時候回去娶她？她年紀也大了，等不得啦。」

楚瀚聞言，不禁一怔，一時不知該如何回答，只點了點頭，說道：「這事我知道了。你們倆儘快離開京城，別回三家村去，另找個地方躲一躲。這點盤纏，你們拿去對付著用。」說著拿出了五十兩銀子，交給上官婆婆。

上官婆婆接過了，祖孫倆千恩萬謝地去了。

第六十五章　近鄉情怯

楚瀚在回家的路上，心中想著上官無邊的話，也想著自己和胡鶯的婚約，思潮起伏。家鄉的事情離他如此遙遠，似乎已渺茫得不復記憶。當年他因知道胡鶯不願意嫁給上官無邊，才承諾娶她；但此時他已非當年那個寄人籬下的傻小子，身邊也有了百里緞，再要回頭去娶家鄉的小妹妹，不免有些勉強。但他想自己既然曾經作過許諾，便不能不回去。

而且他心底還有另一層想法：過去幾年中，他從汪直身上學會了一切的殘忍手段，學會以酷刑逼供，陷害無辜，學會對敵人冷血無情，趕盡殺絕。儘管他在夜深人靜時，在汪直看不見的時候，盡力洗去滿手血腥，彌補一身罪惡，但他清楚知道他已漸漸地迷失了自己，那個當年在街頭流浪行乞，在三家村刻苦學藝，就算貧窮無依、飽受排擠，仍舊滿懷天真熱情的少年楚瀚。他不能放棄尋回當年的自己，而自己昔年的一部分仍留存於三家村中，存在於自己和胡家小妹妹訂下的婚約之中。

楚瀚長長地歎了一口氣，心知自己必須遵守諾言，迎娶胡鶯，否則他很可能將永遠遺失忘卻了自己的本性。

他回到磚塔胡同之後，便將上官無邊的事以及與胡鶯的婚約，告訴了百里緞。百里緞只淡淡地道：「你既有婚約，便不應背棄，而且你也不該拋下你的過去。」

楚瀚握住她的手，心中深受感動。他們兩人之間的情誼，已非婚姻許諾所能涵蓋或設限；百里緞為了維護他和太子而受盡酷刑，他一輩子不會忘記她的恩情，而她也完全能明白他的掙扎和心境，這是沒有任何其他事物可以取代的。

次日，楚瀚便派人送信去三家村胡家，說自己想迎娶胡鶯。手下很快就帶來了回信，胡家兄弟表示極為榮幸，請儘快前來接妹妹去京城完婚云云。楚瀚收到回信後，便收拾了一個小包袱，交代京中諸事，騎馬去往三家村。他孤身奔波，只兩天兩夜便到了三家村口。

他望著村口破敗的石碑，上面寫著兩行早已褪色的朱字，只隱約看得出「御賜」、「赦免」、「皇恩」等字眼。他離開三家村已有十多年，從十一歲的小娃兒長成二十多歲的青年，此時也不免有些近鄉情怯，不知三家村已變成何等模樣？

他走入村中，感到一切都顯得十分寂靜荒涼。最先見到的是早已荒廢的上官大宅，牆傾瓦敗，雜草叢生，觸目淒涼。再走出數十丈，便是柳家大宅。柳家富貴依舊，但已有些蒼白空泛。他來到三家村的祠堂，想起在這裡罰跪的往事，心中一時五味雜陳。

一群孩童在祠堂前的空地上玩耍，抬頭見到他，個個睜大眼睛，眼神中滿是懷疑戒懼。楚瀚走上前，問道：「你們裡面，誰是胡家的人？」眾孩童都指向一個瘦小的七八歲孩童。那孩童還想躲藏，楚瀚已向他望來，問道：「你父親是誰？是胡家大爺麼？」

那孩子瞪眼不答。楚瀚又道：「你去跟胡家大爺說，楚瀚來了。」那孩童眼中露出幾絲驚慌恐懼之色，轉身就跑。楚瀚跟在他身後，往胡家走去。

胡家的宅子比記憶中還要破舊，似乎十多年來從未修整過。楚瀚四下環望，景物依稀相識，想起多年前舅舅帶著自己來到胡家時的情景，眼眶不禁濕潤。

門口大開，門外也沒有人。他逕自進了門，穿過小小的前院，來到堂中。之前那瘦小的孩子奔出來道：「我爹下田去了。三叔出門還沒回來。」

楚瀚點點頭，心想這孩子定是大哥胡鵬的兒子，而三叔就該是胡鷗了。他問道：「你姑姑在家麼？」

小孩抹去鼻涕，點頭道：「姑姑在廚房。我叫她去。」

不一會兒，一個女子從後堂轉出，頭髮鬆亂，滿面油煙，烏黑的雙手不斷在圍裙上抹著，邊走邊罵：「小崽子，你說誰來了？說話不清不楚的，胡家怎有你這樣的敗家貨！都是你娘那蠢婊子教出來的……」

楚瀚站起身，低喚道：「鶯妹妹！」

那女子抬起頭，見到楚瀚，頓時呆了，過了良久，才道：「楚瀚哥哥，是你！」

楚瀚向胡鶯打量去，她已有二十多歲了，儘管蓬頭垢面，面容仍算得上姣好，但一身粗布衣衫，眼神空洞，不復是當年那個天真可愛的小姑娘了。

楚瀚按捺下心中的失望難受，問道：「小……妳都好麼？」本想跟著童年時的稱呼，開口叫她「小鶯鶯」，又覺不妥，便省去了稱呼。

胡鶯搖搖頭，呸的一聲，往地上吐了口唾沫，沒好氣地道：「哪裡好了？鄉下日子哪一年好過了？過去這五年來，不是水災就是旱災，莊稼全毀了，收成一年差過一年。再這麼下去，我們都得啃樹皮、吃草根了！」

楚瀚對她的粗率舉止甚感訝異，隨即想起：「我在京城中待得久了，見到的都是宮廷官宦中人，言語舉止自然都中規中矩。鶯妹妹是鄉下人，說話行事原本就是這般，我往年又何嘗不是如此？」

他四下望望，胡家雖然破敗，但絕對沒有窮困到需要吃草根樹皮的地步；堂上用的桌椅仍是檀木所製，不知是胡家前幾代的取物高手取得的，還是胡星夜的曾祖父胡熒當官時傳下來的。莊稼人家還沒窮到需得變賣祖產，已算是小康之家了。

楚瀚再望向胡鶯，見她身形粗壯，雙頰被曬得黑黑紅紅地，雙手粗糙，全然是個過慣勞苦日子的農婦模樣。胡鶯也上下打量著他，忽然問道：「你這身衣服，總要三兩銀子吧？」

楚瀚微微一呆，低頭望望，說道：「我不知道？」他身上這件衫子乃是百里緞親手縫製的，他仍清楚記得，那時百里緞生命剛剛脫離危險，便託碧心去市集挑了布料，請碧心教她裁布縫紉，一針一線親手替他縫製了這件衣衫。雖不十分合身，但楚瀚心中感激，幾乎從不曾換下這身衣衫。似百里緞這般出身，竟然願意替自己縫衣，楚瀚十分體惜她的那份苦心。她以爲自己什麼都不能作了，已是廢人一個，除了一張臉仍可稱秀麗之外，整個身體傷痕累累。一隻左手幾乎不能使用，兩條腿行走困難，身上數十個傷處仍不時疼痛，連自理都不行，如何能作到她心中最關注的事：照顧楚瀚，甚至保護楚瀚？她能作的，也只有爲他縫製一件衣衫了。

楚瀚心中想著百里緞的種種，又是溫暖，又是心疼，胡鶯卻直望著他，眼神中滿是急切渴盼，說道：「楚大人，你在京城享福慣了，哪裡知道我們這鄉下地方的苦？快帶我走吧。我等了你這麼多年，你可千萬不要丟下我！」

楚瀚聽了這話，心中雪亮，眼前的胡鶯過怕了家鄉的苦日子，已經變得現實而鄙俗了，一心只想早早嫁給出人頭地的自己，離開家鄉去過好日子。他心中不禁傷感，暗想：「爲何世間美好的事物都不長久？」口中說道：「我回來這兒，便是來娶妳的。」

胡鶯咧嘴而笑，伸手抓住楚瀚的衣袖，說道：「還是我的楚瀚哥哥好！」

但聽門口一聲咳嗽，兩個男子走進廳來，一個是黑瘦乾枯的老人，衣衫上滿是泥巴，光著腳板，褲腳捲起，仔細瞧去，才認出是胡家老大胡鵬。另一個衣著乾淨些，但也是粗糙麻布所製，布褲布鞋上滿是破洞，偏偏頭上還梳著個書生髻，看來頗爲不倫不類，正是游手好閒、不務正業的老三胡鷗。胡鵬和胡鷗向楚瀚點頭招呼了，便大剌剌地坐下，兩人神態疏遠，臉色都甚是難看。

楚瀚正納悶，但見胡鵬垮著臉，粗聲粗氣地道：「我說楚大人，你帶來的東西呢？」楚瀚怔然，說道：「我帶來什麼東西？」

胡鷗在旁忍不住罵了一句粗話，跳起身來，戳指著他大聲道：「你倒會裝模作樣！你當年不知使了什麼詭計，騙信了我爹爹，讓他傳了你飛技取技，還將妹妹許給你。你說說，當年你拿出了什麼聘禮？連個屁兒都沒有！你當我們胡家的小姐這麼好娶啊？爹死後，你忘恩負義，捲走家中所有的金銀財寶，一走了之。你今日飛黃騰達了，竟然連份聘禮也沒帶來，這算什麼？我胡家養你多少年，又教會你多少本事，你竟是如此回報我們！你說，你說啊！」

楚瀚聽他言語粗俗無稽，簡直是無賴一個，心中暗怒，默然不語。他側頭去望胡鶯，但見她毫不掩飾臉上的失望和不屑，心中一沉，心想：「看來兄妹的心思都是一般，存心想從我這兒取得多一些好處。」說道：「我匆匆趕來，確實沒帶著任何聘禮。你們說吧，要多少才夠？」

胡鵬搓著手，眼望著弟弟。他畢竟是老實人，不敢漫天討價，胡鷗卻是道地的痞子，將腳往椅子上一踏，伸手比出一個五字，說道：「至少這個數。五百兩銀子！」

楚瀚嘿了一聲，五百兩！他全副身家也不過五十兩，不久前才全給了上官婆婆祖孫，讓他們離京過日子。他近年來攢下的錢，老早全散給了東西兩廠受害人的家屬。一時三刻，要他從何處湊出五百兩？

楚瀚繃著臉，眞想就此起身離去，再也不要回到三家村，再也不要見到胡家這些人的臉面。但他無法忘記舅舅在臨去前，曾親自讓自己和胡鶯互換信物，定下親事。自己的一身功夫，此時的一切功業，全賴舅舅當年的收留和教導，怎能反臉不認當年的承諾？

他搖搖頭，說道：「我沒有那麼多錢。」

胡鷗呸的一聲，指手畫腳，口沫橫飛地道：「你聽聽，你聽聽，堂堂錦衣衛副留守指揮，正三品的大官兒，竟還有臉叫窮！你奶奶的，五百兩已經是最低底限了，你每日進帳恐怕都遠遠超過五百兩，還敢說沒這麼多錢？你當我們是鄉巴佬傻楞子麼？」

楚瀚冷然道：「這些事情，都是誰跟你說的？」

胡鷗瞪大眼睛，說道：「我們雖少出門，柳家的人可是見過世面的。柳子俊老早將京城中的行情一五一十跟我們說清楚了。你再要推拖，媽的，可別怪我破口大罵了！」

楚瀚聽他提起柳子俊，心中怒氣頓起，這人帶給自己的煩惱沒完沒了，連聘禮這等小事都要替自己添麻煩！他站起身，說道：「既然如此，那我下回再來。」

胡鷗卻跳到他面前，伸手攔住他，說道：「慢著！你想一走了之，天下沒有這麼便宜的事！我們去京城告你一狀，說你那個……始亂終棄，睡大了姑娘的肚子不認帳，無恥無賴，可惡已極！」

楚瀚冷冷地望著胡鷗，說道：「你若敢來京城，我大開西廠之門迎接！」

胡鷗聽他提起西廠，臉色一變，退開一步，稍稍收了收氣燄，隨即又挺胸凸肚，大聲說道：「你對大舅子是這般說話的麼？我妹妹還沒嫁給你，你就如此大模大樣了，叫我們如何放心將妹子嫁給你？」

楚瀚提步往門外走去，勉強忍耐，才沒丟下一句話：「不嫁拉倒！」

他快步離開三家村，縱馬回京，心中好生苦惱。行至半路，但見一個邋遢僧人踽踽獨行，迎面而來。楚瀚一呆，立即策馬迎上，看清他的面目，果然是好友尹獨行，不禁驚喜，叫道：「尹大哥！」

尹獨行見到他，也極為歡喜。兩人雖時時在京城見面，卻也沒想到會在道上不期而遇，當下便結伴去酒家喝酒。幾杯過後，尹獨行察言觀色，問道：「兄弟，怎地，有什麼事情不順心麼？」

楚瀚便將回家鄉娶親，沒有聘禮的事情說了。尹獨行笑道：「這有什麼困難？我剛剛收到一筆帳，這兒就有五百兩。兄弟拿去便是，先解了急再說。」

楚瀚遲疑道：「這不好。拿大哥的錢去救助受冤苦主，我心中坦蕩無愧。但是拿大哥的錢去娶老婆，我心裡不安。再說，我一輩子也還不起這錢，怎麼對得起大哥？」

尹獨行搖頭道：「兄弟，錢的事情，你不用跟我客氣。想當年我們初遇時，你明明可以取走我全副身家，卻放手讓我全身而退。那筆生意作成了，我才發達了起來。哥哥很承你的情，如今這五百兩，就當作是我給兄弟的新婚賀儀便是。」楚瀚心中感激，只能拜下道：「多謝大哥！」

尹獨行連忙將他扶起，問他要娶的是什麼人。楚瀚道：「是我恩人胡星夜的女兒。當年舅舅收養了我，曾讓我跟他的小女兒訂了親。」

尹獨行聽他說過被三家村胡星夜收養學藝的經過，點了點頭，問道：「這位家鄉姑娘性情如何？」

楚瀚遲疑一陣，說道：「十多年前是很可愛的。」

尹獨行搖搖頭，說道：「想來已經人老珠黃，無人聞問，聽說你在京城位高權重，才回頭來攀這門親事，是麼？不然鄉下人家，平時哪會要求那麼多聘禮？」楚瀚歎了口氣，算是默認了。

尹獨行想起百里緞，心頭疑惑愈來愈重，他和楚瀚無話不談，對楚瀚的事情再清楚不過。百里緞出事時，楚瀚便是躲藏在他的家中，之後百里緞在磚塔胡同地底的密室中養傷，也是尹獨行代爲請了相熟醫者來替她治傷。他熟知楚瀚跟百里緞之間緊密相依的關係，忍不住問道：「百里姑娘可知道此事？」楚瀚道：「我跟她說了。」

尹獨行直望著他，說道：「她爲你在廠獄中吃盡苦頭，險些送命，你二人又是心意相通的知心伴侶。怎地你不娶她，卻去娶恩人的女兒？」

楚瀚一呆，說道：「娶百里緞？我怎能娶她？」

尹獨行道：「爲何不能？你怕她是逃脫的死犯？你惱她曾是皇帝的選侍？」楚瀚連連搖頭。尹獨行又問道：「莫非你嫌她身體殘缺？」楚瀚仍舊不斷搖頭，說道：「不，不是的。我從來也沒動念要娶她。她不是我能娶得了的，她是……」一時不知該如何解釋，想了許久，最後才道：「她就如同我自己一般。她好似我身上的一個傷疤，無論如何都會永遠跟著我，不會離開。我不必娶她，也不能娶她。」

尹獨行搖搖頭，說道：「我不明白你在說什麼。只要她不會因此傷心就好了。」

楚瀚道：「不會的。我往後待她仍會和以前一般。」

尹獨行微微瞇起眼睛，問道：「兄弟，我還是不明白你這話是什麼意思。罷了，百里姑娘身子恢復得如何了？」楚瀚道：「恢復得甚好，往年的武功已恢復了一二成。」尹獨行問道：「夜晚呢？你也跟她一塊兒睡？」

楚瀚這才明白他的意思，說道：「不錯，我每晚都跟她一塊兒睡。」尹獨行皺眉道：「那你娶回來的家鄉姑娘呢？她若知道你家裡已有個女人，還不跟你鬧翻了？」

楚瀚從未想過這事，不禁呆了好一陣子，一時不知該如何作答。事實上，他自幼至長，從未認識過一對正常的夫妻。他被遺棄時年紀尚幼，對自己的父母固然毫無記憶；作乞丐時見到的乞丐都居無定所，更無妻室。胡家的情況也頗不尋常，胡星夜沒有妻子，二嬸也沒有丈夫；入宮之後，見到的不是宦官便是宮女，唯一可稱為夫妻的，只有皇帝和他的一群妃子。之後重遇自己的父母，一個成為皇帝的嬪妃，一個成了宦官，他們之間的關係更是古怪扭曲至極。因此在他心中，娶胡鶯為妻和留百里緞在家中，是並行不悖的兩件事情。這時聽尹獨行出言質疑，這才意識到這兩個女人之間可能會生起磨擦，但是該如何處理，他卻半點主意也沒有。

尹獨行拿起酒杯喝了一口，說道：「兄弟，憑你此時的身分地位，要多娶幾個老婆，多養幾個女人，都沒有人會多說一句。但我只覺得好奇，你爲何捨百里緞不娶，卻要將家鄉的小妹妹娶回家放著？」

楚瀚歎了口氣，說道：「當年的婚約，我不能輕易背棄；舅舅對我的恩情，我不能輕易忘記。多謝大哥勸告，但是世上有些事情，不是我心裡想怎麼作，就能那麼作的。」

尹獨行望著他良久，無言以對。他熟知楚瀚的爲人，這次爲難他的若不是胡家，他只消派西廠手下去「探問」一番，對方自不敢再吱一聲，更別說向他伸手勒索了。向來只有西廠錦衣衛向別人勒索，沒聽過有人敢向西廠錦衣衛開討的。然而楚瀚最重恩情，對恩人的子女依舊尊重禮敬，因此即使胡家氣燄囂張，對他獅子大開口，他也一切忍讓。而迎娶恩人女兒的事情，在尹獨行眼中雖看著不對頭，在楚瀚來說竟是非作不可的一件事。

尹獨行歎了口氣，才道：「兄弟，你說得是。這樣吧，讓我幫你個忙。我在京城剛剛購置了一間乾淨小院，離你住處甚遠。你讓你新娶的妻子住在那兒，百里姑娘就不要搬了，仍住在你舊居吧。」

楚瀚心中感激，說道：「大哥，我向你又借聘金，又借新居，這怎麼成？」

尹獨行再歎了口氣道：「兄弟，我倆何等交情，你的事情我哪一件不清楚？憑你今日的職位，手中怎麼可能沒錢？你若要錢，不出一個月，幾箱幾篋的金子都攢下了。你手中不留銀子，人家不明白，我卻知道原因。」

楚瀚心中感動，緊緊握住尹獨行的手，良久說不出話。

第六十六章　迎娶鄉婦

當夜楚瀚和尹獨行飲酒談心，直到深夜。次日尹獨行便給了楚瀚五百兩銀子，替他張羅了迎親隊伍，一起回去三家村，再度求親。這回楚瀚手中有錢，胡家兄弟見到白花花的銀子，眼睛發光，態度立即便不同了，將他迎到堂上看座看茶，熱絡地討論迎娶細節。

楚瀚道：「我公事甚忙，今日將妹妹迎娶回去便是了。」胡家兄弟還想再敲他一筆，如何肯輕易放過，便去叫胡鶯出來。胡鶯也以爲楚瀚兩三日間便拿出五百兩，身家定然可觀，也想幫哥哥們多討一些聘禮，便躲在房中假惺惺地哭哭鬧鬧，口口聲聲說捨不得哥哥們，不願就此出嫁。

楚瀚心中煩惱，花轎和迎親隊伍都等在門外了，不成還得多拖幾日？正當他一籌莫展時，尹獨行看不下去了，決定出頭。他知道楚瀚無法應付這些如狼似虎的恩人子女，便跟在迎親隊伍當中，果見胡家以爲楚瀚好欺負，又加上貪心，竟然還想再多討些聘禮。他大步走入胡家廳堂，朗聲說道：「胡家各位爺請了，在下是楚大官人的結拜兄弟，姓尹名獨行的便是。各位聽我一言。」他此時早已換下骯髒的僧袍，穿上華麗的錦繡長袍，胡家兄弟見到他的氣派，都不自由主靜了下來，想知道他有什麼話說。

尹獨行道：「我兄弟在京中任職，職位雖不低，但他遵從令先公的教誨，爲官清廉，一介不取，因此家中積蓄確實不多。五百兩銀子，對我兄弟絕非一筆小數目。你們讓他將錢財都送來胡家，你教他和胡姑娘往後如何過日子？你們看準我兄弟是重恩情重義氣的人，但他的手下兄弟，爲人可不見得個個如此。你想想，西廠錦衣衛哪個不是武藝高強，位高權重，手段厲害。若有哪位西廠大人，聽聞你胡家對我兄弟如此叫囂無禮，只消來你胡家轉轉，拉你去西廠坐坐，你就得求爺爺告奶奶的了。」

胡家兄弟聽了，頓時鴉雀無聲。他們自不相信尹獨行所說的什麼「爲官清廉，一介不取」，只是見到尹獨行氣勢凌人，又害怕西廠眞有什麼狠角色會來對付他兄弟，一時不敢回嘴。他兩個鄉下人畢竟沒膽賭得太大，五百兩也不算少了，再說妹子嫁過去，又不是就此飛了，往後敲詐討錢的機會還多得是，不必急於一時，便收了氣燄，答應讓妹子今日就嫁了出去。

楚瀚在尹獨行的協助下，終於娶了胡鶯回京，打算將她安頓在尹獨行購置的新居之中。

胡鶯出嫁之後滿懷希望，一心盼能去京城過好日子，路上嘮嘮叨叨地詢問家中有多少長工，多少婢女。楚瀚被她問得煩了，老實說道：「我連屋子都沒有，這新居還是我尹大哥借我的，家中哪有什麼長工婢女？」胡鶯卻不相信，仍舊詢問不休。

尹獨行一路陪著楚瀚回京，對胡鶯的勢利重財甚感厭惡。爲了讓楚瀚日子好過些，才勉強命伙計給新家添購了一些家具，買了兩個婢女，供胡鶯使喚。入京以後，胡鶯見那新居地方既小，家具又粗簡，婢女也只有兩個，當即大發脾氣，哭鬧了一整日。楚瀚甚覺厭煩，便自與尹獨行出去喝酒，讓胡鶯留在家中，自己跟自己鬧去。

楚瀚與胡鶯在新居中住了三日後，胡鶯終於明白楚瀚的境況絕非富貴，也發現這間屋子和家具婢女確實全是他大哥尹獨行出錢購置的。不僅如此，楚瀚公務繁忙，回家的時間極少，而拿回家的錢更少，婚後生活比之在三家村時只稍稍優渥了一些，沒有衣食之憂，但離胡鶯想像中的富貴騰達，可有老大一截距離。

胡鶯大失所望，整日跟楚瀚大吵大鬧，對著街坊大罵：「你楚瀚騙人不償命，來家鄉迎娶我時裝闊扮富，幾百兩銀子都拿得出手，原來淨是借來的錢，打腫臉充胖子！誰曉得你其實窮得連褲子也沒得換，家中米缸從沒滿過！我胡鶯來這兒跟你受窮罪，不如回家種地得好！」惹得街坊鄰居都指點訕笑，官場上也傳爲笑談。

楚瀚被她煩得受不了，只好愈來愈少回家。之後他乾脆不回家了，每月託碧心送一筆錢去給胡鶯，讓她日子過得去，便不再聞問了。

楚瀚回到自己舊居，仍如往昔一般，與百里緞相依為命。百里緞透過碧心，約略聽說了胡鶯的潑辣粗蠻，她也沒說什麼，只對楚瀚更加溫柔體惜，兩人之間絕口不提胡鶯之事。

此時百里緞的身子已健朗了許多，靠著往日練功的根底，竟也拾起了三四分舊時的輕功和武功。偶爾楚瀚出門辦事，她便也蒙面戴帽，一身黑衣，懷藏匕首飛鏢，騎馬遠遠跟隨在後，陪伴保護。楚瀚幾次勸她不必跟自己出外犯險，她都只默然搖頭，堅持跟在他的身後。楚瀚少年時，身邊總跟著黑貓小影子；如今跟在他身邊的卻換成了一個大影子。京城中人知道「汪一貴」名頭的，都喚他「帶影子的錦衣衛」。

不料在新婚那時，胡鶯便懷上了身孕。碧心回去替胡鶯送月銀，發現了此事，回來便告訴了楚瀚。楚瀚心中毫無歡喜，但想不能放著懷孕的妻子不管，只得偶爾回家去陪她，多給她些銀子買米買肉，滋補身子。然而胡鶯妒心極重，幾度追問他之前都去了何處，猜出他在外面有個相好，逼他吐露實情，又要他發誓跟外面的野狐狸斷絕關係。楚瀚知道多說也沒用，便只閉口不言，太過煩心時，就去找尹獨行喝酒，回舊居跟百里緞過夜。

幾個月過去了，胡鶯懷孕八個月時，一回派婢女跟蹤楚瀚，發現了他的去處。等楚瀚回家，胡鶯便跟他大吵大鬧，又摔東西又撞牆，揚言要上吊，弄個一屍兩命。楚瀚極力安撫，但胡鶯便如瘋了一般，不肯停歇。鬧到半夜，她忽然開始腹痛，嗯唉呻吟。楚瀚忙叫婢女去喚碧心來，碧心匆匆趕來，說是動了胎氣，胎兒要早出來了。當下碧心和兩個婢女手忙腳亂，將胡鶯抬入房中，準備熱水布條等物，折騰了一夜，產下了一個瘦小的男嬰。

碧心見母子平安，這才鬆了一口氣，抱著初生嬰兒出來給楚瀚看，說道：「恭喜官人！是個健康的男娃娃。」

楚瀚整夜聽著胡鶯的呻吟慘呼，只覺頭痛欲裂，心思不知已飛去了何處。直到碧心抱著嬰兒出來對他說話，才從沉思中驚醒，勉強笑了笑，接過襁褓，低頭望向這個初生嬰兒，驀然想起了泓兒剛出世時的情景，繼而想起了自己的父母。泓兒出生時，紀淑妃朝不保夕，擔驚受怕；而自己在瑤族出生時，汪直和娘娘這對小夫妻想必也曾十分欣喜。然而不久之後，大籐瑤族便遭漢軍擊破，一家三口一齊被俘虜上京，各自淪為宦官、宮女、乞兒，骨肉分離，命運乖舛。汪直當年望向初生的兒子時，想必也曾滿心歡喜疼愛，但時勢變遷之後，剩下的便只有滿腔的悲憤仇痛了吧？然而眼前這個嬰兒呢？他是否也出生得不是時候，也將帶給爹娘無盡的擔憂煩惱，是否也得經歷跟他爹爹爺爺一樣的折磨苦痛？

他望著自己的兒子，心中思緒混亂，但聽碧心問道：「官人，孩子叫什麼名兒？」

楚瀚想也不想便道：「姓楚，單名一個越字。」他老早下定決心，不認汪直爲父，也不認自己姓汪。楚是他的名字而非姓，但借用來當姓，也比姓汪好上百倍。至於「越」字，自是因爲他魂縈夢牽，無時無刻不想著要與百里緞一起回去大越，始終放不下這個看似容易，卻遠在天邊的夢想。

胡鶯在房中聽見了，不知道是「越國」的越，只道是「月亮」的月，皺起眉頭，掀開床帘，高聲質問道：「爲什麼要叫楚月？」

楚瀚沒有回答。在他心底深處，暗暗希望有一日這孩子能完成自己的心願，遠離京城，回到瑤族，或遠赴大越，過著平靜快活的日子。但這番心思胡鶯又怎會明白？

胡鶯見他不答，冷笑道：「哼，我知道了。『月』定是你那姘頭的名字，是不是？你那姘頭是個殘廢，生不出孩子，你便想用我的孩子代替，是不是？你說啊！」

楚瀚聽她言語辱及百里緞，臉色一沉，將襁褓交還給碧心，站起身來。

胡鶯見他不吭聲，心中更怒，大聲嚷道：「你那姘頭瘸了腿，廢了胳膊，你卻疼愛她如寶貝一般。我可是好手好腳的，也沒見你多關照我一些？我可是替你生了個兒子的正妻啊！我替你懷胎十月，痛得死去活來，才生下這小崽子，也不見你有半點感激！我的命好苦啊！」

楚瀚聽她又要發作，也不爭辯，逕自出屋而去，穿過清晨的薄霧，往磚塔胡同走去，身後胡鶯在屋中摔物哭鬧之聲漸漸不復可聞。

胡鶯見楚瀚態度冷淡依舊，心中怒不可遏。她原本以為生下個男孩兒，可以藉此牢牢捉住丈夫的心，但楚瀚顯然對這兒子沒有什麼興趣，此後仍舊極少回家，每夜都在磚塔胡同度過。胡鶯日日不是以淚洗面，就是大發脾氣，身邊兩個婢女都被她打罵怕了，一個偷偷溜走，一個整日躲在廚房不敢出來。幸而碧心往年曾待在宮中許久，跟隨楚瀚也有一段時日，年紀又大些，胡鶯不敢對她太凶，她便在胡鶯這邊住下，一手保抱哺餵楚越，這個爹不疼、娘不愛的可憐早產嬰兒才存活下來了。

這日胡鶯又在家中哭鬧，但聽家丁報道：「舅爺來了。」

胡鶯忙迎出去，果見是三哥胡鷗來了。她見到親哥哥，不免又是一番哭訴埋怨。胡鷗這回入京，原本是打算來向妹妹借錢的，無心聽她哭訴家務事，但又擔心楚瀚若真撇下妹妹不管，自己也斷了財源，只好耐著性子聽了一會兒，忽然問道：「我說妹子，人都說他以前入過宮，作過公公。妳可確定他不是公公？」

胡鶯抹去眼淚，噘起嘴道：「我怎麼知道？他又不常來我這兒，平日老住在他姘頭那兒，偶爾回家來睡，也死人一般的，半聲也不吭。」

胡鷗壓低了聲音，說道：「妳可確定他不是公公？若是公公，這孩子又是誰的？」胡鶯臉上一紅，說道：「哥哥莫胡說八道，你這麼說，可不是罵我不規矩麼？」

胡鷗怕傷害妹妹名譽，倒也不敢出去亂說這件事。但這念頭從此在胡鶯心頭生了根，不時脫口罵楚瀚是個「沒種的」，說他不能盡人夫之道云云，街坊鄰居聽見了，都議論紛紛。胡鶯愈說愈覺得自己受了委屈，乾脆大吵大嚷要跟楚瀚分開，出去另尋歸宿。

楚瀚聽她鬧得不成話，這日終於回家看看。還沒進屋，便聽房中傳出一男一女的笑聲，從窗中望進去，見到胡鶯和一個男子衣衫不整地相擁在床，仔細一瞧，那男子不是別人，竟然便是柳子俊！原來兩人私通已久，因楚瀚極少回家，近日兩人更是打得火熱，公然同住，毫不遮掩。

楚瀚正要離開，但聽柳子俊道：「親親小鶯鶯，我說那物事，妳到底找到了沒有？」楚瀚心中一凜，便留在窗外偷聽。

胡鶯不耐煩地道：「你老問這件事情，難道你心裡就只掛著那什麼血翠杉，一點也不關心我？」楚瀚聽他提起血翠杉，更是專注而聽。

柳子俊伸臂摟著胡鶯，哄道：「我的傻鶯鶯，我當然關心妳，才處處幫著妳哪。」胡鶯惱道：「你哪裡幫著我了？」柳子俊道：「我幫妳的忙可大了。如果不是我，楚瀚怎會回家鄉娶妳？」胡鶯奇道：「這話怎麼說？」

柳子俊洋洋得意，說道：「我對那小子的心思摸得太清楚了。我讓上官無邊替妳傳話，叫那小子回家鄉娶妳，他果然便乖乖上當了。怎麼，妳現在都成了他老婆了，還替他生了個兒子，他竟然一點也不顧妳？在這家中，總有妳說句話的餘地吧？」

聽了這話，胡鶯氣不打一處來，又罵又哭地發了一頓牢騷，最後道：「那死鬼哪裡管我了？他只顧著他那姘頭，根本不當我一回事！我平日要見他一面都難，更別說從他身上偷走那東西了！」

柳子俊一聽，頓時坐起身，眼睛發光，說道：「這麼說來，妳當眞見過那事物？那事物確實在他身上？」

胡鶯道：「我也不知道是不是？他頸子上老戴著一小段木頭，從來也不取下來。那勞什子就是什麼血翠杉麼？我瞧也沒什麼了不起。」

柳子俊大感興趣，詳細問了那段木頭的形狀顏色，興奮地搓著手，問道：「好親親，妳眞看過那東西！眞的在他身上！那可是無價之寶哪！我老早猜到，這小子出手取了藏在皇宮中的這件寶物，從來沒讓人知道，現在可終於露出餡兒了。親親小鶯鶯，妳能拿到麼？或許趁他睡著的時候？」

胡鶯搖頭道：「他根本不在這兒睡，我哪能趁他睡著時下手啊？」

柳子俊沉吟道：「暗來不行，咱們便來明的。反正你們早已撕破臉了，沒什麼好顧忌的。他不認妳，總該認親生兒子吧？不如我們用那……叫什麼來著，是了，楚越，去威脅他？」

胡鶯搖頭道：「他對那小崽子連看都不看一眼，半點也不關心。」柳子俊道：「再不關心，也是自己的種，血濃於水，他總不會願意見到自己的親骨肉枉死夭折吧？」

胡鶯聽他對自己的親子說出「枉死夭折」這等言語，竟然並不心疼或惱怒，卻笑嘻嘻地道：「這招或許有用，我反正也討厭那小崽子整日哭個不停。你若能用那小崽子逼他交出東西，儘管去幹，好處別忘了分我一份！」

楚瀚不惱怒二人私通，卻無法坐視二人密謀利用無辜的嬰兒來令自己就範，他咬牙心想：「原來柳子俊一心想要的，仍是血翠杉！他騙我娶了胡鶯，害我還不夠深，現在竟想用我的兒子威脅我！總有一日我要教他知道厲害！」

他又聽了一陣，見兩人開始風言風語起來，便悄然離開窗邊。他立即去找碧心，讓她帶了楚越搬到自己舊居住下，吩咐她不要再回去胡鶯那邊。

過了幾日，胡鶯來吵鬧討還孩子，楚瀚毫不理睬，只說已將孩子送到城外去了。其實他讓碧心帶著楚越，就住在隔壁的院子裡；磚塔胡同小院周圍的院子早已被尹獨行買下，楚瀚打通了右首的一間，跟自己的院子以暗道相通。那院子本來由尹獨行的一個老僕人假裝住著，碧心帶了孩子住進去後，老僕人便搬到門房去，讓碧心和孩子住在隱密的主屋之中，即使孩子大聲啼哭，外面也聽不見。

胡鶯找不到孩子，又吵著要呈堂報官，跟他斷絕夫妻關係。楚瀚巴不得如此，與尹獨行商量後，便將那棟新房子歸在胡鶯的名下，又送了她一筆爲數不小的銀兩。但胡鶯仍不罷休，不斷來糾纏吵鬧，要他歸還「嫁妝」。楚瀚知道這定是柳子俊在背後指點唆使，讓胡鶯找藉口來騷擾，只好再去向尹獨行求助。

尹獨行原本對楚瀚迎娶胡鶯之事不甚贊成，眼見事情鬧到這等地步，也只能歎息道：「你自己找來這個麻煩，現在請神容易送神難。哥哥借錢給你不是問題，但這女人想必不會罷休，未來仍要纏著你討錢要孩子。」

楚瀚滿面苦惱，也不知該如何處理，說道：「早知道我就不娶老婆了。」

尹獨行哈哈大笑，拍拍他的肩頭，說道：「娶老婆是不錯的，錯在你所娶非人。告訴你一件喜事，你大哥定在今年四月成婚。你在這兒待得苦惱，不如來我家鄉喝杯哥哥的喜酒吧。」

楚瀚知道尹獨行年紀不小了，卻從未聽他說起婚娶之事，甚是驚喜，說道：「那眞要恭喜大哥了。不知大哥要娶的是誰家姑娘？」尹獨行笑道：「是我在泉州遇到的一位娘子。容貌性情都好得沒話說，尤其跟我性格相合，萬分投契，你一定要來見見她。」

楚瀚聽了，甚是爲他歡喜，說道：「我在京城也待得煩了，就去一趟南方，看看大哥的新娘子吧。」

尹獨行笑道：「好極了。但是咱們得先將你的家事理清楚了再說。」於是又拿出一筆錢，先去擺平胡家的兩個兄弟，封住他們的嘴，接著請了一位公證人，找胡鶯坐下談判，逼她簽下字據，拿了楚瀚的銀子和休書後，從此便一刀兩斷，再也不可來打擾吵鬧，也不能來過問兒子楚越之事。

胡鶯眼見銀子甚多，一時貪心，加上兩個哥哥也不出聲，便簽了字據。柳子俊得知之後，還想教唆胡鶯反悔，卻已太遲，只恨得他牙癢癢地。

楚瀚後來暗中探查，才知柳子俊圖謀血翠杉已久，這一場婚事鬧劇全是他一手主導，目的便是想通過胡鶯取得他手中的血翠杉。他記得自己當年離開京城之前，柳子俊便曾來找過他，以胡鶯的性命作爲威脅，要他幫忙取得血翠杉。楚瀚猜想定是萬貴妃急著想要得到這件神物，才會不斷催促柳子俊去取。後來他接受懷恩保護小皇子的條件，倉促離京，血翠杉之事自然便不了了之。

多年之後，楚瀚回到京城，在汪直手下辦事，創建西廠，權勢滔天，柳子俊雖也有官職，但畢竟不敢輕易去捋楚瀚的虎鬚。因此他精心安排，讓楚瀚跟胡鶯成婚，原也不過是想讓胡鶯有機會親近楚瀚，就近探訪血翠杉是否眞在楚瀚手中。他從胡鶯口中得知楚瀚果眞懷有血翠杉，大喜過望，便想透過胡鶯下手偷取，甚至用楚越的性命作爲威脅，跟楚瀚交換這件寶貝。眼見計策進行順利，不料卻被楚瀚識破他的奸謀，不但快刀斬亂麻斷絕了婚事，更將孩子奪去藏起，讓他無從下手，柳子俊功敗垂成，爲此自是惱恨交加。

而胡鶯拿了錢和休書，只道自己已是自由之身，一心想跟柳子俊繼續相好下去，三番兩次去柳家找他，纏磨著不走。但柳子俊的貪花好色、荒淫無度在京城可是出了名的，他仗著俊美外貌、官位錢財和甜言蜜語，輕易便攫取了胡鶯的心，用意只不過是想利用她接近楚瀚。如今胡鶯已不再是楚瀚的妻子，對柳子俊已無用處，柳子俊自然一腳將她踢得遠遠地，毫不理睬，甚至惡言相向，吩咐奴僕將她轟出柳家大門。

胡鶯討了個沒趣，只好放棄攀附柳子俊。她在京城中雖然有屋住，有錢花，但孤身一個女子，丈夫兒子都沒了，日子好不孤單淒涼。她此時方才想起楚瀚的種種好處，但卻已太遲了。不多久，她因難耐寂寞，行止便荒唐了起來，在京中名聲愈來愈難聽，錢也被幾個不肖之徒騙光了。兩個哥哥見她不成話，硬將她接回了三家村，讓她老老實實地耕田養豬去。

楚瀚偶爾想起時，仍派人送些銀子去三家村給胡家兄妹花用。但胡鶯對他十分痛恨，見到從京城來送錢的人，便破口大罵，將銀子摔出門去，拒絕收下。三哥無賴子胡鷗總躲在門外，偷偷將錢撿起，拿去買酒尋歡。這是後話。

第六十七章　舊情難忘

卻說楚瀚處理好了家事，也算了卻了一樁煩心事。汪直仍在遼東作他的戰功夢，甚少回京。楚瀚每隔數日，便去面見懷恩，並與麥秀和鄧原聚會，詳問宮中情勢，以確定萬貴妃不敢輕舉妄動，傷害太子。

他也不時向謝遷和李東陽請問太子讀書的情形，兩位先生都說太子年紀漸長，天性聰明，讀書認眞，勤奮用功，讚不絕口。楚瀚偶爾會潛入宮中文華殿，偷望太子讀書；有時也在夜間來到太子宮中，跟太子相聚傾談。

泓兒此時已有十一歲，不再是當年剛登上太子之位的幼小孩童。他待楚瀚十分親厚，沒有旁人的時候仍喚他「瀚哥哥」，但已不似孩童時那般依戀倚賴了。有時他會一本正經地跟楚瀚講述在書中學到的治國作人的道理，或是給他看自己吟詠的詩辭、臨摹的書法和描練的山水繪畫。楚瀚總是微笑傾聽，仔細觀看，心中喜慰不盡，暗想：「太子頭腦清晰，心地仁慈，稟性端正，多才多藝，可比他的爹爹好得多了。娘在天之靈若知道泓兒這般長進，一定十分歡喜。」心中對這個弟弟的愛惜之情日漸深重。

這時小影子已是一隻十五歲的老貓了，黑毛中夾雜了不少白毛，眼眶和鼻頭也開始出現斑紋。牠在宮中飲食充裕，不必自己去捕捉老鼠飛鳥，體型逐漸肥胖起來，不再是當年那精瘦靈活、矯捷凶悍的守衛。牠仍舊跟太子住在一起，陪伴太子起居讀書，整日睡在暖爐之旁，懶怠行動。楚瀚每次見到小影子，心頭都不禁又是溫暖，又是感慨。許多次他伸手搔著小影子的頭頸，低歎道：「小影子，太子一天天地長大，你我卻一天天地衰老啦。」

在太子十二歲生日那夜，楚瀚來到宮中爲太子祝壽，兩人暢聊了大半夜。太子娓娓談起他認爲如何才能成爲一個明君，如何才能使朝政清明，百姓安樂，說得頭頭是道，楚瀚深受感動，感覺太子已然成熟。次日他便將藏在自己磚塔胡同密室中的紫霞龍目水晶帶入宮中，雙手捧著，呈上給太子，問道：「殿下可記得這個水晶麼？」

太子望著水晶當中變幻不定的色彩，點了點頭，說道：「許多年前的一個晚上，你曾叫醒我，給我看這個水晶球。你要我仔細瞧，仔細聽。」楚瀚點點頭，說道：「正是。當時殿下說見到了許多人，他們都笑得很開心。」太子抬起頭，說道：「不錯，我都記得。瀚哥哥，這究竟是什麼？」

楚瀚道：「這件神物，是一代神卜仝寅老先生交給我的。這水晶具有預卜吉凶禍福的神力，亂世時爲卜者所懷藏，代代相傳；天下太平時，則應由天子所有。仝老先生讓我好好收藏，等時機到了，便將之送入皇宮，靜待明君。」說著將水晶遞過去給太子。

太子有些猶疑，伸手接過了，雙手捧著水晶球，但見水晶中間的色彩頓時轉為一片光明的青色，太子微微吃驚，說道：「裡頭的顏色變了！」

楚瀚露出笑容，說道：「那是因為殿下心地清淨純善，水晶才會轉為青色。仝老先生曾告訴我，心存惡念者碰觸水晶，水晶便會轉為赤色；心存善念者碰觸它時，便會轉為青色。」

太子捧著水晶，吸了一口氣，說道：「這果然是件寶物。我一定日日來碰觸這水晶，檢視我的心地是否時時清淨純善。」楚瀚聽了，心中大喜，暗想：「泓兒能有此心，將來必定是個明君！」

這幾年下來，太子年紀漸長，楚瀚自己的閱歷也增長了許多。他盡心盡力護持太子，不再僅只出於他對於泓兒本身的鍾愛，或是出於保護同母異父兄弟的私心，甚至不只是為了安慰亡母的在天之靈。他親眼見到成化皇帝昏庸糊塗的後果，讓大明朝政敗壞，大臣慄慄自危，百姓民不聊生，跟他曾親眼目睹的大越國的朝政實是天差地遠。大明需要一個好皇帝，而他深信太子稟性仁慈，聰明正直，一定會成為一位出色的好皇帝。他的心意愈來愈堅定，無論有多少阻礙困難，無論得付出多少代價，他都要讓太子順利登基，成為天子，扭轉眼下烏煙瘴氣的世局。

楚瀚擔心萬貴妃在暗中謀劃傷害太子，便開始監視柳家，以防他們設下什麼陰謀。他暗中探查得知，萬貴妃仍不斷催逼柳家幫她取得血翠杉，只是柳子俊不敢直接向楚瀚下手。他們並不知道楚瀚手中所有的血翠杉，乃是他在靛海的密林中意外尋得，只道他懷有的便是那塊明軍從大籐瑤族奪來、天下獨一無二的血翠杉。他們自然不知，瑤族的血翠杉被獻入宮後，便收在東裕庫中，無人聞問；之後又被紀淑妃和胡星夜藏入東裕庫地底的密室裡。如今胡星夜死去已久，紀淑妃也已去世，密室的鑰匙被楚瀚取了去，天下便只有他知道那塊血翠杉收藏在何處，也只有他能夠進入那間仍藏有漢武龍紋屏風和血翠杉的密室。至於萬貴妃爲何急於找到血翠杉，楚瀚卻一直未能探出，猜想她多半是想用血翠杉來延年益壽，防病祛毒一類。

這天夜裡，百里緞舊傷發作，左腿疼痛難忍，在床上呻吟反側，痛苦不堪。楚瀚連忙讓她服止痛藥物，替她按摩穴道，卻毫無幫助。他無法可施，忽然想起血翠杉，趕緊從頸中取出那段奇木，放在百里緞的鼻邊。百里緞聞嗅著血翠杉的奇香，呼吸才漸漸平緩下來，緊皺的眉頭也舒展開了。她睜開眼睛，說道：「我好得多了，謝謝你。」

楚瀚心中不忍，將血翠杉掛在她的頸中，說道：「妳隨身戴著吧。」

百里緞連連搖頭，將神木取下還給他，說道：「不，你留著。這就是血翠杉，是麼？當年在靛海的巨穴之中，我被蜈蚣咬傷，險些死去，你給我聞的，就是這個麼？」楚瀚道：「正是。」

百里緞問道：「你是從哪兒找到這事物的？」楚瀚便將自己被大祭師的毒箭射傷，幾乎死在叢林之中，卻忽然聞到奇香圍繞，感覺背後的樹幹微暖，如有體溫，伸手折下一段樹枝，又如中雷擊昏去等情說了。

百里緞細心而聽，聽完之後，輕輕說道：「當時我在你身邊，卻一點兒也不知道這些事情。」

楚瀚伸手摟著她瘦弱的身子，說道：「我卻記得很清楚。我昏過去後，瑤族獵人出現，妳向他們下跪，求他們救我性命，他們才肯帶我回去他們的村落醫治。不然即使有血翠杉，我一條命也不免送在那叢林之中了。」

百里緞淡淡一笑，說道：「是你命大，讓他們見到了你背後的刺青，認出你是他們族人。不然他們那麼仇恨漢人，原本並打算不救你的。」

兩人一聊起靛海、瑤族和大越國中的種種往事，心頭便都充滿了溫馨平和，懷念嚮往。

百里緞忽然問道：「楚瀚，有件事情我始終沒問過你。你離開大越國後，怎會跑去苗族那兒住了這麼久？我回到京城之後，本以爲你很快就會跟來，豈知兩年過去，都沒有你的消息。後來才聽人說你去了苗族巫女砦子，偷走了她們的蠱種，」

楚瀚想起在巫族的種種往事，歎了口氣，說道：「我也是不得已的。那時我逃離大越國不久，便被大祭師捉住，要我交出我從蛇洞中偷取的事物。我找不到，爲了阻止蛇族對瑤族出手報復，才不得不跟著大祭師去苗族巫王那兒請罪。」

百里緞奇道：「你從蛇洞取了什麼？」

楚瀚道：「妳當時也在，想來沒有注意。我們從蛇洞逃出時，曾經闖入一個祭壇模樣的地方。那壇上供著幾只盒子，我隨手取了，收在懷裡。大祭師他們不斷追殺我們，原來不是因爲妳殺死了蛇王，而是想奪回我偷走的盒子。」

百里緞愈聽愈奇，她當時和楚瀚一起在靛海中狼狽逃亡，躲避蛇族的追殺，事後卻並不知道這些內情，問道：「那些盒子究竟有什麼緊要？」

楚瀚道：「金色盒子裡裝的是蛇毒的解藥，瑤族人用盒裡的解藥救了我的性命。還有一只銀盒子，裡面裝著一隻蟒蛇的牙齒，那是蛇族的聖物。最後一只是木頭盒子，裡面裝著——」

他還沒說完，百里緞忽地身子一震，猛然抬頭，接口道：「萬蟲囓心蠱？」

楚瀚不禁一呆，大奇道：「妳知道？妳怎麼會知道？」

百里緞臉色蒼白，過了良久，才道：「我知道。因爲……我在瑤族洞屋中找到了那只木盒，並且將它帶回了京城。」

楚瀚大驚失色，幾乎沒跳起身來，顫聲道：「妳……妳怎能帶著那木盒行路，卻不曾打開它？」百里緞茫然搖頭，說道：「我是很想打開那盒子，但是卻打不開。」楚瀚奇道：「怎會打不開？」百里緞皺起眉頭，說道：「我也不知道啊。」

楚瀚沉吟一陣，便將萬蟲囓心蠱的種種可怖之處跟百里緞詳細說了，包括煉製此蠱之苗女的悲慘愛情故事，以及苗女死後，這蠱並未慢慢腐毀，反而力量日益增強，甚至能吸引人打開蠱盅，誘人中蠱等情；中蠱者會不時感到萬蟲囓心，而且急速衰老，病痛不絕，直至死去，死狀慘酷。楚瀚並告知自己目睹馬山二妖中蠱的情狀，以及蠱種被百花仙子戚流芳奪去的前後。

百里緞只聽得身子顫抖，背脊發涼，緊緊握住楚瀚的手，說道：「在瑤族那時，你總跟你族人作一道，我時時一個人獨處洞屋。有一日，我忽然聽見好似有人在呼喚我，要我去瑤洞深處尋找什麼事物。我摸黑走入洞內，在一個凹陷處找到了那只木盒子。我不立即便想打開，但不知爲何，盒口似乎黏住了，無論我如何使勁，也無法打開它。我不知道那盒子是作什麼的，還以爲是瑤族老婆婆的藥盒，便放回了原處。後來離開大越，經過瑤族時，不知怎地又想起那木盒子，便偷偷潛入洞屋，將盒子取走，帶在身上，回往京城。一路上我不斷想打開那盒子，但始終無法成功。途中我時時覺得頭暈眼花，也不時聽見那盒子對我說話。我還道我在靛海中了什麼瘴氣，或是發了瘋。現在聽你所說，我才知道原來是盒中蠱物之故。」

楚瀚忙問：「如今這盒子卻在何處？」百里緞低下頭，說道：「我將它交給了萬貴妃。」楚瀚大驚，問道：「妳爲何會交給她？她又將盒子收去了何處？」

百里緞搖頭道：「我回到京城後，便去覲見萬貴妃。大約那盒子也有辦法對她說話，她聽完我的報告後，就問我是否有什麼特異的事物要交給她。我一心想擺脫那古怪的盒子，聽她這麼一問，便取出那盒子交了給她，也不知道她將那盒子收去了何處。」

楚瀚心中戒慎恐懼，說道：「萬貴妃手中握有如此恐怖的毒物，絕非好事。我定要將它取出毀了。」

百里緞低聲道：「我不知道這事物如此危險，若是知道，便不會回去瑤族取它，也不會將它交給萬貴妃了。」

楚瀚搖頭道：「妳當然不會知道。我也是在大祭師跟我述說之後，才知道這盒中藏了這麼可怕的蠱物。這蠱物能夠誘惑控制人心，厲害非常。妳別多想了，讓我來處理這事。」

百里緞點了點頭。楚瀚扶她躺下，問道：「腿還痛麼？」百里緞閉上眼睛，微微皺眉，搖了搖頭。楚瀚摟著她，直陪伴到她入睡，才放心離去。

他掛念萬蟲囓心蠱的下落，從當夜開始，便每夜潛入昭德宮探尋搜索，卻始終沒有找到那木盒，也未曾聽萬貴妃或其他宮女宦官說起這件事物，心中不禁好生擔憂疑惑。

轉眼到了四月，楚瀚想起答應過尹獨行要去浙江喝他的喜酒，便交代了京中諸事，跟著尹獨行來到浙江衢州府的龍游。平時楚瀚出京辦事，百里緞都會相隨，但他這回只是去好友喜宴祝賀，百里緞又腿傷發作，疼痛難忍，便留在京城，沒有跟去。

龍游位於浙江中西部，是個山明水秀的小鎮，除了尹家屬於富戶外，另有十多戶都是作生意發家的。尹獨行的父親早逝，他跟著老母親住在大宅子中，本家叔叔住在緊鄰的隔壁。尹宅占地甚廣，和尹獨行在京城的住處一般，看上去一點也不奢華，但一切建築用料都極為講究，布置擺設也甚是雅致。

尹獨行回家之後，忙著辦理婚事，楚瀚便一個人到左近的山水間遊玩散心。直到婚儀當日，他才回到龍游，跟著一眾賀客在堂上觀禮，著實熱鬧了一番。到得晚間，尹家大開筵席，新郎新娘出來見客敬酒。

楚瀚坐在席間喝著酒，一抬頭間，但見尹獨行扶著一個少婦走出堂來。少婦作新嫁裝扮，俏麗大方，但楚瀚一見到她的臉面，卻如遭雷殛，呆在當地，眼光再也無法離開。他再也想不到，尹獨行的新娘子竟是多年不見的紅倌！

尹獨行滿面春風，興高采烈地招呼親友客人。他攬著新婚妻子來到楚瀚面前時，楚瀚勉強恢復鎮定，但仍垂下眼，不敢去看紅倌的臉。

尹獨行拍著他的肩，笑道：「兄弟，這是你大嫂。娘子，這是我的結拜兄弟楚瀚，我跟妳提起過許多次了，你們快見見。」

楚瀚生硬地向紅倌招呼了，恰巧又有別的客人上來祝賀，他便藉機走開了去。

楚瀚無法壓抑心頭激動，儘管紅倌成了至交的妻子，他知道自己一定得去找她，就如十多年前他曾耐心等候紅倌唱完戲、喝完酒後回家一般。他留在尹家耐心地等候，直到喜宴結束後五日，他才找著機會，見到紅倌在後院指揮家丁種花樹。楚瀚站在後院的洞門邊，悄然觀望，但見紅倌在種花樹的正是夜來香，一時不禁癡了。

紅倌似乎能感受到他的目光，轉頭望去，見到了他，微微一呆，對家丁道：「種好之後，別忘了澆水施肥。」便往庭院外走去。楚瀚悄悄跟上，隨她來到大宅西側園林之中，安靜無人之處。紅倌停步回身，兩人站在一株開得燦爛的小花白碧桃樹下，面對著面，一時都沒有言語。

楚瀚望著她俊秀的臉龐，臉上那抹爽朗之氣仍舊如此熟悉，然而她的人卻已離自己如此遙遠。他忍不住紅了眼眶，低喚道：「紅倌！」

紅倌聽出他語音中的眷戀愛惜，心中不禁也跟著一酸，低聲道：「小瀚子，你變了好多，我幾乎認不出你啦。」

楚瀚問道：「妳都好麼？」紅倌撇嘴一笑，說道：「我好得很。」楚瀚問道：「過去幾年呢？」

紅倌轉開目光，望向遠方，沒有回答。楚瀚道：「告訴我。」

紅倌靜了一陣，才道：「自你走後，我的日子便不好過了，麻煩一樁接著一樁來。榮大爺應付不來，又不敢眞賣了我，便收拾包袱，拉了班子去天津唱去了。」

楚瀚點點頭，猜知那年自己不告而別，紅倌沒了他在暗中照應攔阻，那些宦官富商子弟自是爭相出價買她，給她帶來無盡的屈辱和煩惱。楚瀚想到此處，心中不禁極爲抱愧歉疚。

紅倌續道：「在天津唱了幾年，生意愈發蕭條，漸漸的大場面的戲都不唱了，最後只逢年過節才唱，日子過不下去，戲班子也就散了。榮大爺對我還算頗講義氣，沒將我賣去窯子，將我賣給了另一個走江湖的班子；之後便到處落腳唱野臺戲，今兒去東，明兒去西，馬不停蹄，大江南北都跑了一遍。」

楚瀚望著她，想起她那段風塵僕僕的艱辛日子，心中不知有多不捨，說道：「我回到京城時，聽說妳已走了，很想探聽妳的下落，卻找妳不著。」

紅倌收回眼光，望向楚瀚，眼中沒有幽怨，也沒有責備，只淡淡地道：「我那時可沒想到，最後一回見面，就是那樣了。」

楚瀚想起昔日兩人之間的親暱柔情，忍不住胸口一酸，眼眶發熱。

紅倌吸了一口氣，忍著眼淚，微笑說道：「別說我了。你都好麼？」

楚瀚抹去眼淚，想起自己的處境比當年只有更糟更苦，更不敢去述說，只搖了搖頭，說道：「我都好。尹大哥……妳怎會遇見他？他對妳好麼？」

紅倌微笑道：「不能再好了。我在泉州唱戲時，他剛好來那兒作買賣。戲唱完後，他請我去喝酒，兩個人聊得挺投契。他不嫌我是戲子，一定要娶我作正妻，爲此跟他娘和當家叔叔大吵了幾回。我第一天來到他家時，他拿出三大箱珠寶任我挑揀，看得我眼都花了。」

楚瀚想像那情景，不禁莞爾，說道：「我竟不知妳也喜愛珠寶。」紅倌笑道：「哪個女人不愛？」話鋒一轉，忽然問道：「小影子怎樣了？牠都好麼？」

楚瀚一呆，想起往年紅倌最疼愛小影子，兩人在她的閨房相聚時，小影子總愛鑽到床舖最溫暖的角落睡下，紅倌還常常拿小影子當枕頭來睡。

他道：「小影子？牠很好，就是已經老啦。」紅倌喜道：「牠還活著？牠沒跟你一塊兒來？」楚瀚道：「我讓牠留在京城了。」紅倌道：「下回你一定要帶牠來，好麼？

我好想見見牠。」楚瀚點頭答應了。

兩人相對微笑，也相對無言。多年來楚瀚的處境再苦再難，也甚少哭泣，此時他卻管不住自己的眼淚，對著紅倌淚流不止。他心中明白，這眼淚是爲了向昔年最美好的一段情緣告別而流，也爲了自己永遠的失去而流。他知道自己當年不能不走，而那一走，這段刻骨銘心、如琉璃般晶瑩美好的情緣便就此破碎，再也無法揀拾了。

這夜尹獨行與楚瀚獨坐對飲，他老早看出楚瀚神色有異，憑著他豐富的人情閱歷，早看出有些不對。他喝了三杯之後，便單刀直入地問道：「兄弟，往年你認識紅兒？」

楚瀚別過頭去，他不願對義兄說謊，卻知道他必須隱瞞此事，當下點點頭，說道：「十多年前，我在京城見過她唱戲。」

尹獨行嗯了一聲，等他說下去。一陣靜默後，楚瀚才續道：「她那時是京城當紅的刀馬旦，唱《泗州城》、《打焦贊》等武戲，唱作踢打，精采極了。」

他在尹獨行的凝望下，微微一笑，淡淡地撒了個謊：「我那時對她仰慕極了。可歎她記得的我，不過是梁芳手下一個跛著腿的小宦官罷了。」

尹獨行笑了起來，明顯地鬆了口氣，喝乾了杯中的酒，說道：「我就估量，你們原是舊識。」

兩人喝酒談話，直至深夜。楚瀚酒入愁腸愁更愁，當夜直喝到大醉，不省人事。

注 浙江龍游多出商人。「龍游商幫」乃是明清時期十大商幫之一，於南宋已逐漸成形，明朝中葉最爲興盛，在萬曆年間有「遍地龍游」之稱。龍游商人大多經營書業、紙業和珠寶業。尹獨行其人其行，並非完全虛構。王士性《廣志繹》卷四云：「龍游善賈，其所賈多明珠翠羽寶石貓睛軟物，千金之資，只一人自賚京師，敗絮僧鞋，蒙耳藍縷，假癰巨疽，膏藥內皆寶珠所藏，人無知者，異哉賈也。」

第六十八章　故人情薄

楚瀚生怕管不住自己的情緒，在好友和紅倌面前失態，不敢在龍游多待，次日便向尹獨行告別，匆匆離去。他心中滿是傷感失落，一方面爲尹獨行和紅倌有情人終成眷屬感到欣慰，一方面也爲自己永遠逝去的過往感到悲哀。他沿著信安江、東陽江北上，來到嚴州府，當晚獨自留宿於嚴州府驛站。

該地的驛丞姓周，是個精明乖覺的人物。他知道楚瀚是西廠的要緊人物，哪敢怠慢，趕緊爲他準備了最好的上房休息，又請他入內廳就座，奉上好酒好菜，殷勤招呼。

楚瀚神態落寞，臉色難看，周驛丞和驛卒們都很識趣，見他沒有留人的意思，便都退了下去，讓他自斟自飲。

楚瀚心頭鬱鬱，獨自坐在內廳，借酒澆愁。到了晚間，忽聽門外一人車馬聲響，周驛丞快步出門迎接，熱絡地招呼道：「千大爺快請進，好久不見您老了，路上可好？生意可好？」

那千大爺操著北方口音，說道：「欸，是小周啊！你氣色不錯嘛。快喚人幫忙搬行李，待我扶內人下車。」

楚瀚一怔，但聽這「千大爺」的聲音好熟，應是自己非常熟悉之人，一時卻想不起是誰，也不記得自己認識什麼姓千的人。他忍不住探頭往外廳望去，這一望，頓時呆在當地，作不得聲。但見跨進門來的是一對夫妻，丈夫身形矮胖，留著兩撇鬍鬚，臉貌好熟，竟然便是已死去的舅舅胡星夜！

但見胡星夜扶著一個身形纖瘦的少婦，一身月牙色繡花小襖，臉色有些疲倦蒼白，但杏眼含笑，容色嫵媚，居然便是上官無嫣！這兩個故人一死一失蹤，十多年來毫無音訊，此時竟同時出現在浙西嚴州府的驛站中，並以夫妻相稱，這是怎麼回事？

楚瀚還道自己酒喝多了，眼睛花了，趕緊甩了甩頭，讓自己清醒一些，再探頭望去，但聽那少婦笑道：「喲，外邊這風可真大。周大哥，你這驛站的上房，可比什麼酒樓都要乾淨舒服。我當家的老說，來到嚴州，一定要來你這兒住，別處他可是不住的。」

楚瀚聽她聲調語氣，知道她確然是上官無嫣，絕不會有錯。他不禁想起許多許多年前的深夜裡，自己與她在上官大宅的藏寶窟中流連傾談的情景。因爲有她的引領，才讓他開始了解寶物，喜愛寶物，珍惜寶物。自己那年從錦衣衛手中救出她來以後，她便影蹤全無，連上官婆婆和柳家的人都不知道她的下落。大家都以爲她已經死了，楚瀚也老早將她置之腦後，沒想到她竟會出現在此地！

楚瀚心中又是震驚，又是疑惑。上官無嫣也就罷了，舅舅又是怎麼回事？人死豈能復生？他忍不住站起身，正要走出廳去向二人招呼，卻見上官無嫣忽然驚呼一聲，舉目四望，滿面驚恐，說道：「他在這兒！」

胡星夜見到她驚恐的樣子，頓時警戒起來，小眼圓睜，四處張望，伸手入懷，似乎握住了什麼兵刃。兩人連行李都不顧了，轉身便往門外搶去。

楚瀚看在眼中，一呆之下，忽然領悟：「上官無嫣已經發現了我在此地！是了，她的嗅覺極為靈敏，不用眼睛耳朵，就能探知我在左近。」他滿腹疑團，心知自己不能讓二人就此離去，當即一個閃身，施展蟬翼神功從窗口搶出，回轉來到驛站的大門口外，迎面攔住二人，叫道：「上官姑娘！」

胡星夜和上官無嫣見他陡然從大門外現身，有如被雷擊中一般，定在當地，雙眼直視著他，文風不動。

即使天候寒冷，上官無嫣的額上竟淌下冷汗，神色驚惶無已，只勉強作出若無其事的樣子，微笑道：「楚小娃兒，原來是你！你長大了許多，我險些認不出你啦。」她側頭望了胡星夜一眼，笑道：「怎麼，你連自己的舅舅都不認得了？還不快跟舅舅見禮？」

楚瀚仔細望向胡星夜的臉面，時間畢竟已過了十多年，他最後一次見到舅舅時，還只十一歲，那時胡星夜應是三十多歲年紀；此時他自己都二十來歲，胡星夜也該年近五十了，面貌當然與十多年前頗有差異。楚瀚望著他，心中激動，極想上前叫一聲「舅舅」，但死人怎能復生？他親眼見到胡星夜的屍體，親眼見到舅舅入棺下葬。如果這人不是舅舅，卻又是誰？

卻見胡星夜向他點頭微笑，招手說道：「孩子，好久不見了。你都好麼？」

楚瀚僵在當地，木然凝視著這人，沒有回應。他心中疑惑愈來愈深，這人雖然長得酷似胡星夜，但絕對不是他。楚瀚也不知道自己是如何知道的，但他非常確定，在分隔十餘年後，舅舅對自己說的第一句話，一定不會是這一句。

楚瀚轉頭望向上官無嫣，但見她臉上露出得意的笑容，手指間已扣住了一支餵了劇毒的飛鏢，對準了自己。顯然她虛晃一招，要自己去跟「舅舅」見禮，正是想要讓自己分心，好抓緊時機以致命飛鏢對付自己。

楚瀚望了那毒鏢一眼，並不在意，他知道自己的身法比飛鏢要快得多，這鏢是射不到他身上的。加上他隨身帶著血翠杉，百毒不侵，就算不小心被毒鏢刮傷了肌膚，也無大礙。但上官無嫣為何如此急著殺死自己？再怎麼說，自己也是救過她性命的恩人，十多年不見，為何偶然撞見了，第一件是竟是要殺自己滅口？

是了，滅口！楚瀚腦中靈光一閃，陡然明白：她必須殺死自己，免得洩漏了祕密。當年將寶物偷去的正是她，而這些價值連城的寶物如今仍在她的手中！

什麼祕密這麼重大，讓她一躲十多年都不露面？那自然是三家村的寶貝了。當年將寶物偷去的正是她，而這些價值連城的寶物如今仍在她的手中！

楚瀚望向「胡星夜」，但見他臉上笑容不減，袖子中寒光一閃，楚瀚瞥見他袖中藏了一支彈簧弓，弓上扣著一枝碧油油的毒箭，箭頭正對著自己的心口。「胡星夜」跨上兩步，來到門口，擋住了楚瀚的去路。楚瀚注意到他行走時左腿微跛，心中念頭急轉：「舅舅往年雙腿完好，怎會成爲跛腿？這人是誰？這人是誰？」腦中隨即靈光一閃：「他是舅舅的弟弟，胡月夜！」

王鳳祥所述的胡家往事陡然浮上心頭：明星夜有個雙胞胎弟弟，幼年膝蓋嵌入楔子時出了事，跛了腿，從此自暴自棄，整日嫉妒怨恨哥哥，之後還勾引了胡大夫人私奔，兩人又回來設法謀取三家村的寶藏，一起死於上官家藏寶窟的奪命機關。他心想：「難道胡月夜當時竟然沒死，並與上官無嫣合作，聯手將藏寶窟中的事物全數盜出？若是如此，他們這一筆幹得可著實漂亮，竟將三家村所有的人都蒙在鼓裡，十多年來無人識破！他們隱姓埋名了這許多年，現在卻又爲何現身？」

他面對著胡月夜，決定作假試探此人，便直視著他的雙眸，說道：「舅舅，你竟然還活著！我太高興了！但我不明白，你當年爲何要裝死，竟始終不曾回家看看孩子？」

這話可以是對胡星夜而說，也可以是對胡月夜而說。

胡月夜臉色不變，伸手摸摸鬍鬚，一對小眼低垂，歎了口氣，似乎有著什麼莫大的苦衷。楚瀚望著他的模樣，心想：「這人掩藏作戲的神態，與舅舅當年多麼神似！」他點了點頭，說道：「我明白了。藏寶窟對你之重要，讓你與上官無嫣不謀而合，因此你們倆聯手弄垮了上官家，拋棄了胡家，好將藏寶窟據爲己有。你即使知道兒女有的入贅山西，有的窮困潦倒，卻仍舊視而不見，不肯拿出藏寶窟中的半件寶物，去接濟自己的親生子女。」

胡月夜低下頭，滿面懺悔煎熬之色，嘴角卻透出一絲狡獪的笑意。他聽楚瀚的言語，是將他當成了眞的舅舅胡星夜了，暗中高興楚瀚認錯了人，因此露出詭笑。楚瀚當年跟著胡星夜學藝多年，朝夕相處，胡星夜曾是他生命中最重要、最尊敬的長輩。此時楚瀚見到胡月夜臉上那抹狡詐的笑意，心中再無疑問：「這人絕對不是舅舅。」

他想起舅舅，忽然明白了一件事：「虎俠當年來找舅舅，是因爲他在浙南見到一個身法和手法與舅舅十分相似地飛賊，想向舅舅求證他是否眞的洗手了。其實虎俠的言外之意，不是想問舅舅有無洗手，而是想求證胡月夜是否還活著。是了，舅舅一定知道兄弟還活著，當年胡月夜定是中了機關，卻沒有死去，並被舅舅救了出去！」

楚瀚望著胡月夜，心中又想：「舅舅當年聽了虎俠的話後，便匆匆離開三家村，很可能便是去尋找兄弟了。當年殺死舅舅的，莫非就是他？」

他看穿了胡月夜假面具下的冷酷無情，只覺背脊一股冰冷直通而下，吸了口氣，決心繼續作假試探此人。當下說道：「舅舅，難道你不知道，你的瀚兒至今仍感激你的恩德，永遠不會起心相害？難道你就不能相信，瀚兒仍舊如以前一般，只要知道你心願滿足，便也滿足了？」

胡月夜終於抬頭正視他，觀望他的臉龐良久，才道：「既然如此，瀚兒，那我便直說了。舅舅需要血翠杉，你能給我麼？」

楚瀚心中一跳，原來這二人冒險現身，為的竟是血翠杉！他問道：「舅舅想要血翠杉，不知有何用途？」

胡月夜作出焦急為難的神情，說道：「詳細情形，你就別多問了。總之，若是取不到血翠杉，你舅舅就沒命了！看在舅舅收養你、教導你一場的份上，請你給我吧！」

楚瀚尋思：「這兩人隱藏已久，既不缺錢，也不貪權，應不會為萬貴妃辦事。他們想取得血翠杉，很可能只是為了充實他們的寶庫。」當下緩緩搖頭，說道：「世間只有我能取得血翠杉，但我不會將它交給任何人。龍目水晶和血翠杉，這都不是屬於世俗之人的事物。」

上官無嫣忽然笑了起來，說道：「你聽聽，這可是三家村中人說的話麼？只要是取得到的事物，都可以歸我們所有，這才是三家村的信條！」

楚瀚望向她，說道：「不錯，我們都出身三家村，都得奉行三家村的家規。如今妳起心出手殺我，已犯了家規，我要依家法處置妳。」

上官無嫣大笑起來，身子如花枝亂顫，說道：「三家村早已煙消雲散了，你卻還念念不忘什麼家規！再說，你更非三家村中人，要處罰我，你也沒有資格！」胡月夜在旁不斷點頭，臉上笑容顯得益發狡獪。

楚瀚神色嚴肅，心中感到一陣難言的悲痛。他望著這兩個胡家和上官家的傳人，知道至此三家村已全然毀了，不是他所能挽回拯救的。他一字一句地說道：「胡月夜，我只問你一句：我舅舅是不是你殺的？」

胡月夜聽他叫出自己的名號，身子微微一震，隨即鎮定下來，知道自己不必再繼續演戲了，臉色一沉，袖子中的毒弓乾脆露了出來，直對著楚瀚，冷冷地道：「姓楚的小子，我哥哥當年將胡家取技飛技傳授給你，破了三家村不傳外姓的規定，我出手清理門戶，何錯之有？連帶你這渾小子，我也要打殺了，以維護我胡家的聲譽！」

楚瀚不怒反笑，他望著面前這個面貌酷似舅舅的男子，自己多年來不斷追尋殺死舅舅的凶手，甚至不惜闖入京城皇宮探查，怎想得到凶手竟是胡家內賊，更是胡星夜素來關懷照顧的親兄弟！

胡月夜和上官無嫣凝望著他發笑，緊繃著臉，都不出聲。

楚瀚笑完了，神色轉爲嚴肅，從頸中取下那面刻著「飛」字的飛戎王銀牌，舉在半空中，任由銀牌緩緩搖晃。上官無嫣見了，臉色不禁一變，想開口詢問他從何處取得這面銀牌，卻忍住了，哼了一聲，說道：「你取出這面破牌子，有何用意？」

楚瀚冷冷地道：「這面三家村飛戎王之牌，你二人想來都認得。上官姑娘，我當年曾說過，總有一日，妳我會分出個高下。如今妳便不想跟我較量，也由不得妳了。胡月夜，上官無嫣，你們聽好了，我不殺人，但仍能處置你二人。你們視藏寶窟中的寶物重於性命，但我一定會找出你們的藏寶之處，取出其中寶物。你們這一世都得提心吊膽地度過，知道我隨時能取走你們最珍貴重視的每一件寶物。」

他說完了，轉身便走。胡月夜和上官無嫣手中毒箭和毒鏢，一齊向他背心射去，眼見就將穿入他的肌膚。只見楚瀚足下一點，背影一瞬間已消失在門口，那兩發毒箭毒鏢便啪啪兩聲，釘在大門外的壁板之上。

上官無嫣和胡月夜對望一眼，眼中都露出恐懼之色。儘管他們都是飛技高手，卻從未見過楚瀚這般如鬼似魅的身法。胡月夜臉色鐵青，聲音發顫，低聲道：「這小子，他竟眞的練成了蟬翼神功！」

楚瀚離開二人之後，心情鬱悶到了極點。他多年來一直沒有忘記舅舅的血仇，在京城混跡多年，不斷搜尋探查，念茲在茲的不外乎報舅舅當年之仇。現在卻發現事情全非自己所想，三家村不是被外人攻破，而是被內賊所毀。他當時懷疑能夠正面用刀殺死舅舅的人，必是武功高手，豈料對方並非高手，卻是舅舅最親厚的雙胞胎弟弟，因此舅舅才會未曾防備，中刀身死。胡月夜這人陰險至此，早年已拋妻棄子，勾引嫂子，行止無賴；裝死之後，竟又勾搭上了上官無嫣，更不惜親弒兄長，只爲了奪得寶物，據爲己有。

而上官無嫣對寶物的重視珍愛，已到了癡愛迷戀的地步，竟令她變得極端冷血無情，對家人的死活不屑一顧，對楚瀚的拚命相救視若無睹。如今三家村中的胡家洗手多年，上官家家破人亡，剩下的柳家依附權貴，貪婪腐敗，遲早要趨向毀滅。當年以飛技取技自傲的三家村，互相聯姻、合作無間、擁寶自重的三個家族，至今已完全煙消雲散。

楚瀚一咬牙，下定決心，不論要花多少的時間精力，他都要找出上官無嫣和胡月夜的藏寶窟，將他們花盡畢生心血所偷取的寶物一一散盡，就算是當作三家村的陪葬品也罷！

第六十九章 飛戎再賽

爲了找出胡月夜和上官無嫣的巢穴，楚瀚留在嚴州府，向周驛丞詢問「千老爺」的來頭。周驛丞是個八面玲瓏的角色，他親眼見到楚瀚和千氏夫婦在驛站中說話針鋒相對，不歡而散；而那對夫婦最後竟大膽出手攻擊楚瀚，心知他們必是楚瀚的大仇家、大對頭，哪裡敢隱瞞半點，戰戰兢兢地回答道：「他們自稱是從江西來浙江作布匹生意的，到下官這兒住過兩三回，出手闊綽，打賞了不少銀子，因此驛站中的人都認得他們，但他們究竟是不是從江西來的，下官就沒法說得準了。」

楚瀚問道：「他們之前來過的兩回，是什麼時候？」周驛丞趕緊翻看驛站紀錄，說道：「一次是兩年前的一月，一次是五年前的四月。」

楚瀚點了點頭，隱約記得那時南方曾發生了幾樁大竊案。他去黑市上打聽，在胡月夜和上官無嫣留宿嚴州府驛站的前後，果然發生了大案。一件是南京皇宮的鎭宮之寶「金銀蟾蜍」失竊，一件是寧波府袁忠徹後代的瞻袞堂藏書樓中的珍藏《古本易經》被盜。金銀蟾蜍以珍貴玄鐵鑄成，表面鑲金嵌銀，乃是異常珍貴之物，很多盜賊都會起心偷竊；但那部《古本易經》，卻只有愛好書畫古董的雅賊知道它的價值，極有可能便是胡月夜和上官無嫣下的手。楚瀚心想：「看來他們二人不滿足於當年上官家藏寶窟中的寶貝，仍不斷四出搜羅寶物，充實其中。」

他於是花了數個月的時間，暗中跟蹤胡月夜和上官無嫣。兩人知道楚瀚一定在盯他們的梢，不敢回去老巢，只在外地盤桓，浙江、福建、江西都跑了一圈，試圖甩脫楚瀚的跟蹤，平時口風極緊，絕口不提自己的根據地在何處。但楚瀚多年來在皇宮和在西廠幹的事情，就是盯梢和跟蹤，此時更是如蛆附骨般地跟在二人身後，二人如何都甩他不脫。胡月夜和上官無嫣都極為懊悔，二人多年來小心隱瞞行蹤，只偶爾在南方行動，極為謹慎；他們素知楚瀚在北方京城替西廠辦事，怎料得到他會無端跑來浙省，又剛好經過嚴州府，撞上了二人？

但後悔也來不及了，二人誓死保衛藏寶窟中的寶物，只能繼續跟楚瀚周旋下去。有時三人同在一個小鎮上停留數日，胡月夜和上官無嫣設下障眼法，假裝已從西門離開，其實卻在半夜從南門溜走；行出數里，卻發現楚瀚已在前路等候。二人甚是苦惱，既然甩不掉楚瀚，便想出手殺了他。但二人武功有限，楚瀚的飛技又遠勝二人，輕易便能躲開他們的偷襲。而且楚瀚曾向虎俠學過點穴之術，危急時能出手點了他們的穴道，二人不懂得解穴，只能躺在那兒慢慢等待六個時辰後穴道解開，手瘓腳麻地起身，繼續逃亡。

楚瀚自己盯住二人，暗中已派人回京通知西廠手下前來浙省候命。他讓五十個隸屬西廠的錦衣衛以嚴州府為中心，分四個方向出發，在浙省各處尋訪各城鎮是否住有一對姓「千」或姓「胡」或「上官」的夫婦，一有消息便來向他報告。但幾個月下來，全無消息，想來二人只有在出門時號稱姓千，在自己巢穴時很可能又使用不同的姓氏。

數月之後，楚瀚才終於逮到了二人的空隙。這日三人來到浙省大城杭州，當地人潮洶湧，市集繁華。楚瀚見到二人在街上逛了一圈，在一個攤子上叫了兩碗餛飩充飢。這原也頗為尋常，但楚瀚十分警醒，見到上官無嫣付錢給那餛飩小販時，左手微擺，飛快地在膝前作了一個手勢。楚瀚眼尖，一看便知那是三家村的祕密暗號，表示「風緊，小心，快去」。

於是楚瀚便盯上了那餛飩小販。果見他晚間收攤之後，便換下裝束，扮成伙計模樣，往南急行。楚瀚心想：「這人定是他們的手下，來杭州聽取他們的指令。」他當下命西廠錦衣衛繼續跟上胡月夜和上官無嫣二人，自己則跟著那小販往東南行去，一路來到了一個臨海的城鎮，卻是浙南大城溫州府。

那小販在城中更不停留，來到海邊碼頭，碼頭已有一艘小型海船等候著，楚瀚瞥見船上的包裹上有不少寫著「大發米糧」的字樣。那小販上了船，水手立即揚帆而去，轉眼消失在海平線外。

楚瀚皺起眉頭，這船駛入茫茫大海，誰知道去往何處？隨即醒悟：「是了，這船定是駛往海外某個孤島。這兩人心計之深，果然不同凡響，竟然將寶藏藏在海外的孤島之上！」

他心生警戒，對手的巢穴若是在通衢大鎮之上，或是鄉間小村，或是山林野洞，他都能暗中去探勘後再下手。但這小島孤懸海外，自己一踏上島，便是上了敵人的地盤，更無法事先探勘，十分危險。他二度穿越靛海，什麼深山叢林都難不倒他，但卻從未坐船出過海，要乘船到孤島上去取物，對他確實是個新的挑戰。

楚瀚決定使出在三家村學到的一切採盤本領，慢慢探勘，謀定而後動。他先喬裝改扮了，在溫州城內走了一圈，果然找到了一家名爲「大發」的米糧舖子。這家舖子專門替大戶運送米糧，是當地最大的米糧集散商之一。楚瀚於是改扮成個苦力，來到大發米舖討份工作。米舖主人正需要人搬米，便雇用了他，讓他跟其他長工四處搬運米糧，夜間便睡在米店長工的通舖。他偷偷查閱米店的帳本，見有不少貨物是運到溫州城外的盤石衛碼頭，繼而運往海外諸島，包括洞頭島、南麂山和七星島等。楚瀚一一查明這些島嶼的大小人口，耐心等候，一個月後，終於等到機會，跟隨大發米舖的掌櫃押送一批米糧到盤石衛碼頭。

有明一朝，朝廷實施海禁，嚴禁官民運貨出海貿易，而溫州盤石衛又非大港口，因此碼頭邊上的船隻都不大，主要工作是運送糧食補給到海外小島，或將糧食經海道運往北方。

在米舖掌櫃的指揮下，楚瀚跟其他長工將一袋袋的米糧，搬運上停泊在岸邊的眾多船隻，掌櫃則忙著與各船船長清點貨物，交割銀兩。楚瀚仔細觀察，想找出那餛飩小販登上的海船，但各艘船的模樣都差不多，他也無法確定，便跟碼頭邊的一個老船夫攀談起來，問他各艘船都去往何處。老船夫一一說了，皆無什麼可疑之處。唯有一艘貨運甚多的船，老船夫道：「那艘船是私船，專門運送米糧到鳳凰山去的。每月來往三次，送的貨物著實不少。」

楚瀚沒有聽過「鳳凰山」，問道：「那『鳳凰山』是座大島麼？」老船夫道：「不，那島很小，島上荒涼，沒有什麼人住的，就在盤石衛出海數十里外。聽說只有幾戶漁民住在島上。」

楚瀚頓時起疑：「若是只有幾戶漁民，何需一個月來往三次，運送這麼大量的米糧貨物？」當時也沒有再詢問下去，搬運完米糧之後，仍舊跟著掌櫃回米舖工作。

之後他辭去米行的工作，再度喬裝改扮，來到盤石衛碼頭討口飯吃。他年紀輕輕，身強力壯，很快便在青幫的船隊中找到了一份水手的工作。那船走的是浙北的路線，利用海運將米糧送到長江口，貨物中有些便沿大運河運向北方，有些續往西行，送抵南京。楚瀚在船上幹了一個月的水手，漸漸熟習行船航海諸事，這才開始設法探索鳳凰山。

他學會了自行駕駛小船出海，並懂得如何利用羅盤和星辰在海中辨別方向。所幸那鳳凰山並不遠，若是認對了方向，從盤石衛出海後，不過兩個時辰的航程便可到達。楚瀚先買了條小海船，自己出海航行，在鳳凰山周圍遠遠環繞一圈，找到了島後一個無人的巖岸，便在那兒停泊。他藏好了船，上岸探勘，爲怕被島上的人發現，每次只停留短短半個時辰，便駕船離去。

如此探勘多回，他確定這鳳凰山果然便是過去十多年胡月夜和上官無嫣的藏身之處。他們在島上建造了一座碉堡，以藤蔓樹林爲掩護，遠看只似一座小山丘，需找到門戶，潛入碉堡之中，才能見到裡面別有洞天，內部裝飾得極爲華麗舒適。島上僕從不多，一共只有六人，想來都是二人最信得過的手下，那個赴杭州聽取命令的餛飩小販也在其中。此島遠處海外，地僻人少，果然極難被人發現。

然而居住於海外孤島，畢竟也有破綻；孤島除了魚蝦貝類之外，別無其他糧食來源，也無清水，他們仍得派遣僕人定期乘船回去大陸，採買糧食清水、衣衫布匹和其他日用品。若非他二人食用講究，運送的貨物多了些，楚瀚將更難探知他們究竟躲在海外千百個島嶼中的哪一個島上。

此時楚瀚雖鎖定了地點，事情卻仍十分棘手。他暗自籌思：「想來他們已將當年三家村的寶物全數搬運來此，卻不知收藏在碉堡中的何處？」又想：「我就算找到了藏寶窟，又如何能以一條小船將種種寶物運走？」

他苦思多日，回想當年上官無嫣在短短一日之間，便將藏寶窟中的寶物全數搬空，一件不留，她是如何辦到？就算有胡月夜幫忙，又有錦衣衛在外叫囂吵鬧，分散注意力，他們又怎能無聲無息地搬走藏寶窟中沉重的石碑、龍床和佛像，精緻易壞的書畫、雕刻和玉石等物？

一日，他望著船上搬運來去的貨物，忽然腦中靈光一閃，想起錦衣衛來上官家抄家之前，上官家曾在後院大興土木，鏟走了一座假山，重新搭蓋涼亭樓閣。那時有不少木匠磚匠在上官家工作，楚瀚記得見到他們在鏟平假山後，用小推車將土石一車車地運出去。

他這時回想起來，才陡然醒悟：「是了，寶物必是藏在那些土石之中，慢慢運出去的。當時他們一定從後院挖了地道，通往藏寶窟的地下，一邊鏟假山，一邊將寶物從地道運到後院，藏在土石中運出。因此上官無嫣才能在短短的幾日之內，將藏寶窟中的寶物全數搬空。她動這手腳，連上官婆婆都未曾留心，其他家的人就更不可能發現了。」

他想到此處，也不禁暗暗佩服上官無嫣當時的巧思用心。但是今日寶物藏在海外孤島之上，挖地道自是不可能的了，更無法故技重施，藉口鏟平假山藏在土堆中運走。

楚瀚又思慮了許久，他知道自己動作得快，需趁二人尚未回島之前下手。這天夜裡，他躺在碼頭邊上，仰望天上星辰，忽然想到了一個主意。他一跳起身，將計策在腦中過了一遍，覺得可行，便立即著手準備。他先辦了一批製作瓷器的細灰粘土，一大捆油紙，放上小船，趁著夜晚，獨自去了鳳凰山一趟，將黏土和油紙都留在島上的隱蔽之處。之後他便來到碉堡之後，準備探尋藏寶庫。

他已來此探勘數次，很容易便從一個邊門潛入了碉堡。他屏氣凝神，無聲無息地來到主人臥房之後的花園。這堡占地甚廣，但他憑著直覺，知道胡月夜和上官無嫣定會將藏堡窟設在離自己臥房最近的地方，好加以保護，並能時時前去觀賞。他在花園中走了一圈，見到一座假山，月光下見到山壁上寫著「君臨天下」四個朱字，山壁之下掛了一件古怪的事物，套著許多圈圈環環。但楚瀚一看便知是上官家的「九曲連環天羅地網鎖」，他微微一笑，知道自己來對了地方，也知道此地必已布下重重陷阱，來者很難不將命送在這兒。

開這九曲連環鎖並不困難，他十幾歲時便懂得破解這鎖，也曾輕易打開上官家藏寶窟大門上的九曲連環鎖。這時他站在石壁前觀望那鎖一陣子，在腦中飛快地擬想破解之法，專注了半刻鐘，便知道了解法。他伸手去解之前，先耐心觀望了左右地形，找出了三處陷阱，都是上官家和胡家常用的防盜機關。楚瀚生怕事隔十多年，胡月夜和上官無嫣另發明了新的陷阱，細心再觀望試探了一遍，沒有發現其他的陷阱，才出手解除機關，打開了那九曲連環鎖。

石壁暗門緩緩向旁移開，但見其後又有一門，卻是玉石所製。門上有一排轉軸，上面串了十個字，有「花」、「風」、「夜」等。楚瀚皺起眉頭，心想：「這該是個文字鎖，十個字，很可能是兩句五言詩。」但他讀書有限，知道的詩句更少，又怎能立即排出一首詩來？他站在那鎖前皺眉凝思，想起石壁上「君臨天下」的題字，又想起上官無嫣最鍾愛的古物之一，便是則天女皇的「無字碑」拓本，想來對武則天情有獨鍾。但是武則天寫過些什麼詩，楚瀚自也不會知曉。他額上流下冷汗，暗想：「莫非我要敗在不通詩文之上？」

他定下心神，關了石壁上的門，打起螢火摺子，四下張望觀察，見這扇玉石門前並無其他陷阱，便又望向門上的那十個字，心想：「他們想必時時進入這密室，也時時使用這文字鎖。事物用久了，想必會有些痕跡。」當下湊近那文字鎖，仔細觀察，見到第二個字有四個選擇，分別是「須」、「常」、「必」、「豈」，其中「須」字上有少許指紋，他便將第二個字轉到了「須」字。

再去看第一個字，也有四個選擇，可以是「花」，或是「風」、「草」、「葉」，卻無任何痕跡可循。楚瀚心想：「武則天以女子而爲天下主，自負美貌，大約會用『花』字吧。」便將第一個文字鎖轉到「花」字。他口中喃喃念道：「花須，花須。」再去看第四個字，也有少許痕跡，應當是「夜」字。回頭看第三個字，可以是「徹」、「連」、「終」、「寒」。楚瀚不禁大感頭疼，心想：「究竟是『徹夜』，還是『連夜』、『終夜』、『寒夜』？」他想著似乎每個字都可以，便又去看第五個字。這第五個字的選擇有「開」、「發」、「綻」或是「放」。楚瀚口中不斷念著：「花須徹夜開？花須連夜發？花須終夜綻？花須寒夜放？」他毫無文才，每句念來都通順，他更無法辨別哪一句最適當。

他感到一道道冷汗劃過面頰，流到自己的頸中，心知時間寶貴，既然無法猜出，只好趕緊去看下一句。幸而這下半句的第一、三、四字都有跡可循，該是「莫」、「曉」、「風」三字。他看那第二字，可以是「等」、「待」、「理」、「怕」。他聽過：「莫待無花空折枝」的詩句，那是三家村的祖訓之一，告誡子弟下手要快要早，不要等寶物被別人竊去了才下手，於是便將第二字轉到「待」。

他讀道：「莫待曉風……」第四字可以是「拂」、「來」、「吹」和「催」。他第一個字「拂」和第四個字「催」都不認識，只知道「來」和「吹」，心想：「風當然是吹了。」便將最後一個字轉到了「吹」，讀道：「莫待曉風吹」。心想：「不要等清晨的風吹，那麼第一句該是說花得趕在晚上便開。那麼便不是『徹夜』『終夜』或『寒夜』，該是『連夜』。『花須連夜』什麼?究竟是『連夜開』？『連夜發』，還是『連夜綻』、『連夜放』？」

幸好這是最後一個字，他大可一一去試，便試了「連夜開」，門打不開；又試了「連夜放」，也不對。他又試了「連夜發」，那玉門終於喀喇一聲開了。楚瀚心中大喜，抹去滿臉的汗水，心想：「我這可是瞎貓碰上死老鼠，走了好運！」

他自不知，這兩句詩正是武則天所作《臘宣詔幸上苑》的後半段：「明朝遊上苑，火急報春知。花須連夜發，莫待曉風吹。」上官無嫣最愛武則天，因此特意用她登基之後的詩句來作這文字鎖的謎底。

楚瀚吁了一口長氣，趕緊打開玉門，跨入密室。眼見此地果然便是胡月夜和上官無嫣的藏寶窟，如同當年上官大宅中的藏寶窟那般，每件寶物都經過精心陳列，以金匱紙板寫明每件寶物的歷史源流、出處取者。他知道自己立即便能取走其中的幾樣寶物，給胡月夜他們一點警戒，但他知道若要懾服二人，便得將整窟的寶貝全都不聲不響地取走，才算眞贏。他在藏寶窟中走了一圈，將每件寶物的大小輕重都記下了，便鎖上兩道門，悄然離去。

次日，他裝扮成一個富商人家的少爺，在盤石衛找到青幫船隊的一個姓葛的領幫，出高價請他的船幫忙運送貨物。這葛領幫的船隊不久前遇上風浪，翻了兩艘船，虧空了一大筆錢，因此極需尋找外快補貼損失，一聽他出高價，立即便滿口答應了。

楚瀚先買辦了一些米糧清水，搬運上葛領幫的兩條海船，告知這貨物是要送到南麂山的。航出一陣，快要經過鳳凰山時，他便假裝暈船，在船艙中嘔吐不止，向葛領幫哀求道：「我不慣乘船出海，頭暈得厲害，勞煩你趕緊停泊了，讓我下船休息休息好麼？這附近可有小島麼？」一個水手道：「鳳凰山就在左近。但是那兒沒有什麼人住的。」楚瀚道：「那不要緊，我只要能踏上陸地就好了。」

葛領幫見他嘔得面色發青，無奈之下，便令水手改變航道，在鳳凰山停泊。他平時不會這麼容易便屈從於貨主的意願，但這商賈少爺出價甚高，而他又不能失了這筆生意，因此便也不多爭辯，停泊之後，便讓楚瀚下船休息。

楚瀚走到沙灘上，又說要瀉肚子，跑到樹叢中去許久都不出來。兩個島上漁民見到有船停靠，過來詢問，葛領幫告知貨主暈船嘔吐之事。楚瀚早知這島上根本沒有眞正的漁民，從樹叢偷望出去，果見到這兩個「漁民」都是胡月夜碉堡的僕從所假扮。但見那兩個「漁民」點點頭，似乎並未懷疑，對葛領幫道：「中午就快退潮了，大約要一個時辰才會漲潮，那時才能再出海。」葛領幫向二人道了謝，兩個「漁民」便走開了。

楚瀚早已算好鳳凰島潮汐的時間，知道在這時候抵達，船會因落潮而必須停留至少一個時辰。他從樹叢中出來，葛領幫便告知需得等候一個時辰才能出航。楚瀚面色蒼白，說道：「那最好了。我去樹叢中小睡一陣，時間到了，你們來叫我上船便是。」葛領幫答應去了。

楚瀚知道時間不多，走入樹林之後，立即去取了事先隱藏在島上的油紙和黏土，潛入碉堡中，先將那六名僕從一一找到，暗中出手，點了他們的昏睡穴，讓他們不省人事；接著來到藏寶窟外，快手開了九曲連環天羅地網鎖，解了武則天詩句文字鎖，進入藏寶窟之中。他更不停頓，動手解除了寶物之旁的種種機關，再取出油紙，將能捲起或較小件的事物如書畫、拓本、兵器、瓷枕、古琴等一一用油紙包好。他從懷中取出網袋，將小件的事物放入袋中，其餘較大件的，則用黏土敷上厚厚的一層，看來便如一塊塊的花崗岩石一般。

他提起網袋，竄出密室，離開碉堡，來到海邊叢林中，將網袋藏在草叢中，到船上找到葛領幫，假作興奮的模樣，氣喘吁吁地道：「我醒來後，在島上走失了，發現了一個荒廢的碉堡。進去一看，裡面竟有許多花崗石。我爹爹正好想找花崗石來布置庭園，剛剛合用，想請各位幫忙搬運上船。」

葛領幫原本有些不情願，但楚瀚再次出高價請他幫忙，葛領幫便召了兩艘船十六個水手，一起跟楚瀚從後門進入碉堡。胡月夜和上官無嫣為了掩人耳目，這碉堡外觀看來便似廢棄已久一般，眾水手也沒有起疑。

楚瀚領他們避開碉堡中看得出有人居住的房室，繞過花園，一逕來到藏寶窟外。這時寶窟內已然空虛，滿地灰泥，再也看不出曾經存放過寶物。楚瀚讓水手們將十多塊「花崗石」搬運上船，自己回去關好了藏寶窟的門，鎖上了兩道鎖，又去草叢中找到那個盛裝較小物件的網袋，帶上船去，放在自己的行李之中。

搬運完畢，正好是漲潮時候，葛領幫催著出航，兩艘船便離開了鳳凰山。

楚瀚望著鳳凰山漸漸遠去，嘴角露出微笑，想起許多許多年前，在上官家的藏寶窟中，上官無嫣曾經傲然對自己道：「你今日不是我的敵手，未來也不會是我的敵手。」自己當時回答道：「走著瞧。」怎料到在這麼多年之後，兩人竟有機會再次交手，而自己終於技高一籌，從上官無嫣的手中取走了她最珍貴重視的一窟寶貝？

他想著上官無嫣背叛家人的冷酷無情，胡月夜弒兄棄子的殘狠，這兩人迷戀珍奇異寶，確實已到了走火入魔的地步。自己雖然喜愛寶物，卻始終相信人比寶物更加緊要。他絕不會爲了寶物而殺人傷人，也絕不會爲了寶物而捨棄親人。如今他取得了這些寶物，心中的悲哀卻遠遠多過喜樂。他寧可用所有的寶物換回舅舅的性命，換回當年三家村合作無間的光景，換回自己在胡家學藝時的純眞。

然而這一切都已再不可得。

第七十章　寶劍贈女

楚瀚攜帶著大批寶物坐船離開鳳凰島，並不回去溫州盤石衛，卻讓葛領幫駕船直往北行，到了長江口，依約付了葛領幫一大筆錢，葛領幫歡天喜地地去了。楚瀚立即轉僱河船，將一塊塊封在花崗石中的寶物轉到河船之上，沿江西行。

他知道胡月夜和上官無嫣很快便會得知寶物被自己取走，定會急怒交加，立即便會趕來追回，須得儘快將寶物隱藏起來。他花了好大的功夫才找到他們的巢穴，而他自己的居所明明白白就在京城之中，再容易找到不過，若是將寶物藏在磚塔胡同地底的密室，想來很快就會被對方闖入尋得。

於是他決定將眾寶分散而藏，一路駕船往西而行，將沉重大件、隱藏在「花崗石」中的寶物藏於南京行宮之中，又沿途贈送給各寺院道觀、世家庭園；書畫則藏在各寺院的藏經閣、世家藏書樓等地，一路來到武漢，才將寶物散盡，身上只帶了幾件輕便的寶物如冰雪雙刃和幾卷拓本及書畫眞跡，回返京城。

他感到一陣輕鬆，這日他在大道上騎馬北行，但見迎面一騎飛馳而來，馬上乘客粗豪健壯，英氣勃勃。楚瀚仔細一瞧，認出來者竟然便是虎俠。他心中大喜，連忙上前招呼。

王鳳祥見到他，自也甚是歡喜，兩人來到客店中飲酒敘舊，談起近況。原來那年楚瀚領王鳳祥和雪豔上廬山找著了神醫揚鍾山，揚鍾山告知儀兒先天不足，需花上數年的時間，方能改善儀兒的體質，希望儀兒能留下來醫治。王鳳祥和雪豔商議之下，知道這是儀兒活下去的唯一機會，便將儀兒託付給了他。他們又在廬山盤桓了一段時日，才向揚鍾山拜謝告辭，相偕離去。這時雪豔又懷了身孕，兩人同去西北偏僻之處，生下了第二個女兒，取名胡兒。這女兒如今剛滿一歲，跟著雪豔留在西北，虎俠孤身回往中原，剛好在道上撞見了楚瀚。

當晚王鳳祥和楚瀚飲酒傾談。王鳳祥問起楚瀚的近況，楚瀚這幾年依附汪直，掌管西廠，作了不知多少傷天害理的惡事，羅織了多少人神共憤的冤獄，一時也說之不清。他長歎一聲，說道：「我身處京城，往往身不由己。近年來虧心事作了不少，還求王大俠不要怪責鄙視我才好。」

王鳳祥不知道他的所作所爲有多麼嚴重，只道他仍在從事打探消息、偷竊寶物的勾當，拍著他的肩頭笑道：「你出身三家村，只學得這一技之長，還能用在什麼別的地方？小兄弟，只要你不害人殺人，便算得是正正當當的了。」

楚瀚苦笑著，也不知能說什麼。忽然想起剛剛從鳳凰島藏寶窟中取得的寶物，心中一動，當即從背後包袱中取出那對冰雪雙刃，說道：「王大俠，我最近取得了一件寶物，想轉贈給大俠。」

王鳳祥一呆，雙眼盯著那兩柄寶劍，伸手接過了其中一柄，拔劍出鞘，雙手平持，凝視著筆直的劍刃，臉上露出驚艷之色，問道：「這是……這是『冰雪雙刃』？」楚瀚點頭道：「正是。」

王鳳祥反覆觀察良久，才呼出一口氣，說道：「好劍！我早聽人說過，這對兵刃乃是九天玄女的兵器，不是世間所有。今日我親眼見到它們，才知所言不虛！楚兄弟，這對寶刃，你當眞要送給我？」

楚瀚道：「晚輩感激王大俠知遇之恩，傳授武藝之德，這不過是略盡晚輩的一點心意罷了。再說，我自己不會使劍，留著毫無用處。寶劍原該贈予英雄才是。」

王鳳祥沉吟道：「兄弟的好意，我心領了，但這是女子使用之劍，我並不能用。」楚瀚道：「不如轉送給雪豔女俠，或是令千金。」王鳳祥眼睛一亮，說道：「好主意！小女胡兒剛滿一歲，等她大些了，我便將這對劍送給她吧。」

楚瀚想起體弱多病的儀兒，問道：「儀兒身子如何？」

虎俠歎了口氣，說道：「虧得鍾山十分疼愛她，將她當成自己親生女一般照顧。如今一條小命是保住了，但能否平安長大還是未知之數。」

楚瀚不禁噓歎，又問道：「二小姐身體卻是無恙？」虎俠道：「天幸她出生後便健壯活潑，並無病狀。她現今跟著母親住在西北雪族，過得幾年，等她大些了，我將這對寶刃送給了她，她想必會十分歡喜。」

楚瀚笑道：「二小姐跟在母親身邊，得到她的眞傳，日後想必武功絕佳，這對寶刃可更要讓她如虎添翼了。」王鳳祥聽了，哈哈大笑，說道：「說得好！我先代小女向你道謝啦。」兩人又聊了一陣，才各自就寢。

次日，楚瀚便與王鳳祥作別。他望著虎俠漸漸離去的背景，心底深處隱隱能體會虎俠一代英雄的寂寞，和他擇善固執的孤獨。蒼莽天下，沒有人有他這樣的氣度，也沒有人能創出虎蹤劍法如此特異出奇的劍法。他選擇的伴侶雪豔更是一位出類拔萃的女中英豪，只可歎兩人雖性情相投，卻不能長久並肩同行，終究得天涯海角，分隔兩地。

楚瀚卻不知道，直到百年之後，世人仍未忘記「虎俠」這個名號，他仍是爲人津津樂道的豪傑；而雪豔這位特立獨行的奇女子，多年後也仍讓人擊節談論不已。今日豪傑得遇紅顏，兩人極爲平凡地生養了一對女兒；誰又能預知那個剛滿一歲的小女娃胡兒，未來竟紅顏薄命，命運坎坷；她的女兒燕龍又將成爲充滿傳奇的一代俠女？楚瀚今日贈給虎俠的這對冰雪雙刃，日後更成爲一代女俠燕龍趁手的隨身兵器。

卻說楚瀚花了大半年的時間，找尋並取走胡月夜和上官無嫣的藏寶窟，回到京城時，已是冬季。他詢問京中各事，知道沒有異動，這才放下心。

他晚間回到磚塔胡同，見到百里緞仍未睡下，坐在東邊廂房的炕上等他。他將從鳳凰山取得的一柄鋒利匕首「冰月」送給了百里緞，作為防身之用，百里緞淡淡一笑，道謝收下了。

楚瀚感到她若有心事，問道：「我不在的時日，一切都好麼？」

百里緞點了點頭，又搖了搖頭，神色頗為沮喪，說道：「我數次潛入皇宮，想找出那萬蟲囓心蠱的所在，但都沒能尋到。」

楚瀚握住她殘廢的左手，柔聲道：「妳不必勉強自己。這些事情，由我去作便是。」

百里緞搖搖頭，改變話題，問道：「你去尹大哥的婚禮，怎地一去這麼久？」

楚瀚想起尹獨行的新娘便是自己少年時的伴侶紅倌，心中不禁感到一陣難言的失落，不由得更加珍惜眼前這個知心的伴侶。他擁著百里緞，將紅倌的事情，以及在嚴州府巧遇胡月夜和上官無嫣、發現胡月夜便是殺害舅舅的凶手、探查他們的巢穴並偷出藏寶窟中所有寶物的前後說了。

百里緞聽完了，皺起眉頭，說道：「你爲何沒將胡月夜和上官無嫣殺了？」

楚瀚靜了一陣，才歎道：「我要殺死他們，原是易如反掌，但那並非三家村的作風。三家村相信偷竊貴在不爲人知，切忌殺人傷人。我取走他們一生汲汲營營收集珍藏的寶物，對他們來說，已是最沉重的打擊。」

百里緞凝望著楚瀚的臉，歎了口氣，說道：「很久以前，我就發現你是個心地太過善良的傻子。當初在靛海中決定救你，就是因爲你的傻勁和善心。我能明白你爲何饒了他們的性命，但是你留下這兩個禍患，日後必會給你帶來莫大的麻煩。」

楚瀚沒有回答。百里緞知道他聽不進去，仍道：「柳家的那傢伙也是一般。他在京城多次找你麻煩，是個十分棘手的對頭。你早該將他除去，卻總顧念他是三家村中人，始終沒有對他下手。還有上官家的那對祖孫，他們對你有害無利，你根本就不該出手幫助他們。若是我，上官家那小的讓他被斬首就是，老的就讓她流落街頭繼續作她的老乞婆。你卻又救人，又給錢，你道他們眞會感念你的恩情麼？」

楚瀚聽了，不禁長歎一聲，說道：「舅舅臨走之前，曾讓我盡力保護胡家，盡力保護三家村。如今三家村已毀，我便想保護，也無從保護起了。三家村唯一剩下的，也不過就是這幾個人了，我又怎能對他們狠下心腸呢？」

百里緞輕歎一聲，知道跟他爭辯也是無用，靜了一陣，才道：「孩子都好，你去看看他一下吧。」

楚瀚點點頭，從暗道來到右首的院子。自從他將碧心和楚越從胡鶯處接回來後，二人便一直住在這隔壁院子的主屋之中。楚瀚來到主屋，見到碧心正坐在燈下替嬰兒縫製小虎頭帽，見他進來，十分驚喜，對著小床說道：「小寶貝，爹爹來看你啦！」

楚瀚來到床旁，見到孩子睡得正熟，便沒有吵醒他，只坐在小床旁望了他一陣。此時楚越已有一歲，生得黑黑瘦瘦，濃眉大眼，楚瀚心想：「這孩子容貌可是像足了我。只盼他的命運比我好上許多！」心頭一時鬱結，悄然離去。

次日，楚瀚去找麥秀，詢問宮中情況。麥秀神色凝重，說道：「太子一切平安，只是萬歲爺愈來愈寵信李孜省那妖人，日日都召他入宮，請教養身之術。」

楚瀚皺起眉頭，說道：「那妖人不是在宮中作法失敗，跟梁芳鬧翻了麼？」

麥秀搖頭道：「梁公公的爲人，你也是知道的，只要萬歲爺寵幸誰，他便跟誰打得火熱。不久前，萬歲爺封了那妖人爲上林苑監丞，還賜給他金冠、法劍和兩枚印章，准許他密封奏事。」

楚瀚搖頭道：「這妖人還有什麼事情好上奏的？」麥秀歎道：「還不就是些淫邪方術，惑亂主心。這本也罷了，但萬歲爺對這人寵信過了頭，上個月竟然讓他當上了吏部通政使，接著又升爲禮部右侍郎。那可是正經的官職了，不再是那等萬歲爺隨意任命的傳奉官可以相比的。」

楚瀚點點頭，說道：「這李孜省，他跟昭德有無往來？」麥秀道：「也是有的，大多是祕密會面，但我們在昭德宮的眼線，並不知道他們見面時都談了些什麼。」楚瀚點了點頭，知道自己得親自出馬，去探明此事。

當夜楚瀚便換上夜行衣，潛入宮中，在昭德宮外偷聽。如此數日，都未見到李孜省入宮覲見。到了第七日晚間，才見到皇帝召見李孜省，在內宮偷偷摸摸地不知道說些什麼，梁芳也隨侍在側。楚瀚心想李孜省大約在傳授皇帝房中術之流，便也沒有花心思去偷聽。

直到夜深，李孜省和梁芳才一起出來，梁芳恭恭敬敬地送李孜省出宮。楚瀚悄然跟在二人身後。

但見二人走出一段，經過宮中僻靜無人處時，梁芳左右張望，確定無人，才低聲道：「李大師，這回你可千萬別再搞砸了。主子說了，事情一定得作得乾淨俐落，不能再出紕漏了。」

李孜省側眼望向梁芳，神色頗爲憤慨，似乎對於自己上回出醜之事猶有餘憤，而對梁芳的不信任甚感不滿。他冷然道：「蛇族的大祭師，豈是輕易能請到的？若非我跟他交情非常，他怎會願意老遠跑來京城，替我辦這件事？你要是不信任我，趁早別求我作這些難於登天的事，卻又不知感激，哼！」

楚瀚聽見「蛇族大祭師」五個字，心中一跳，暗想：「他們找了大祭師來作什麼？想必不是什麼好勾當。」

梁芳見他發起脾氣，連忙說道：「大師恕罪，恕罪！主子特意交代了我，因此這番話我是不能不說的。現在事情全靠你了，事情一成，主子答應讓你擔任大學士，入值內閣，一定不會食言。」

李孜省聽了，顯然甚是滿意，卻仍要作假，傲然道：「內閣大學士，我李孜省難道還稀罕那個位子？老夫不過是爲了天下蒼生的福祉，才勉強出山，入世教化人民。老夫爲感念萬歲爺和令主上的知遇之恩，這內閣大學士的位子，也只好勉爲其難，作上一作。一切還不都是爲了百姓！」

梁芳唯唯稱是，心中顯然並不相信這番鬼話，又問道：「不知李大師認爲，什麼時候可以開始動手？」

李孜省搖頭道：「事情可緩不可急。貴客才剛到京城兩日，還不熟習北地氣候風俗，我自不能催促他們。你給我十日時間，我再向令主上報告進展。」

梁芳連連點頭，說道：「李大師設想周到，一切憑李大師主持。咱家主子靜候好音。」他一路送李孜省到了宮門口，外面已有李孜省的徒眾在等候，恭請他上了一座華麗的轎子，前呼後擁地走了。

楚瀚聽說他們找了蛇族大祭師來，又驚又憂，便跟上了李孜省的轎子，來到城東一間大宅，但見大門匾額上寫著「御賜李府」四個大字。當時夜已深，楚瀚偷偷潛入，但見這宅子占地極廣，裝潢華麗，極爲氣派。靠外間有座大廳，橫匾寫著「傳法堂」三字，跟他在桂平見過的那間廳堂一般，前方有座高起的神壇，顯然是供李大師的信眾聚會之用。看來李孜省雖當上了正式的朝廷官員，堂堂禮部右侍郎，仍沒擱下往年聚眾斂財的把戲。

楚瀚在大宅中巡視了一圈，來到一個安靜的院落，但聽斷斷聲響，低頭一看，卻見地上竟爬了好幾條粗如手臂的巨蟒。他心中一跳，想起在靛海之中被蛇族追殺的情景，不禁毛骨悚然，生怕再次聽見蛇王笛，趕緊拿出手帕，撕下兩塊，準備隨時塞入耳中。他小心翼翼地往前走出數步，見到那院落之旁有好幾間屋子，微微透出火光，猜想蛇族的人便是住在這兒。

楚瀚不敢貿然闖入，便悄然退出，打算多探聽一些消息，再去找大祭師。

第七十一章　重遇祭師

接下來的幾日，楚瀚緊緊跟在李孜省身邊窺探，想探知他找大祭師來京城究竟有什麼打算。他見到李孜省對大祭師又敬又畏，每次去那角落的院落，都一定屏退弟子，單獨前往，對大祭師跪拜磕頭，行禮如儀，恭敬得無以復加。楚瀚心想：「妖人之中，也有大小之分。李孜省在大祭師面前，可是小巫見大巫了。」

李孜省每次去叩見大祭師，都送上他從信眾那兒搜刮來的各種珍奇寶物，不但大祭師有一份，所有跟來的蛇族族人都有一份。這回跟大祭師出來的蛇族族人共有一十六人，都是驅蛇的能手，許多楚瀚在靛海中都曾見過。大祭師氣派儼然，頤指氣使，擺足了架子，飲食住處有任何一點兒不滿意的地方，便對李孜省怒罵喝斥，一點情面也不留。

李孜省挨罵時只管俯首認錯，一連聲地道歉賠罪，神態卑躬屈膝。楚瀚心想：「這李孜省是個心計深沉的人物，自視甚高，怎會對一個蠻族的首領這般恭敬卑下？看來他所圖不小。世間有什麼事情是只有蛇族大祭師能作到的？莫非他們想驅毒蛇入宮，害死太子？」

想到這兒，不禁全身一顫，隨即又覺得不可能，尋思：「李孜省定是透過梁芳，受了萬貴妃之託，才請了大祭師來此。如果大祭師出手毒殺太子，事情很容易就會查到李孜省這兒。李孜省是個要錢要命、愛官愛權的人，又跟皇帝關係甚好，怎會搬石頭砸自己的腳？」一時想之不透。他知道要探明眞相，必得去找大祭師，從他口中問個明白，並且勸阻他去作李孜省請他上京來作的事情。

這日他趁李孜省出門時，潛入李宅角落的院落，在門外叫道：「大祭師！大祭師！楚瀚來找你啦。」

門啪一聲開了，大祭師站在門內，見到楚瀚，雙眼圓睜，大口微張，醜臉扭曲，因面容實在太醜，一時看不出他的表情是憤怒，是驚訝，還是歡喜。過了一會兒，但聽他哈的一聲，張開雙臂，叫道：「楚瀚，是你！眞的是你！你果然沒死！」

楚瀚這才看出他臉上堆滿笑意，鬆了一口氣，笑道：「我答應過要請你來京城玩兒的，怎麼敢就死呢？」

大祭師大步走上前，用力擁抱了楚瀚一下，之後又擠眉弄眼地向他上下打量，繞著他前後左右看了一圈，口中嘖嘖不斷，說道：「你當眞厲害得很，厲害得很！我送你去巫族，心想你若不是一輩子作巫王的男寵，便是一輩子在巫族作苦力，心裡對你還抱著幾分歉疚。嘿，沒想到，你不但氣死了我姊姊巫王，還將巫族弄得天翻地覆！了不得，當眞了不得！」

楚瀚連忙解釋道：「巫王不是我氣死的。是彩和咪縍互相爭鬥，巫王中了萬蟲齧心蠱，才毒發身亡。」

大祭師舉起手，連連搖頭，說道：「我知道，我都知道。巫族中那些污七八狗的事情，誰會比我清楚？總而言之，你沒死在苗族，我很高興。快！快進來坐下。」

入屋坐定之後，大祭師又呼喚蛇族其他人來看楚瀚。蛇族人群相上前，圍著楚瀚左右觀看，議論紛紛，好似在看什麼珍奇的動物一般。

大祭師等他們看夠了，便揮手將他們都趕了出去，問楚瀚道：「你來找我，有什麼事情？你怎會知道我在這兒？」

楚瀚道：「我來找你，因爲我認識這宅子的主人李孜省。他不是好人，我怕他害了你，特地來提醒你留心。他請你來京城作什麼？」

大祭師點頭道：「我瞧他也不是好人。那小子一張臉又尖又長，眼神陰沉，醜得要命，整日辦些什麼法會，讓信眾來送錢給他，手裡就會弄些障眼法術，騙得別人暈頭轉向。我看了他就討厭！」楚瀚道：「你既然討厭他，爲何又受他邀請來到京城，住在他這兒，幫他辦事？」

大祭師眨眨眼，說道：「我爲何離開舒舒服服的蛇洞，千里迢迢來到此地，還不是因爲李孜省答應我要給我天下至寶血翠杉！」

楚瀚聽了，不禁一呆，世間兩件血翠杉，一件在自己身上，一件藏在東裕庫的地窖中，李孜省又怎麼會有？當下也不說破，問道：「他答應給你血翠杉，請你來京城作什麼？」

大祭師搔搔頭，說道：「其實要血翠杉的也不是我，而是巫王。李孜省先拜見了巫王，請求她出手。巫王說只有給她血翠杉，她才肯出手，李孜省便答應了。但是巫王自己不願出遠門，便命我代她前來辦事，替她取回血翠杉，我便乖乖來了。剛開始我也不知道這李孜省叫我來京城作什麼，這幾天他才慢慢透露口風。原來他要我去皇宮裡面，向一個叫太什麼子的人吹蛇王笛，要迷得他暈頭轉向，神智不清。」

楚瀚恍然大悟，心道：「原來萬貴妃不敢殺死太子，竟出此毒計，想用蛇王笛迷惑太子！太子聽聞笛聲後，神智迷糊，舉止失常，萬貴妃便可稟告皇帝太子患上了失心瘋，建議廢了太子。這計謀果然狠毒，既不是殺害太子，便不會有人追究凶手；旁人不知道蛇王笛迷人心魄的奇效，便不會知道太子是受了蛇笛的迷惑，才露出瘋癲之態。」暗暗慶幸自己識破了他們的奸計，當下皺起眉頭，露出擔憂之色，說道：「大祭師，我瞧你不應該作這件事，也不能夠作這件事。」

大祭師瞪眼道：「爲什麼不應該？又爲什麼不能夠？」

楚瀚道：「你不應該作，因爲李孜省根本是在騙你。他手中絕對沒有血翠杉。你若不信，要他拿出血翠杉出來給你瞧瞧，他一定不斷推拖，說什麼這寶物現在存放在皇宮當中的祕密處所，只有等事成了才能拿出來給你。」

大祭師果然心生懷疑，問道：「他確實沒拿出來給我瞧過。那又爲什麼不能作這件事？」

楚瀚道：「不能作，是因爲太子是我的好朋友，我不要你傷害我的朋友。而且太子乃是當今皇上的兒子，未來的皇帝；你想想，迷害皇帝的兒子，可不是件小事，你去幹這事不但犯險，搞不好還得賠上性命。李孜省哄騙你去迷害太子，不管成功失敗，你都拿不到血翠杉，這不是作了冤大頭了麼？」他知道大祭師是邊陲蠻荒之人，大明皇帝是愚是賢，對他自是不關痛癢，因此也不用什麼家國大義去勸喻他，只跟他說最實際的考量。

大祭師聽了，一拍大腿，說道：「你說得不錯！好，我這便去問問李孜省，他到底有沒有血翠杉。若是沒有，那就啥都別談！這小子若眞敢欺騙我，我定要讓他好看！」又道：「楚瀚，你是個講義氣的，當年你在靛海中本來可以逃走，卻還是乖乖回來，跟我去苗族受罰。天下像你這麼講義氣的人，實在少見！別人的話我不信，你的話我一定聽。」楚瀚聽了，也只能苦笑，說道：「承蒙大祭師看得起，楚瀚受寵若驚。」

當夜，楚瀚偷偷潛入東裕庫地窖，查看血翠杉是否仍藏在裡面。他已有許多年沒有來過此地了，但見各處灰塵堆積，各種寶物也少了許多，想來梁芳這幾年並沒閒著，仍不斷將寶庫中的事物一一搬走。他啓動機關，用鑰匙打開了地窖入口，進入地窖探視，見到漢武龍紋屏風和那段血翠杉都仍在原處，並未被移動過，這才放下了心，暗想：「將血翠杉留在此地，應當比帶回磚塔胡同安全。我的住處太過明顯，地底密室只設下少數機關，未必能阻擋外人闖入。這間密室雖在皇宮之中，但沒有人知道，當是最隱密的場所。」便又鎖上地窖，悄悄離去。

次日，梁芳又來催促李孜省，李孜省被他煩得受不了，便帶他一起來見大祭師，想請問他何時可以出手。兩人來到小院落，但見大祭師正和一人飲酒談笑，勾肩搭背，神態親密，相談甚歡，定睛一看，這人竟然便是西廠的楚瀚！

李孜省和梁芳兩個都看傻了眼，猜不出楚瀚怎能跟這神祕恐怖的蛇族大祭師有這等交情！一時呆在當地，更說不出話來。

大祭師見到李孜省和梁芳二人，醜臉一沉，說道：「姓李的傢伙，你老實說，血翠杉在哪兒？」

李孜省連忙道：「血翠杉是天下神物，收藏在皇宮最隱密的地方。一旦大事成功，小人便會奏請主上，將那神物取出來交給您，當作謝禮。」

大祭師聽他言語，跟楚瀚所說一模一樣，心中更加懷疑，重重地哼了一聲，臉色變得極爲難看。梁芳和李孜省對大祭師敬畏之至，見他發惱，都不禁戰慄，躬著身子，低下頭不敢直視。大祭師又哼了一聲，兩人連忙應道：「是，是！」大祭師哈了一聲，兩人又連忙道：「是，是！」

楚瀚見梁芳和李孜省被嚇成這等模樣，不禁露出微笑。大祭師向他眨眨眼，一拍茶几，厲聲道：「蛇王笛乃是神聖之物，豈能輕易施用？你想哄騙我，讓我作冤大頭，我可沒那麼蠢！」說完得意地向楚瀚望了一眼，楚瀚向他微微點頭，意示贊許。

大祭師一揮手，說道：「我限你們三日之內，拿血翠杉來給我看。我若見不到血翠杉，立即便拍拍屁股走人！好了，你們兩個，這就給我滾出去！」李孜省和梁芳連聲應諾，狼狽退去。

楚瀚等二人走後，連聲讚道：「幹得好！大祭師，你隨便發個脾氣，就把他們嚇得連滾帶爬，當眞厲害得很。」大祭師甚是高興，扮個鬼臉，拍手笑道：「你說得對。蛇族大祭師最重儀貌威嚴，他們害怕我，原也是應該的。」

楚瀚回想起自己初見大祭師時，火光閃爍下，只見一張鬼怪般的醜臉隔著柵欄望向自己，那情景即使現在想起來，也頗讓人毛骨悚然；至於蛇王笛和蛇夫們驅使的蛇群，就更讓人心驚肉跳了。他當下說道：「幸好這兩人都挺識趣，知道你的厲害。」

三日之後，李孜省和梁芳果然變不出血翠杉來，大祭師大發脾氣，狠狠罵了二人一頓，立即率領族人離開京城。楚瀚送蛇族一行人來到大運河邊上，等候乘坐南下的船。他與大祭師握手道別，依依不捨。臨別之際，楚瀚忽然想起一事，說道：「大祭師，當年你送我去巫族，是因為我弄丟了從蛇洞取來的木盒子。我最近才發現，那木盒子已被帶進了京城。」

大祭師眼睛一亮，連忙問道：「當眞？在哪裡？」楚瀚道：「我只知道是被萬貴妃拿去了。我花了不少力氣尋找，卻尚未能探出那木盒子的下落。」大祭師問道：「萬貴妃是誰？」楚瀚道：「就是那太監梁芳的主子，也是當今皇帝最寵愛的妃子。李孜省請你去迷惑太子，就是萬貴妃的主意。」大祭師皺起眉頭，說道：「難怪那李孜省問了我那麼多關於下蠱的事情。」

楚瀚心中一跳，忙問道：「他問了你什麼？你都跟他說了些什麼？」

大祭師道：「他問我怎麼下蠱。我又不是巫族的人，對蠱不過是一知半解，也說不出個所以然來。我若知道怎麼施蠱，當初又何必這麼害怕那木盒兒？」又道：「你當年毀去了巫族的蠱種，巫王都一一重新培養煉製出來了，唯有這萬蟲齧心蠱她無法煉製。

她花了不少時間，到處尋訪萬蟲囓心蠱的蠱種，聽說有一部分被一個什麼叫百花仙子的女子奪去了，但這女子很不好找，巫王始終沒找到她。巫王若知道那木盒兒被帶到京城，一定會親身趕來取回。我得趕緊去通知她。」

楚瀚極想詢問如今巫王究竟是誰，當初彩和咪縍兩姊妹激烈爭奪巫王之位，不知最後是誰勝出？但他當時偷走巫王和彩的蠱種，引起巫族內鬥，自相殘殺，情況甚是慘烈，大祭師雖讚歎他厲害，但巫族和蛇族世代聯姻，唇齒相依，大祭師想來也不會眞的願意見到巫族流血受創。楚瀚對巫族仍舊十分忌憚，心想最好少提此事，便沒有開口相問，只道：「我若能找到那木盒子，一定好好保存，歸還給巫王。」大祭師道：「如此多謝你了。」便向他告別，上船而去。

楚瀚站在岸邊，望著大祭師等人漸漸離去的船影，心想：「十多年前，我和百里緞在靛海中掙扎逃亡，拚死逃脫大祭師的魔掌；豈知十多年之後，我和大祭師竟會成爲好友，不但一起把酒言歡，還說服了他不要傷害太子？世事奇奧，當眞不可思議。」

楚瀚送走了大祭師，心中甚是輕鬆得意，回到家時，卻見百里緞神色凝肅，說道：「尹大哥送了急信來，要你立即去龍游一趟。」

楚瀚感到一陣不祥，立即出門，百里緞怕他出事，也跟著去了。二人連夜趕到浙江龍游，來到尹家門口時，但見門口掛著黑布，楚瀚心知不好。他闖入門中，見到尹獨行獨坐在大堂上，臉色雪白，雙眼紅腫。楚瀚直衝到他身前，尹獨行低下頭，眼淚雙垂，啞著聲道：「紅倌死啦。難產，是兩日前的事。」

楚瀚如遭雷擊，呆在當地，一股深沉的痛楚湧上心頭，喃喃道：「紅倌死了！紅倌死了！」

尹獨行抱頭哭道：「紅倌去了，我也不想活了！」

楚瀚見他傷痛欲絕，心中悲痛也如洪水傾瀉一般，再也難以壓抑，上前緊緊抱住了他，兩個好友相擁痛哭。

此後數日，尹家忙著辦紅倌的喪事。楚瀚感到整個人都如掏空了一般，呆呆地坐在角落，誰也不理，一句話也不說。直到喪事辦完，他才恍恍惚惚地來到紅倌的墳前，見到墓碑上寫著「尹府榮氏之靈」，連紅倌兩個字也未曾出現。

紅倌何許人也？時至今日，早已無人記得。當年紅冠京城的刀馬旦，女扮男裝傲視戲曲界的奇人，不足以述說紅倌傳奇的一生。楚瀚心中記得的仍是那個十五六歲時的紅倌，身負驚人藝業，面容俊俏，舉止瀟灑，性情爽朗，背地裡卻是個孤苦而又高傲的少女，心底深藏著不可告人的祕密。他無法忘記她窗外那株夜來香迷人的香味，她的軟語膩愛，她的豪爽嬌癡，和那許許多多與她共度的夜晚。這是他記憶中永遠不會褪色的一段美好時光，也或許是他心中僅存的一段美好時光。

他這一生眼望著過去美好的記憶逐漸轉化成痛苦：可喜的小妹子胡鶯成了嘮叨苦恨的怨婦；三家村舊時的藏寶窟變成一片怵目驚心的廢墟；父親汪直凶惡奸狠，母親紀淑妃被迫自盡；百里緞淪爲殘廢；胡月夜和上官無嫣自私陰險的面孔……但他知道無論這世間的人事物有多麼醜惡，他都得撐下去，爲了太子，爲了對得起母親的在天之靈，他仍得回去京城，回去替汪直辦事，主掌西廠。

想到此處，他不禁崩潰痛哭起來，如果紅倌還在世上該有多好！即使她不在自己身邊，即使自己此生再也見不到她，只要知道她活著並且活得很好，對他來說都是莫大的安慰。爲什麼世間美好的事物都得如此殘酷地經歷成住壞空，爲什麼世間萬物終歸無常？

不知何時，尹獨行走了過來，在他身旁坐下，默然不語。兩人靜了許久，尹獨行才道：「十多年前，你們在京城的往事，我都知道了。她走前要我轉話給你，說她不曾忘記你當年爲她摘採夜來香的情誼。」

楚瀚聽了，心痛如裂，掩面泣道：「她不該對你說這些。」

尹獨行搖頭道：「不，她該說。我是她丈夫，我從不介意她的出身，又怎會介意她的過去？」他閉上眼睛，說道：「我只道世間沒人能明白我爲何如此重視她。如今她走了，如今我反倒慶幸世上還有你，只有你能完全明白我心中的悲痛。」

楚瀚感到一顆心如同被撕裂了一般，伸手緊緊握住尹獨行的手，泣不成聲。良久，他才長長地吸了一口氣，抹去眼淚，抬頭再望了紅倌的墓碑最後一眼，說道：「大哥，我該去了。」尹獨行歎了口氣，說道：「我送你一程。」

尹獨行直送楚瀚到了鎮外，望著他上馬而去。此時已是傍晚，尹獨行望見暮色中，野地裡，一騎正癡癡地等候著。黑馬上的黑衣乘客戴著帽，蒙著面，見到楚瀚縱馬馳過，便緩緩在後跟上。尹獨行歎了口長氣，他知道那是百里緞，楚瀚的「影子」。

尹獨行明白，儘管楚瀚如今已是威風八面的西廠副指揮使，統領西廠，掌控生殺，但他心中的苦悶無奈卻只有日益加重，若非有百里緞跟在他身邊，他只怕老早便要自戕了。

第七十二章　挑釁青幫

楚瀚回到京城後，低沉了很長一段時間。不多久，他收到汪直傳回緊急命令，告知其心腹兵部尚書王越祕密傳訊至宣府，說尚書董方、薛遠和侍郎滕昭、程萬里等人祕密上書皇帝詆毀自己，要楚瀚設法冤害他們，將他們逮捕，下入西廠廠獄嚴刑拷問。

楚瀚感到意興闌珊，但也不得不打起精神，照汪直的指示去作，陷害了這幾個正直敢言之士，下入廠獄拷打一番，揑造幾份口供，分別判了罷黜、貶官、流放等罪名。一時西廠氣燄又起，朝中大臣原本便懼於汪直的威勢，此刻知道他即使人不在京城，但眼線爪牙仍多，皆噤不敢言。

這日晚間，楚瀚潛入宮中探望太子。太子見到他來，似乎並不很高興，只淡淡地道：「你來了。」

楚瀚見他臉色不豫，問道：「殿下，今日身子可有什麼不適麼？」

太子這時已有十三歲，舉止言談已如大人一般了。他直望著楚瀚，眼神滿是威嚴，沉聲說道：「今日謝師傅跟我講課時，說他的好友董方被西廠陷害，下獄拷問，更被判刑流放邊疆。你說，這是眞的麼？」

楚瀚一聽，背上冒出冷汗，低頭說道：「確有……此事。」

太子神色又是憤怒，又是不解，說道：「瀚哥哥，你爲什麼要作這種事？汪直這人囂張跋扈，我不懂父皇爲何如此信任他，對他言聽計從，還派他出去邊疆領兵征戰！像汪直這樣的奸佞之徒，你爲何要替他辦事，助紂爲虐？」

楚瀚張開口，卻發不出聲音。他怎能告訴太子，今日的太子之位，全是靠了汪直的勢力才得以保住？如果沒有汪直，沒有楚瀚替汪直辦事，萬貴妃老早便將他這個太子廢掉了。這些話他當然不能說出，也不能期待太子明白這場宮廷鬥爭背後的暗潮洶湧，便又閉上了嘴，低頭不答。

黑貓小影子睡在角落暖爐旁的坐墊上，牠似乎能感受到兩人之間緊繃的情勢，抬頭望向楚瀚，目光中帶著深沉的哀傷眷戀。牠較之前又老了一些，近來已很少離開太子的臥房。牠想跳下地，來到楚瀚身邊，卻已沒有力氣移動，仍舊躺在那兒。

太子甚是激動，轉過身去，背對著楚瀚，說道：「你今後不要再來見我了。」

楚瀚瞥見太子臉上厭惡鄙夷的神色，不禁心痛如絞，忽然想起太子還是嬰兒之時，自己整日保抱哺餵他的情景；及至他五六歲時，自己常常讓他坐在肩頭，帶他出宮遊玩的種種往事。但現在太子已不是孩子了，他已經懂事了，開始明白自己的所作所爲有多麼陰暗卑污，多麼傷天害理，罪大惡極……

這些念頭在他腦中一閃而過，楚瀚倏然驚覺，自己在太子心中的形象已全然毀壞了，不論時光如何移轉，太子往後都將認定他是和汪直一樣的殘忍奸險之徒，這一切都已無法挽回。楚瀚咬著牙關，低聲說道：「謹遵殿下之命。」悄然退出，離開仁壽宮時，眼中已擒滿了淚水。

小影子忽然跳下坐墊，想追上楚瀚，但楚瀚卻已去得遠了。小影子坐在窗口，向窗外觀望了許久。太子不悅地道：「不用等了！他不會再回來的。」小影子聽了，回頭望向太子，慢慢走回坐墊，重新睡下了。

紅倌之死，已讓楚瀚低沉沮喪，但太子對他的不諒解，才是對他最沉重的打擊。百里緞從未見過他如此鬱落痛苦，只能盡量陪伴在他身邊，不斷對他道：「總有一日，太子會明白你的苦心的。總有一日，你會知道自己所作的一切都是值得的。」

楚瀚只是搖頭，痛哭說道：「他永遠不會諒解我的！我永遠不能再像以前一樣，抱抱我親愛的弟弟，親吻他的小臉了。他永遠都會這麼痛恨我，將我當成毒蛇猛獸，奸險小人，他連我的面都不肯見了！」

直到這時，他才明白大卜仝寅當時對自己所說的那些話是什麼意思。當年在南昌城外再次見到仝寅時，仝寅曾經沉重地對他說道：「往後的年歲，可需委屈你了。你得作許多你不願意作的事，將成爲你最不願意成爲的人，但你成就的會是件大事。你要記著，悲歡離合總無情，是非善惡豈由己？但這一切都是值得的。」

是麼？是麼？楚瀚不斷詢問自己：這一切眞的是値得的麼？

之後數月，楚瀚情緒極度消沉低落，往往徹夜無法入眠，時而焦躁，時而憂鬱，時而痛哭。他開始藉酒消愁，百里緞常常半夜起身，見到楚瀚坐在桌旁獨飲，雙目通紅，地上放著兩三個已喝空的酒罈。

多日之後，百里緞再也看不下去，一日她將家裡所有的酒都拿去倒掉，楚瀚來找酒喝時，她打了他一個耳光，喝道：「你該醒醒了！這樣醉生夢死下去，你這條命很快就要送掉了！」

楚瀚微微一驚，伸手撫著臉，低下頭，眼中淚水泫然欲落，說道：「死就死吧，我本來就不想活了。」百里緞提高聲音道：「胡說八道！你怎麼能死？你死了，太子怎麼辦？你記著，你不會比我早死。要死，也該我先死。」楚瀚搖頭道：「誰早死，誰晚死，哪能說得定？」

百里緞神色卻十分嚴肅，說道：「世間壞人早死，好人晚死，這是天理。我是壞人，你是好人，因此我一定比你早死。」楚瀚不禁失笑，說道：「好姊姊，我怎能算是好人？」

百里緞凝望著他，說道：「你當然是好人。你為太子付出了這麼多，是為了什麼？是為了你自己麼？」楚瀚搖了搖頭。百里緞問道：「那是為了什麼？」

楚瀚道：「我是為了太子。我希望太子有一日能登基，能成為一個好皇帝。」

百里緞望著他，說道：「楚瀚，你出身三家村，擅長取物。你可知道你此刻在取什麼？」楚瀚聽她這一問，呆了好一陣子，才道：「我保護太子，是希望能為太子取得天下。」

百里緞道：「不錯！你在謀取的，正是天下。你要謀取的事物太大，自不免遇上諸般挑戰折磨，經歷種種痛苦煎熬，如今這算得什麼？你若連這一點兒苦都忍不得，又怎能保護太子，成功取得天下？」

楚瀚聽了，如夢初醒，一時甚覺慚愧，開口說道：「姊姊，我知道了。就算太子恨我惱我，我也得保護好他。我若就這麼死了，太子的情勢將萬分危險，一切也前功盡棄了。」

百里緞點了點頭，眼神轉為溫柔，伸手輕撫他的臉頰，說道：「正是。因此你一定要活下去，一定要堅持到底，不能放棄。知道麼？」

楚瀚握住她殘廢粗糙的手掌，心中感到一陣難言的驚悚哀慟，已有那麼多人爲此喪命，爲此犧牲。百里緞說得對，他們都不會讓他放棄的。

在百里緞的督促鼓勵之下，楚瀚才勉強振作起來。又過數月，汪直忽然傳信回來，說他就將返回京城。楚瀚甚是疑惑：「他這幾年大都在宣府監軍作戰，忙得不亦樂乎，不知爲何抽空回京？」當即出城迎接。

汪直率領一隊錦衣衛乘馬回京，楚瀚在城外設宴爲一行人接風。但見汪直面容雖有些疲倦，但神采奕奕，顯然仍熱衷於邊戰兵事。汪直見到他，竟然並未劈頭就罵，反而誇讚道：「一貴，這些日子來，你鎮守京城，穩定大局，好讓邊將能夠安心作戰，功勞著實不小啊！我定要在萬歲爺面前詳述你盡忠職守，一心報國。」

楚瀚唯唯稱是，心中暗暗擔憂，知道汪直已逐漸陷入自己編織的幻夢之中，無法自拔。自從汪直離開京城、赴北方監軍以來，他便將自己當成了個手握軍權、戰功彪炳、威霸一方的元帥。事實上成化皇帝雖縱容他在外作威作福，卻從未忘記過他宦官的身分，因此他既不能如王越、陳鉞等封公封伯，也不能升官，最多不過是加點祿米，但汪直卻沉醉其中，以爲自己舉足輕重，天下安危都繫於他的一身。這時他對楚瀚說話的口氣，便似一個大統帥對屬下的安撫鼓勵之辭，只聽得楚瀚啼笑皆非。

在楚瀚眼中，汪直在京城的地位已開始受到威脅，萬貴妃靠著首輔萬安的支持，勢力漸增，而掌管東廠的尚銘也逐漸向萬貴妃靠攏。如今汪直遠在邊疆，少在皇帝身邊出沒，影響力自然減低了許多。

楚瀚將心中憂慮說了出來，希望汪直留意。汪直卻不屑一顧，揮手道：「這些都是小事，你自己擺平了便是。我倒有件大事，要你去辦。」楚瀚見他聽不進去，甚感無奈，只能道：「汪爺請說。」

汪直道：「你知道青幫麼？」楚瀚一呆，說道：「自然知道，那是在大江南北包辦船運漕運的江湖幫會。」

汪直道：「我聽人說，青幫的頭子成傲理胸懷大志，正招兵買馬，想要起兵篡位，你去將這件事情查清楚了，回來詳細報告給我知道。」

楚瀚聽了，不禁怔然，沒想到汪直會愚蠢無聊到此地步，將這等無稽傳言當眞去辦，但也只能躬身道：「謹遵汪爺指令。」

汪直又低聲道：「這件事皇帝非常重視，你一定得好好去查個清楚。」

楚瀚長時間在京城經營，在皇宮中也布滿眼線，清楚知道成化皇帝根本沒聽過這等傳言，即使聽見了，想必也不會當眞。但聽汪直說得煞有介事，楚瀚心想：「他大約是怕失去皇帝的信任，想搞出件大事兒來，彰顯他消息靈通，辦事能幹。」

然而指稱一個江湖幫會的幫主意圖起兵叛變，實在無法令人信服。他也不多說，打算自己去擺平了這件事。汪直卻又叫住了他，說道：「你去武漢，在青幫總壇調查一番，出手抓起了他們那姓成的幫主。他若不坦承企圖叛變，就讓他在西廠多待一段時日，他總會招的。」

楚瀚不禁苦笑，他可不似汪直這般天眞，熟知青幫不但幫眾逾萬，人才濟濟，而且成傲理和手下幫眾不乏武功高強者，就算派出幾百名錦衣衛前去圍捕，也不可能捉得住成傲理。這麼一鬧，原本沒想過叛變的青幫搞不好眞要叛變。他正動念頭該如何處理此事，汪直又道：「我明日便啓程回宣府，你好好處理此事，儘快派快馬來向我報告。」楚瀚點頭應承。

汪直又吩咐道：「我在城中御賜的那座宅子，還沒整修完成。你幫我盯緊一些，我下次回京，便要住進去的。你跟他們說，一切布置裝潢，挑最好的料，用最好的工，一點也別儉省。」

楚瀚知道皇帝因汪直邊戰有功，賜給他一座占地數百頃的大宅，正大興土木，重建裝修。他哪裡有心去替汪直監工布置，隨口答應了。

他送走了汪直後，對青幫之事甚感棘手，決定啓程去往武漢青幫總壇，見機行事。百里緞甚是擔心他，便跟以往一般，蒙面黑衣，與他同行。

不一日，二人來到武漢，楚瀚讓百里緞在城中等候，自己單獨去見成傲理。他知道西廠惡名昭彰，江湖武林人物對這等朝廷鷹犬走狗甚為不齒，便沒有端出汪一貴的名號；來到青幫總壇時，只說三家村故人楚瀚求見成幫主。

他擔心成幫主老早忘記了自己這號人物，沒想到話傳進去之後，成幫主很快便請他入內相見。一隔十餘年，成傲理此時已有四十多歲，鬢髮略白，神態也比當年在京城相見時老成持重了許多，但舉止中的英俊風流可絲毫未減。成傲理竟然仍記得楚瀚這人，盛情相迎，待他著實客氣，擺下筵席為他接風洗塵。

楚瀚甚少跟江湖人物打交道，行事甚是謹慎小心，宴飲完後，他對成傲理道：「兄弟從京城來，乃有機密要事想向幫主稟報，可否請幫主屏退左右，容我密稟。」

成傲理點了點頭，揮手命其他陪席的手下退去，只留下親信趙恨水和王聞喜二人，侍立在他身後。楚瀚隱約記得當年曾在京城的舊操練場上見過兩人，他們那時還只是二十來歲的青年人，如今兩人年紀也不輕了；王聞喜仍是往年精明幹練的模樣，留著兩撇八字鬍，趙恨水卻肥胖了不少，不復是當年輕身功夫了得、攀爬旗桿的剽悍少年了。

楚瀚便說出自己在汪直手下辦事，現任西廠副指揮使等情。三人聞言，都不禁驚詫，他們只道這青年是個出身三家村的高明飛賊，卻沒想到他竟然在京城擔任這麼高的職位，更且是惡名昭彰的西廠鷹犬。王聞喜臉上立時露出鄙夷之色，趙恨水則顯得十分戒愼，唯有成傲理面色絲毫不改，仍舊微笑望向楚瀚。

楚瀚最後道：「在下替汪公公辦事，實有不得已的苦衷。他這回派我來武漢，是爲了讓我調查青幫是否意圖謀反。」

成傲理聽見「意圖謀反」四字，微微一怔，隨即哈哈大笑起來，說道：「楚兄弟說笑了。我青幫專替官府承運米糧，攢那微薄的漕運船費，僅僅夠讓兄弟大伙兒養家糊口。幫中兄弟雖多，但都是些安分守己的船夫苦力，我們奉承巴結官府都來不及，怎麼可能有絲毫反叛的念頭？」

楚瀚歎了口氣，說道：「成幫主，兄弟雖身在官府，但出身三家村，對江湖中事略有所知，對武林中人也素來敬重。汪公公這回的指示，確實讓我爲難得很。無論什麼武林門派，江湖幫會，彼此爭雄逞強是不免的，但大約沒人會眞去幹什麼造反篡位的事兒。我特此來告知幫主，便是想與您商量，該如何化解這場無謂的胡鬧才好。」

成傲理聽了，一時沒有回答，卻轉頭望向兩個左右手，顯然想知道他們的想法。

王聞喜上前一步，說道：「汪公公跟我們青幫近日無冤，往日無仇，怎會無端找我們開刀？難道這其中有奸人挑撥？還是幫中出了叛徒？我們定要揪出那挑起事端的小人，好生教訓他一頓！」

成傲理點點頭，並未置評，轉頭望向趙恨水。趙恨水道：「青幫近年好生興旺，在京城的生意也愈作愈大，可能因此招惹同行嫉妒，向宮裡的人傳遞消息，藉此敲詐我們一筆，好達到打擊本幫的目的。」

成傲理點了點頭，說道：「恨水所言，甚有道理。」他抬頭望向楚瀚，問道：「楚兄弟卻有什麼高見？」

楚瀚沉吟道：「汪公公最近忙於邊戰，少理京中諸事。我猜想若是給他一筆銀子，應當便能暫時平息這事。」

成傲理道：「既然如此，楚兄弟覺得該給個什麼數目？」

楚瀚還未回答，王聞喜已插口道：「幫主，不能姑息養奸，一味花錢消災哪！」成傲理回頭狠狠地瞪了他一眼，舉起手，阻止他再說下去，對楚瀚道：「請大人給個數目，本座盡量籌措奉上便是。」

楚瀚知道汪直雖好大喜功，卻也不忘貪財搜刮，他打青幫的主意，想必是為了多開財源，別被梁芳、尚銘這些人的富貴給比了下去。他想起汪直御賜的巨宅，宅中裝潢布置尚未完成，他粗粗算了算，知道至少要兩三萬兩銀子，才能將那華宅裝潢到如梁芳、尚銘的府第那般富麗堂皇。他頗覺不好意思開口，勉強說道：「若能有兩萬兩，我想應能讓汪公公放手。」

王聞喜臉色一變，雙眉豎起，幾乎便要破口大罵。成傲理卻面不改色，微微點頭，緩緩說道：「數字是不小，但我青幫並非不能應付。楚大人，不知這筆錢何時需要？」

楚瀚心想：「成幫主掌理青幫多年，威名素著，氣度果然沉穩非凡。」但他望見成傲理的神色，也知道這數目確實不容易籌措，忽然靈機一動，說道：「貴幫賺的是苦力錢，我也實在不願意替汪公公開這個口。不如這樣，我手中有幾件最近取得的珍奇寶貝，就當作是貴幫獻給汪公公的好了。」

成傲理沒想到這只有一面之緣的青年，竟會平白送給自己這樣一個大禮，搖頭道：「這怎麼成？」

楚瀚道：「我原也無心取這幾樣事物，只爲了給對頭一點教訓，才出手取了。其中有唐太宗天可汗天威無疆碑，兩尊敦煌龍門石窟的古觀音半跏坐像，漢高祖的龍床，王羲之的《蘭亭集序》，張旭的狂草《古詩四帖》等幾樣。若在市面上沽售，少說也有一萬多兩銀子。這些事物可能太過顯眼，若是貴幫能代爲脫手變賣，再稍稍補上一些，應當便足夠了。」

成傲理雖非精擅古董寶物之人，但聽見這幾件事物，卻也不由得吃驚，說道：「這些可不是尋常得見的寶物啊！莫非……莫非是三家村中的事物？」

楚瀚歎了口氣，說道：「這幾件寶物，往年曾一度收藏在三家村中。如今三家村已毀，再也無能收藏了。」

成傲理點了點頭，站起身，行禮說道：「這件大禮，本座卻之不恭，受之有愧，在此代青幫上下，感謝楚兄弟高義相助。」楚瀚連忙回禮，搖手道：「成幫主不必客氣。汪公公為人奸佞險狠，天下皆知，兄弟不得已而替他辦事，也只能盡量為人留下餘地了。」

成傲理對楚瀚的誠意十分感動，留下他殷勤招待。楚瀚不願多留，依從成傲理的吩咐，與王聞喜密談了轉交寶物的事宜，便準備告辭離去。

臨走之前，成傲理拉著他的手，再次感謝他代為周旋，幫助青幫迴避大難。送行之前，成傲理讓小妾奉上一籃禮品，卻是在路上的飲食衣物，準備得十分周到。楚瀚向她點頭致謝，但見這小妾身形嬌小，容色平凡，眉目間卻帶著一股英氣，不禁對她多看了兩眼。

成傲理道：「春喜，向大人問安。」

那小妾抬眼望向楚瀚，說道：「西廠汪指揮使威名赫赫，天下誰不知曉？」語氣中頗含挑戰蔑視的意味。

楚瀚一呆，沒想到一個青幫小妾竟也有這般的見識勇氣，竟敢對自己如此說話。西廠惡名昭彰，確實不值得任何人尊重禮遇，一般江湖人物更是唾棄鄙視，兼而有之。他還未回答，成傲理已斥道：「不得無禮！楚大人違心為姦佞汪直辦事，暗中保護解救了無數受冤罪犯，是個可敬的人物。」

春喜收回直視的眼光，這才向楚瀚斂衽行禮。成傲理拉起春喜的手，說道：「妳也準備好上路了麼？」春喜點了點頭。

成傲理對楚瀚道：「春喜父母年高病弱，我這遣人護送她回陝北老家省親，侍奉父母。她父母就是因爲受到西廠逼迫，才棄官回去了陝西老家。」楚瀚啊了一聲，心中甚感歉然，卻不知能說什麼。

成傲理拍拍他的肩膀，說道：「楚兄弟請別放在心上。你在暗中照顧受冤受害的罪犯家屬，明眼人都看得很清楚。然而惡名在外，不知者不免惡言相向，甚至刀劍相加，楚兄弟還須謹慎小心。」

楚瀚道：「多謝成幫主忠告。在下理會得。」

他拜別成傲理，離開了青幫總壇，便去城中尋找百里緞，兩人相偕離去。

第七十三章　日出影匿

楚瀚和百里緞出城後，東行數日，一路無話。離京城不到一日的路程時，忽聽身後馬蹄如雷價般響，百里緞勒馬回頭，皺眉道：「來人不少，不知是不是衝著我們來的？」

楚瀚心中也有些不安，說道：「應當不是。我們先避在道邊吧。」過不多時，那群人已追趕上來，看服色竟然是青幫中人，爲首的留著八字鬍，正是王聞喜，但聽他大喝道：「惡賊楚瀚，快快留步！你幹下了這等大事，難道以爲自己逃脫得了麼？」

楚瀚一呆，說道：「王大哥，發生了什麼事？」

王聞喜怒喝道：「誰是你大哥？你這狼心狗肺的惡賊！你謀害了成幫主，竟然還有臉問我發生了什麼事？」

楚瀚大驚失色，說道：「成幫主怎麼了？」他望向一旁的趙恨水，趙恨水臉色極爲難看，說道：「不只成幫主，全家老少、姬妾童僕，無一倖免。成家血流成河，將成家的門檻都淹沒了。上上下下，總有百來口人慘遭滅門。」

王聞喜戳指怒道：「這等駭人聽聞的滅門血案，也只有你西廠心狠手辣，喪心病狂，幹得出來！」

楚瀚聽了，臉色煞白，他確實沒想到自己離開武漢不過兩日，青幫總壇竟發生這等大事，而青幫中人竟深信是自己所為。他吸了一口氣，說道：「成幫主不是我害的。我離開武漢時，諸位都在場相送，怎會懷疑到我頭上？」

王聞喜咬牙切齒地道：「你仗著西廠之勢，來向成幫主敲詐勒索，要求大筆賄賂，幫主斷然拒絕，你惱羞成怒，拂袖離去。趁著晚間，率領上百名錦衣衛偷偷攻入成家，殺人洩恨。為了掩飾你的惡行，竟然一個活口也不留，西廠敗類，殘忍至此，人神共憤！」

百里緞插口道：「若是一個活口也未留，你們又怎知道是錦衣衛下的手？」

王聞喜轉頭瞪向她，目眥欲裂，大聲道：「我們清晨趕到成家時，正見到一群錦衣衛騎馬匆匆離去。若不是出於你楚瀚的指使，又是出於誰的指使？」

百里緞和楚瀚對望一眼，知道自己受人陷害，百口莫辯，己方孤身二人，此刻受到數百青幫幫眾圍攻，情勢不利已極。

百里緞微微搖頭，低聲道：「我掩護你，你儘快脫身。」楚瀚吸了一口氣，說道：

「不。要活一起活，要死一起死！」

百里緞蒼白的臉上露出笑容，說道：「傻子！你不能放下太子，就如我不能放下你一般。快走！」說完陡然縱馬上前，拔出匕首「冰月」，直往王聞喜馳去。

王聞喜武功不弱，但近年來在青幫中位高權重，已甚少親自與人交手。這時見百里緞氣勢洶洶地向他攻來，連忙拔刀守住門戶，叫道：「攔住了她！」青幫幫眾齊聲發喊，一湧而上，阻住了百里緞。百里緞揮匕首攻向青幫幫眾，招數狠辣，登時將三四名幫眾砍下馬來。

楚瀚在旁見百里緞對王聞喜出手，知道她意在擒住青幫的首腦，好讓其他人心生顧忌，不敢進逼。兩人此刻以少敵多，即使馬再快，輕功再高，也絕難全身而退，擒賊擒王自是唯一的生路。他一側頭，見到趙恨水就在離自己左首數丈之外，心想這趙王二人乃是成傲理生前最親信的手下，成傲理死後，他二人自將接掌青幫大位。想到此處，他立即掉轉馬頭，縱馬快馳，往趙恨水衝去。

趙恨水見他衝來，大喝一聲，揮動長槍，刺向楚瀚。楚瀚一個提氣，拔身而起，身輕如燕，輕巧地落足於長槍之上。趙恨水大驚，用力一摜，想將楚瀚摜下槍去，豈知楚瀚仍穩穩站在槍上，並且一步一步沿著槍身直奔到他的面前，居高臨下，伸手點上他肩頭穴道。趙恨水叫一聲不好，肩頭已然中穴，半身痠麻，已無法動彈。

楚瀚身形一閃，落在趙恨水身後的馬上，匕首抵在他的背心，喝道：「大家住手！不然這人便沒命了！」百里緞見楚瀚得手，不再纏鬥，縱馬來到他的身旁。

王聞喜眼見楚瀚身法奇快，幾瞬間便擒住了趙恨水，也不禁臉上變色，勒馬連連後退，直到身邊圍繞了數十名幫眾，這才稍稍放心，高聲喝道：「天殺的錦衣衛，你們已害死幫主，竟然還想逞凶！快放過趙兄弟，不然我等定要將你二人碎屍萬段！兄弟們，圍住了這兩個奸賊！」舉起手，數百幫眾重新圍上，各舉兵刃，狠狠地望著楚瀚和百里緞。

百里緞自幼在奸險狡詐的錦衣衛中打滾，她窺見王聞喜八字鬍下掩飾不住的暗喜，陡然驚覺：「糟了！害死成傲理、嫁禍於我們的就是這八字鬍子！我們捉住的這人並未參與謀害幫主，那八字鬍子恨不得楚瀚殺了他才好。」她心中一涼，頓時知道楚瀚捉錯了人，而這個錯誤足可令他二人賠上性命。她當機立斷，撇下楚瀚，拍馬便往王聞喜衝去。

王聞喜早已有備，大叫道：「這妖女參與殺害幫主，大家拿下了她，不必留活口！」青幫十多人一擁而上，各種兵器一齊往百里緞身上招呼去。

楚瀚大驚，百里緞如此孤身衝入敵陣，豈不是去送死？大急之下，對趙恨水喝道：「快叫你的手下不可傷她！」

趙恨水無奈苦笑，他自也看出王聞喜根本不在乎自己的生死，此時只能大叫道：「兄弟們！快住手！」

趙恨水自己的親信兄弟聽見他呼喚，都紛紛退開，然而王聞喜的手下仍對百里緞狂攻不已。楚瀚當即抓著趙恨水，拍馬上前，往百里緞搶去。

這時百里緞在青幫幫眾的圍攻下，勉力揮匕首抵擋，又砍死了三四人，自己身上也被砍傷了兩處。楚瀚叫道：「姊姊快退！」飛身上前，揮匕首擋開了攻向百里緞的刀劍。百里緞喘了一口氣，回道：「得捉住那留八字鬍的傢伙！」

楚瀚明白這是二人活命的關鍵，當下將趙恨水交給她抓著，自己奮力躍起，一足在馬頭上一點，飛身到另一匹馬上，腳下一點，又跳到另一馬的頭上。青幫中人哪裡見過這等出神入化的輕功，從沒想過一個人竟能在奔騰的馬匹頭上竄躍自如，一時都看得呆了。

楚瀚更不停留，在踏過五六匹馬後，已來到王聞喜的身前。王聞喜抬頭見到他的身影，大驚失色，慌忙往旁一讓，翻身下馬，趕緊縮到馬腹底下。楚瀚跟著追下，但另有一匹馬擠了上來，擋在王聞喜身前。楚瀚咒罵一聲，握緊匕首，雙足勾在馬鞍上，從王聞喜坐騎的另一邊蕩下，揮匕首攻向王聞喜。不料王聞喜反應極快，趁楚瀚被另一匹馬阻隔的半刻間，已滾到地上，攀附上了另一匹馬的馬肚。

楚瀚攻勢落空，趕緊追上，在馬肚之下、馬腿之間穿梭，追蹤王聞喜的身影。他知道只有捉住了此人，兩人的命才能保住，因此不顧危險，施展飛技，在數十隻馬蹄的踐踏踢蹬之間穿梭，周圍的青幫幫眾紛紛揮兵器向他攻去，楚瀚數次閃避不及，身上和手腳分別被砍出幾個口子，幸而都只是輕傷。他瞧準了王聞喜的身影，直追上去，匕首遞出，在王聞喜的背心劃了一道，又在他背心神道穴上補了一指。

王聞喜怒吼一聲，俯身倒下。楚瀚心頭一喜，伸手臂扣住了他的頸子，將他拉起，用匕首抵在他的胸口，喝道：「我捉住你們的頭子了！大家別動，再動我便立即殺了他！」他只道王聞喜已然受傷，又被自己點了穴道，無法動彈，不料王聞喜忽然奮力一掙，掙脫了他的挾持，回身一刀橫劈過去，去勢極快，眼看便要砍入楚瀚的胸口。

楚瀚大驚失色，一時更想不出王聞喜為何可以行動自如，一轉瞬間，這刀便已斬到眼前。便在此時，一個人影如狂風一般捲來，撲在楚瀚身上，王聞喜這一刀，便砍上了那人的背心。

楚瀚看得親切，撲在自己身上之人正是百里緞。他驚叫道：「姊姊！」隨即聽見百里緞在心中對自己喊道：「快制住他！」

楚瀚反應極快，立時想到王聞喜剛才並未受傷中穴，定是因為身上穿了什麼護身甲之類，當即一躍上前，搶到王聞喜身前，伸手點上他額頭上的神庭穴。王聞喜閃避不及，額頭中指，登時眼前一黑，仰天跌倒，再也無法動彈。

楚瀚回身去看百里緞，但見她已跌坐在地上，臉上全無血色，呼吸急促，心中又是驚懼，又是激動：她竟不顧自己的性命，在千鈞一髮之際衝上前替自己擋了這致命的一刀！他憤怒難抑，一腳踩上王聞喜的胸口，手中匕首直伸入他的口中，怒喝道：「渾帳，你傷了她！你傷了她！」激怒之下，楚瀚一時將三家村不傷人殺人的戒條拋到九霄雲外，直想一刀解決了此人。王聞喜穴道被點，手腳不聽使喚，感到一柄冰冷的匕首抵在自己的舌上，直逼咽喉，只嚇得全身直冒冷汗。

楚瀚感受到百里緞在心中對他道：「莫殺他！殺了他，我們都沒命！」楚瀚當即警覺，知道唯有抓住這人當作護身符，才有希望逃出。此時百里緞重傷下的痛苦如潮水般向他湧來，楚瀚能切身感受到她所受的創傷有多麼嚴重。他心中一片冰冷，收回匕首，拽著王聞喜來到百里緞身邊，跪在她身旁，低喚道：「姊姊，姊姊！」

百里緞臉色蒼白如雪，背後傷口疼痛如燒，一邊喘息，一邊咬牙道：「我可以……可以撐一陣子……快走……」

楚瀚快手扯下上衣，檢視百里緞背後的傷口，但見那傷口足有一尺半長，數寸深，他趕緊用衣衫按住傷口，盡量止住鮮血湧出，又將傷口層層包紮起來。

楚瀚抬起頭，見到其他幫眾仍圍繞在四周。他目眥欲裂，暴喝道：「通通給我滾開了！」眾青幫幫眾見首領落入對頭手中，楚瀚神態若狂，都是驚懼交集，匆匆退開。

楚瀚將百里緞抱上一匹馬，自己拉著王聞喜跳上另一匹馬，環望青幫幫眾，高聲吼道：「你們的幫主不是我殺的！我就這一句話，信不信隨你們！現下這姓王的在我手中，所有人立即退後五十步，不准追來，否則後果自負！」

青幫眾人都望向趙恨水。這時趙恨水已重新上馬，臉色蒼白，肥胖的身子微微顫抖，眼神卻十分鎮定。他高聲道：「大家退開！」

楚瀚嘿了一聲，心想：「方才那王聞喜完全不顧他的性命，這趙恨水卻是個講義氣的。」望著青幫眾人退開，拉起百里緞的馬韁，縱馬衝出重圍，往東方快馳而去。

奔出十多里，楚瀚擔心百里緞的傷勢，叫道：「姊姊，妳怎樣了？」百里緞沒有回答，卻是傷勢太重，已說不出話來，只側過頭，睜眼望著楚瀚，眼中滿是溫柔眷戀。

楚瀚焦急如焚，他眼見青幫眾人沒有跟上，便將穴道被點的王聞喜丟在草叢中。他策馬近前，抱起百里緞，讓她面向自己，坐在身前，策馬快馳，心想：「趕緊回家替她治傷，或許還有救！或許還有救！」疾馳出一段，遠遠已能見到京城的城門。他縱馬穿過城門，進入城中。

百里緞將頭靠在楚瀚的肩上，只覺得奔馬顛簸得厲害，傷口痛得令她更睜不開眼，鼻中聞到一陣陣楚瀚身上的氣息，她很想伸手抱住他的身子，或是去撫摸他的臉頰，但卻已沒有力氣了。她知道自己就將死去，臨死前她還有話要跟他說，但是時間已經不多了，眞的不多了。她勉力睜開眼，見到城門不斷倒退，知道二人已進了城，楚瀚終於安全了，鬆了一口氣，身子一側，便要往馬旁摔落。楚瀚連忙伸手抱住她，但見她雙目緊閉，臉色蒼白如紙，全身衣衫早已被鮮血浸透。楚瀚叫道：「姊姊！姊姊！再撐一會兒，我們就到家了！」

百里緞眼睜一線，勉力舉起手，摸了摸他的臉頰，露出微笑，斷斷續續地道：「楚瀚，楚瀚……我等你……我們一起……回去大越……」百里緞吐出一口氣，就此閉上了眼睛。

楚瀚感到全身冰涼，緊緊抱著百里緞的身子，不斷叫喚：「姊姊，姊姊！」百里緞卻已不會回答他了。楚瀚無法相信她會離自己而去，喃喃說道：「我知道，我知道，我們趕緊回家去。回到家，一切就沒事了。」

他抱著她的身子，一躍下馬，腦中昏沉，恍恍惚惚地往前走去，直到她的身子完全冰冷僵硬了，仍不肯放手。他沒注意到自己身上好幾個傷口仍在流血，沒注意到路人望向他時驚恐的眼光。他跌跌撞撞地走回磚塔胡同，將百里緞放在石炕上，跪倒在炕前，輕撫著她蒼白的面頰，說道：「姊姊，妳好好休息，我就來陪妳了。」說完眼前一黑，癱倒在炕旁，不省人事。

楚瀚醒來時，腦中一片混沌。他聽見有人在廚下淘米，第一念便想：「是碧心在煮飯了。」隨即想起自己讓碧心帶了楚越住在隔壁院子，從不到這邊來，又想：「是姊姊在煮飯，她怕我餓，這麼早便起身了。」

他睜開眼睛，眼前一片昏暗，似乎正是清晨時分。他感到頭痛欲裂，身上和腿上的傷口辣辣作痛。他爬起身，摸摸身邊，百里緞的被褥是空的。他掙扎地下了炕，一步一疼，慢慢走到廚房門口，見到一人正彎著腰淘米，身形高長，長衫襬子紮在腰間，竟是尹獨行。他聽見楚瀚的腳步聲，回過頭來，說道：「你醒了？快回去炕上，我煮好了粥給你端去。」

楚瀚喚道：「大哥。」心想：「爲何大哥在這兒煮粥？姊姊呢？」

尹獨行抹去額上汗水，說道：「傷口痛麼？快去多躺一會兒。」

便在他說這句話的時候，楚瀚陡然憶起事實，腦中響起她最後的一句話：「楚瀚，我等你……我們一起……回去大越……」他霎時感到全身無力，軟倒在地。

尹獨行趕忙放下手中米盆，衝過去扶起他，將他抱回炕上躺好。楚瀚感到虛弱無比，悲慟如排山倒海般壓頂而來，幾乎將他壓得無法呼吸。他緊閉雙眼，感到尹獨行緊緊握著自己的手，接著才發現是自己緊緊捏著尹獨行的手，好似快要淹死的人緊緊攢著救命稻草一般。

百里緞捨身相救的那一幕再次在他眼前閃過：在他見到王聞喜的刀那麼近地砍向自己時，他就知道自己該沒命了；而在百里緞撲在他身上的那一霎間，他清楚看到了她代替自己死去的決心。她曾經直接了當地告訴過他，她將盡她所能保護他，讓他好好地活下去。楚瀚不斷回想著那一幕，回想著百里緞撲在自己身上時安然決然的眼神。她始終清楚自己在作什麼，毫無猶疑，果斷狠情，即使在選擇自己的死亡時，她也始終冷靜，始終無畏。這就是百里緞，他的傷疤，他的影子，他這一生唯一的依歸。

楚瀚知道自己永遠無法像她那般剛強果決，自己永遠是她口中太過善良的傻子，是她眼中的「好人」，是會感受到痛苦悲傷哀慟的弱者。她殘忍地捨棄自己而去，殘忍地讓自己面對剩餘的日子；她即使去了，楚瀚耳邊彷彿仍能聽見她的叮嚀督促，她叫他不能軟弱，叫他堅持到底，絕不放棄。

楚瀚呆呆地躺在那兒，睜著眼，卻不知道自己看到什麼，也無法分辨自己是否流淚，只覺得全身全心一片空虛，空虛中唯有無邊無際的難忍劇痛。過了不知多久，他才勉強開口，問尹獨行道：「她在哪兒？」

尹獨行靜靜地道：「在那邊房裡。天大明後，我去買副棺材，讓人來收殮了她。」楚瀚道：「多謝大哥。」停了一陣，才道：「將棺木停在隔壁院子。我答應過她，要帶她回去大越。她會等我的。」尹獨行點了點頭。

當日下午，尹獨行買了副棺材回來。楚瀚不讓旁人碰她，親手收殮了百里緞的遺體。他在東廠作獄卒時，時時見到杵作收殮犯人的遺體，過程並不陌生。他替百里緞換上一套白色的越族衫裙，那是當年百里緞老遠從大越帶回來的，她一直小心珍藏。楚瀚從西廠廠獄救出百里緞後，特意潛入宮中，從她的私人物品中取來，想在帶她回大越之前給她一個驚喜。如今雖已太遲了，至少這套衫裙可以永遠陪著她。

他留意到百里緞的身軀非常瘦弱，自出獄以來，她一直吃得很少，幾年來都在舊傷病痛中掙扎度過。她從未放棄，從未叫苦，決意照顧保護自己，等候他有朝一日，帶她離開京城，回去他們心目中的大越。

楚瀚將她輕輕放入棺中，望著她的臉頰良久，低聲道：「姊姊，世上沒有比妳更美的人兒了。妳放心，我一定會陪妳一同回大越去的。」他吸一口氣，站直了身。尹獨行助他闔上棺蓋，扶他回到小院。

楚瀚望向門外，低聲道：「天亮了，我的影子走啦。」說完雙手抱頭，緩緩倒在炕上。自從他將百里緞從死亡邊緣救回之後，她的身子便十分羸弱，命若懸絲，但他從來沒有想過自己有一日眞會失去這個如影隨形、貼心知意的身邊人。如今她走了，楚瀚感到半個自己也已隨她而去。如果自己還有許多時日可活，那剩下來的日子已變得十分簡單：當他了卻在京城的責任後，便要帶百里緞的棺木回去大越，找個好地方將她埋葬了，在她的墓旁陪伴她一世。

第七十四章　惡貫滿盈

之後數日，楚瀚終日躺在炕上，頭腦昏沉，時睡時醒，無心飲食，也甚少起身。尹獨行請了徐奧來替他包紮傷口，自己也一直陪伴在他身邊。楚瀚身上的傷勢並不重，內心所受的打擊卻沉痛無比，幾乎將他徹底擊潰。他見到尹獨行守在自己身旁，偶爾也會想起紅倌，想起尹獨行的喪妻之痛，但兩人絕口不提關於紅倌和百里緞的事。尹獨行不時談談他的生意，談談京城瑣事，楚瀚則陷入一片沉默，往往整日都不發一言。

這日尹獨行買了酒肉回來，想讓楚瀚吃頓好的，一入門，便見一個漢子坐在門檻上，一柄長劍橫放膝頭，殺氣逼人。楚瀚倚窗而坐，神色木然。

尹獨行心頭一緊，知道這漢子絕非常人，定是武林高手一流。他深深地吸了一口氣，跨入屋中，將酒菜放入廚下，來到門口，靜觀待變。

但見那漢子鬚髯滿面，劍眉虎目，相貌威嚴。他冷然瞪視著楚瀚，沉聲說道：「我聽人說，京城有個幫汪直辦事的走狗，名叫汪一貴，冤害了無數正直大臣。我還聽說，此人向青幫索賄不成，竟出手血洗青幫成幫主一家。我從未想過，這汪一貴竟然便是你。楚瀚，這些惡事眞的都是你幹的？」

楚瀚仍舊木然望著窗外，沒有言語。

漢子拔劍而起，歎道：「楚瀚，我眞沒想到你會走到今日這地步！我傳你武功，豈是爲了讓你去幹這些傷天害理之事！」語畢長劍遞出，直指楚瀚咽喉。

尹獨行大驚，叫道：「住手！」快步衝上，攔在楚瀚身前。那漢子不願濫殺無辜，這劍便停在半空，剛剛觸及尹獨行胸口衣衫。

楚瀚語音平靜，搖頭道：「尹大哥，你讓他殺了我吧。能死在虎俠劍下，我這一生也算値了。」

尹獨行一怔，望著王鳳祥，脫口道：「你……你就是虎俠王鳳祥！」他自曾聽聞虎俠的大名，知道他手下專殺大奸大惡，如今他特地來殺楚瀚，情勢似已無可挽回了。尹獨行雖懂得一些拳腳刀劍，但心知自己這些三腳貓的把式，在虎俠眼中自是不値一哂，只急得出了一身冷汗。

王鳳祥向尹獨行瞪視，喝道：「你是何人？快讓開了！」

尹獨行念頭急轉，知道自己絕不能讓楚瀚死在虎俠劍下，留下惡名。他沉住氣，說道：「王大俠，我是楚瀚的結義兄弟尹獨行，是個珠寶商人。」他回頭望了楚瀚一眼，說道：「我兄弟摯愛的女子剛剛死去，他原是不想活了。」他轉回頭，凝望著虎俠，誠懇地道：「我無力阻止你殺死他。但我想請大俠聽我一言，聽過之後，要不要殺他，再請大俠決定吧。」

王鳳祥將劍收回，說道：「楚瀚往年曾替我照顧愛女，並曾救過我愛女之命。我對他雖心懷感恩，卻也不能坐視他作惡多端，滿手血腥。你有什麼話，快快說出！」

尹獨行吸了一口氣，說道：「我結識楚瀚，已有十多年了。他原是個流落京城街頭的乞兒，被三家村胡家收養後，練成了一身飛技。之後收養他的胡星夜身亡，他流落京城，入過廠獄，之後又被送入宮中服役，在梁芳手下辦事。」

王鳳祥點頭道：「這些我都知道。身世艱難非他獨有，難道因此便可任意為惡？」

尹獨行道：「自然不是。楚瀚是有苦衷的。你見到他時，應是他被迫離京的那段時日。即使在那時，他心地仍舊純善正直。你可知他為何離京？」虎俠搖了搖頭。

尹獨行道：「他是為了保住被萬貴妃迫害的紀淑妃和剛出生的小皇子。」

王鳳祥啊了一聲，說道：「便是當今太子麼？」尹獨行點頭道：「正是。當時萬貴妃派人來殺死小皇子，楚瀚恰好見到，一念仁慈，出手救了這對母子，相助掩藏。後來錦衣衛逼得極緊，他只好求助於懷恩公公出面保護。懷恩厭惡他身為梁芳爪牙，逼他離京，因此他那幾年才不得不在外遊蕩。」

王鳳祥點了點頭，說道：「你說下去。」

尹獨行道：「他之後爲何會回到京城，也是受人所迫。太監汪直以紀淑妃和小皇子的性命爲要脅，逼他回京，爲自己效命。楚瀚原也不想屈服，但顧念小皇子的安危，又發現了自己的身世，才委屈跟隨汪直辦事。」

王鳳祥道：「汪直這人同樣該殺。我下一個便要去找他。這人奸惡殘忍，楚瀚甘心爲之所用，助紂爲孽，豈可饒恕？」

尹獨行道：「楚瀚甘心爲汪直作事，一來是爲了維護太子，二來則是因爲……因爲汪直乃是他的生身父親。」

王鳳祥聽了，也不禁一怔，說道：「當眞？」尹獨行道：「正是。汪直和楚瀚，都是廣西大籐峽猺人，多年前一起被明軍俘虜回京，汪直淨身入宮，楚瀚則成了孤兒，流落街頭。楚瀚一心保護太子，爲了維持在京中的勢力，與萬貴妃抗衡，只能昧著良心依附汪直，替他辦事。楚瀚身居高位，卻一貧如洗，積蓄全無，便是因爲他將錢財全都分散給了受冤受害者的家屬。你說他殘忍無情，我卻知道他這幾年是委屈求全，顧全大局。」

楚瀚再也無法聽下去，雙手掩面，說道：「王大俠，我在西廠幹下的惡事多如牛毛，早該自殺以謝世人。今日你殺了我，對我自是解脫。我對人世早已無所眷戀，只唯獨掛心太子的安危。」

王鳳祥問道：「那麼成家血案呢？」

尹獨行不知其中詳情，望向楚瀚。楚瀚神色黯然，低聲道：「不是我幹的。我奉汪直之命去向成幫主索賄，成幫主打算花錢消災了事，我爲了幫他湊足數，送了幾件當年三家村的寶物給他，讓他拿去變賣。沒想到離開武漢後，我們便被青幫中人追殺，受傷逃回。我著實不知道是誰下手的。」

王鳳祥站在當地，放低了劍，沉思半晌，才道：「你二人今日若有一句虛言，我必定回來取你們性命。」他望向楚瀚，語氣已緩和許多，問道：「他說你摯愛的女子剛剛去世？」

楚瀚搖頭不答。尹獨行代他回答道：「她是在青幫的圍攻中受傷喪命的。這女子是楚瀚的知交，曾爲了保護他和太子在廠獄受過酷刑。楚瀚救出她後，兩人便相依爲命。我們五日前才將她收殮了。」

楚瀚聽在耳中，心中又如刀割一般劇痛起來。儘管尹獨行是他最親近的朋友，對他的生平了解甚深，但即使是尹獨行也不可能會明白他和百里緞之間那份奇特的情感，他們在靛海中培養出的死生與共的交情，但是這些都已不再重要，因爲百里緞已經不在了。

王鳳祥點了點頭，站起身，說道：「楚瀚，我不殺你。不是因爲你作惡不多，而是因爲你眞有苦衷。太子之事，足見你有忠有仁。」他頓了頓，又道：「但我勸你大義滅親，早日除掉汪直，任其爲惡，總有一日會惡貫滿盈，下場更慘。」

楚瀚低下頭，說道：「王大俠，世間必得有你這般的俠客，方能維護天地正氣。我從來便不是俠義道上的人物，如今走上了這條路，不能怨怪他人，只能怪我自己。我若有足夠本領，便不需以作盡惡事來保住太子了。」

王鳳祥凝視著他，問道：「你爲何要保住太子？」

楚瀚已爲此事思考了很久。他回想張敏的死，母親的死，百里緞所受的酷刑，自己屈從汪直後所幹的種種惡事，以及在汪直手下無辜受戮的上百冤魂。這一切都是爲了什麼？就是爲了讓泓兒可以保住太子之位，將來登基成爲皇帝麼？是因爲泓兒是他的親弟弟麼？是因爲他希望泓兒登上皇位後，自己能從中得到好處麼？不，他知道一旦泓兒登上皇位，他便會立即陪伴百里緞回去大越。他心中的答案漸漸清明，緩緩說道：「如今政局混亂，正道不彰，全肇因於皇帝昏庸，宮中妖魔鬼怪充斥。泓兒今年十三歲了。我眼看著他長大，知道他是個聰明正直，仁慈善良的孩子。他以後定會斥逐邪佞，任用賢臣，作個好皇帝。」

他說這話時神情堅定執著，語氣中充滿了希望和信心，王鳳祥聽了，也不禁動容。他靜默良久，才道：「但願你所言成眞。」

王鳳祥將長劍揹在背上，深深凝視了楚瀚良久，才轉身出門而去。他這一生殺死的惡人不計其數，每殺一人前都有著十足的自信，知道殺死這人後，這世界將會更平和美好。然而當他面對楚瀚時，卻無法下手；楚瀚在他和雪豔處境艱危之時，曾盡心相護，甚至救了他們愛女的性命，可說是他的恩人。他知道楚瀚的爲人，但他也清楚西廠這幾年來罄竹難書的罪惡。王鳳祥緩緩步出磚塔胡同的院子，心中百感交集，暗想：「或許楚瀚是世間唯一一個心地純善的惡人！」

又過數月，楚瀚的傷勢慢慢恢復。他不知道王鳳祥作了什麼，但青幫中人自此再未來找他尋仇。他聽說青幫的王聞喜揚言爲幫主報仇，四處追尋仇家，且坐上了幫主之位。楚瀚猜想，或許找不到仇家，積蓄幫中的危機意識，才能讓王聞喜的地位更加穩固。

然而這些事情，楚瀚都不怎麼在意了。他只一心一意防備萬貴妃，保護太子，以及等待自己的死期——也就是他跟百里緞重會的日子。

如今楚瀚對於西廠中事已愈發不想理會，而汪直仍舊興致勃勃地留在邊境，夢想著建立更大的戰功。這年春天，西內發生了大事，有飛賊闖入西內，偷竊走了不少寶物。楚瀚隱約聽手下說起此事，卻懶懶散散地提不起興致，只派了幾個手下去搜查一番。

東廠的尙銘卻十分警醒，捉住了這個機會，派出大批人力巡邏西內，全力捉賊。過了半個月，那飛賊再度闖入西內，果然被東廠的手下逮個正著。

萬貴妃抓住這個機會，對成化皇帝說道：「連皇宮中都出現飛賊，這成什麼世界了？你信任那汪直，讓他掌管西廠，可這人根本無心辦好差事，整天不務正業，跑到邊疆去挑釁外族，引發征戰。若非東廠對你忠心耿耿，認眞捉賊，只怕改天連你床頭的古董都要給人偷去了！」

成化皇帝十分惱怒，當即厚厚賞賜了尙銘，並傳旨去邊疆，將汪直訓斥了一頓。

汪直得到消息，又驚又怒，寫信回來嚴厲斥責楚瀚，只將他罵了個狗血淋頭。楚瀚見那被捉住的飛賊，根本就是柳家刻意安排的小混混，當初動手取物的正是柳子俊自己。他知道這次事件全是出於萬貴妃和柳家的設計，但自己也確實疏忽了職守，無言可辯，只好向汪直請罪辭官。

汪直雖知道楚瀚對自己仍有用處，但爲了懲罰他，便革了他在西廠和錦衣衛的職位，要他乖乖在家閉門思過，打算動身回到京城再作處理。

這時皇帝身邊有個擅長演戲的小宦官叫作阿丑的，在萬貴妃和尙銘的指使下，一日在成化皇帝面前扮演喝醉的人，任意謾罵。旁邊的人道：「聖駕到！」阿丑毫不理會，繼續謾罵。又有人道：「汪公公到！」阿丑立即酒醒，抱頭走避。

成化皇帝甚是奇怪，問道：「這是怎地？」阿丑答道：「當今之人，哪裡知道聖上是誰？都只知道汪公公。」成化皇帝聽了龍顏不悅。

又過幾日，阿丑又裝扮成汪直，手中拿著兩柄斧鉞，來到皇帝面前。旁人問他：「汪公公！您這是作什麼啊？」

阿丑擠眉弄眼地道：「我掌握兵權，帶兵打仗，就靠這兩把鉞子。」旁人又問：「您這是什麼鉞啊？」阿丑答道：「一個叫王越，一個叫陳鉞。」成化皇帝聽了，不禁失笑，但他對汪直的寵信仍舊未衰，沒有說什麼。

汪直擔心京中生變，革了楚瀚的職務後，便準備啓程回京，同時去信質問尙銘，斥責他遇上這等擒獲竊賊的大事，爲何不先向他稟告。尙銘生怕汪直回到京城後將大舉向自己報復，便開始收集汪直羅織冤獄、虛報邊功、收賄勒索等行徑的罪證，一一呈報給成化皇帝。

成化皇帝見到尙銘的奏報，加上阿丑的明提暗示，至此終於看清了汪直的眞面目，心中對他的跋扈橫行、欺瞞主上極爲惱怒；當即下令不讓汪直和王越回返京城，要他們二人移鎭大同，並將將吏士卒全數召回。他二人無軍可領，只能乾坐在大同，知道大勢已去，心驚膽戰，只看皇帝將如何處置自己。

萬貴妃眼見終於鬥倒了大對頭汪直，自是興高采烈，立即指使萬安，要他上書請罷西廠。成化皇帝立即便答應了，下令關閉西廠，汪直以下所有西廠人員一律革職待懲，若非楚瀚請辭得早，也要一起下獄待罪。

這件事情之所以令成化皇帝如此惱怒，還是在於汪直辜負了他的信任，在邊疆不但沒立下戰功，還串通大臣們一起欺瞞皇帝。成化皇帝回想自己幾度慶功封侯，當眞如小丑一般，大丟臉面。他原本對於身邊的親信宦官寵信非常，萬分縱容，從不輕易懲罰；只要宦官跪地哭泣求情，他便耳軟心軟，一概饒恕不究。但這回汪直不在他身邊，無法當面辯解求情，成化皇帝又爲了維持自己的尊嚴臉面，終於決定對汪直開刀。他找了懷恩、萬貴妃和尙銘一起商議，決定將汪直流放南京。

楚瀚得知了這個消息，心知情勢已無可挽回，現在只能盡力保住汪直的一條命。他知道去求懷恩是沒有用的，萬貴妃當然更不可能，便連忙去找尙銘。他將汪直所有珍貴値錢的家當都搬來了尙銘家，苦苦求見許久之後，尙銘終於答應見他。

楚瀚跪在尙銘面前，只是不斷磕頭。尙銘悠閒地喝著茶，不爲所動，等他足足磕了幾十個頭，才擺手說道：「汪小爺，你這是作什麼來著？」

楚瀚額頭流血，伏在地上，說道：「尙公公大發慈悲！請求尙公公放汪公公一馬，饒他一命。」

尙銘哈哈大笑，說道：「萬歲爺將他流放南京，饒他不死，已是皇恩浩蕩。你卻來求我作什麼？」

楚瀚在京城闖蕩久了，自然清楚其中關鍵；皇帝雖不說要殺汪直，但汪直當年成立西廠，與東廠作對，鬥爭激烈，如今失勢，尙銘怎會放過他？定會找個藉口，尋個岔子，將他就地處死。他抬頭道：「小人懇請公公高抬貴手，讓他安享晚年。小人能替公公辦什麼事，一任公公吩咐。」

尙銘饒有趣味地望著他，摸著光禿禿的下巴，說道：「汪直這人對你有何恩情，竟値得你如此爲他求情？」楚瀚默然不答。

尙銘擺手讓他起身，說道：「就因爲他提拔你，便値得你這般爲他效命？即使他失勢，你也不離不棄，這等情義，世間可不常見啊。」他負手繞著楚瀚走了一圈，說道：「你說說，你能幫我作什麼？」

楚瀚道：「但憑公公吩咐。」

尙銘想了想，說道：「我聽說山西祁縣的大富渠家，花了三年的時間，以純金打造了一隻飛鳳，價値連城。還有，我聽聞在泰山巔上碧霞祠裡，藏了一棵千年靈芝，對養生很有助益。另外，最近有人進貢了三隻長白山雪蛤，有延年益壽的神效。這三件東西，你去替我都取了來吧。」

楚瀚心想：「宦官關心的事情，也不過是金銀財寶，養生保健。」當下立即應諾，說道：「一個月內，我一定替公公取到這三件事物。」

尙銘擺擺手，說道：「既然如此，我便高抬貴手，放過了汪直，也未嘗不可。」楚瀚道謝磕頭而去。

楚瀚得到了尙銘的首肯，這才放下心，趕緊出城去找汪直。汪直正被押往南京途中，楚瀚在一間驛站中找到了他。汪直的模樣改變甚大，楚瀚險些沒認出他來。他早已不復當年的趾高氣揚、意氣風發，而變成了一個鬚髮盡白、滄桑潦倒的老頭子。想當年他呼風喚雨，率領千軍萬馬，多麼威風，如今孤身一人，困頓仰臥於驛館，孤燈熒然，好不淒涼。

汪直見到了楚瀚，一句話也說不出來。楚瀚也不知能說什麼，只道：「萬歲爺饒了你的命，尙銘那邊我已求了情，也會放你一馬，你好自爲之吧。」

汪直鐵青著臉，轉過頭去，緊閉著嘴，胸中似乎和往年一般充滿激憤怒氣，卻已無力罵人、摔東西或發脾氣了。

楚瀚陪著他來到南京，見他被派到御馬監任職。許多年前，汪直原在京城的御馬監任職，如今又回到了舊職務上，只是年齡已然老邁了，一切權勢風光、富貴榮華都如過眼雲煙，消逝不再。

汪直才剛到南京沒多久，京城又有命令來，將他貶爲奉御，在南京皇宮裡幹些雜務。楚瀚見他情狀可悲，心中卻半點也不覺憐憫；想起他當年的囂張橫行，殘忍暴虐，今日能苟且存活，沒有被處死棄市，已是不合天理的事了。楚瀚心中清楚，若非因為此人是自己的生身父親，自己絕對不會去懇求尚銘放他一馬，讓他能苟延殘喘，了此餘生。

第七十五章 廢立東宮

楚瀚離開南京，想起尙銘的吩咐，便去山西和泰山跑了一趟，取得了金鳳和千年靈芝，又去宮中取得了三隻雪蛤，送去給尙銘。這幾樣寶物，對一般的飛賊來說或許十分困難棘手，但在楚瀚眼中，自如探囊取物一般，不費什麼力氣便拿到手了。

尙銘十分高興，說道：「你的手段果然厲害。現在汪直失勢了，不如你便跟了我吧。要金銀，要女人，我什麼都給你。」

楚瀚暗想：「我跟了汪直這許多年，已然作盡壞事，昧盡良心。如今又怎能再去跟另一個惡人？」當下便婉轉拒絕了。

果然尙銘的好日子也不長久了。自從西廠廢置以來，東廠權力暴漲，尙銘人又貪心，他對陷害正直異己的大臣並無興趣，冤害別人只爲了多撈一些錢。他聽見京師有什麼巨富人家，便羅織罪名，讓這家人拿出重賄來免除牢獄之災，到後來巨室富戶乾脆不等他來招惹，便每月乖乖奉上大筆的金銀財寶，以求免於禍患。尙銘又學了梁芳當年的作法，開始賣官鬻爵，大撈一筆。

不出一年，懷恩看不下去了，便將尙銘的種種惡行上報給成化皇帝知道。成化皇帝聞奏甚是惱怒，他既然能狠心裁撤西廠，對東廠也沒什麼眷戀，當即下令讓尙銘貶謫去南京，充當淨軍，抄籍封家。尙銘這幾年間收賄太多，珍寶堆得如小山一般，抄家的官員用車子將沒收的家產運送內府，竟然連續送了好幾天都送不完。

楚瀚眼見尙銘也惡貫滿盈，想起他解救汪直的情義，又去向懷恩磕頭請求，才讓尙銘留下一條命，在南京淨軍中度過餘生。

成化皇帝這時對懷恩信任有加，問他該以誰來掌管東廠。懷恩道：「陳淮這人可以。」於是皇帝便讓陳淮代替尙銘成爲東廠都指揮使，這人跟懷恩素來交好，爲人正直，上任後便對手下校尉道：「如果發現什麼叛逆的大事，才來跟我說。不是大逆，少來煩我。」從此東廠手下才不敢再胡鬧興事，京師終於歸於平靜。

汪直失勢之前，楚瀚已被革職，失去了錦衣衛的身分；如今汪直遭貶，西廠關閉，楚瀚更成了一介平民，不再有往年呼風喚雨的權勢了。他心中日益焦慮憂急，知道眼下除了懷恩在朝中仍有勢力之外，已無任何其他力量可以保護太子。他所料不錯，萬貴妃果然很快便決定對太子下手，而事情的導火線卻是在梁芳身上。

這日成化皇帝來到內承運庫視察，驚見歷代積累藏放金銀財寶的七個庫房竟然都已空虛，又驚又怒，召了梁芳來，質問他道：「你將朕的金銀都弄到哪裡去了？」

梁芳多年來早將庫中金銀財寶一一搬出，大多送給了萬貴妃，一部分則進了自己的口袋。成化皇帝十多年來沒有視察過庫房，梁芳又怎料得到他會忽然有興致來查看，發現了自己的勾當？這時只好硬著頭皮道：「啓稟萬歲爺，這些金銀，都在您的同意下，拿去興建顯靈宮和祠廟了，爲的正是替陛下祈萬年之福啊！」

成化皇帝再愚笨，也聽不進這等鬼話，但他知道梁芳受到萬貴妃的信任，庫裡的錢大約是被萬貴妃給拿去了，也不好深究，只能自己發了一頓脾氣，擱下狠話道：「我管不了你，以後總會有人跟你算帳！」說完拂袖而去。

梁芳心中害怕，便跑去向萬貴妃哭訴求救。萬貴妃自然並不在乎成化皇帝發頓脾氣，但她聽了「以後總會有人跟你算帳」的話，也不禁皺眉：皇帝春秋正富，但總有不測的一日，如今坐穩太子寶座的，仍是那可恨的小娃子。

梁芳揣測萬貴妃的心意，進言道：「太子年紀已長，人又頗機伶聰明。不如我們及早下手，廢了太子，換上年紀還小的興王，就不必擔心了。」

自從泓兒當上太子之後，萬貴妃也懶怠去謀殺其他的皇子了，幾年之間，成化皇帝便多添了七八個兒子，其中最年長的名叫朱祐杬，被封爲興王，母親是邵宸妃。

梁芳這話正正對了萬貴妃的胃口。她當即去跟成化皇帝哭訴，說太子對她毫無敬意，揚言要對她報復，要求成化皇帝廢了太子，另立興王。成化皇帝原本耳根子軟，這幾年來太子在周太后的保護和謝遷及李東陽等人的教導下，人品端正，性格堅毅，長成了一個跟他自己截然不同的人。他知道自己懶怠無能，但心中對於這個太過能幹正直的兒子不免有些忌憚，暗想：「太子都十五歲了，逐漸懂事，說不定便要開始指責批評朕的過錯，更可能生起貳心。到那時節，便不好收拾了。興王年紀還小，人又老實些，換成他當太子，說不定也是好事。」

成化皇帝既動了這念頭，便找了懷恩來商量。懷恩一聽，大吃一驚，心想太子又沒犯什麼錯，怎能如此輕忽地說廢就廢？當即磕頭問道：「太子是陛下長子，自古皆以長子正位東宮，豈可輕言廢長立次？不知太子有何重大錯處，令萬歲爺動此念頭？」

成化皇帝支支吾吾說不出個所以然來，只好說道：「我看興王這孩子挺不錯的。」

懷恩道：「稟陛下，興王不過九歲，就算資質良好，又怎能取兄長而代之？」

成化皇帝跟懷恩話不投機，惱羞成怒，頓時對這老太監生起反感，喝道：「你一心保護太子，存的是什麼心，朕豈有不知？你不過是想等到太子即位之後，會記得你擁護他的功勞恩情，對你更加信任重用。在朕面前，你卻滿口大道理，裝出一副仁義道德的模樣，哼！居心叵測！」一怒之下，便將懷恩貶到鳳陽去了。

懷恩這一去，廢太子的事情似乎是無可挽回之勢。楚瀚心中大急，生怕萬貴妃的奸計就要得逞，九年來的努力不免毀於一旦。

幸而當年四月，泰山發生巨大地震，傷亡慘重。成化皇帝別的不怕，對天譴倒還是頗爲戒懼，心想泰山位於東方，象徵東宮，現在連老天都對易儲的事情表示意見，自己還是不該妄動，才臨時打住了更換太子的念頭。

萬貴妃沒料到老天也會跟自己作對，竟然無端來場地震，將自己的如意算盤打亂了，怒不可支。她只能使出最後一招：毒害太子。只要太子死了，易儲就是名正言順的事情了。

楚瀚靠著鄧原和麥秀從宮中傳來的消息，自己也不斷在暗中觀察，發現萬貴妃已動殺害太子的毒念，便日夜守在太子宮外，準備驅退刺客。然而幾個月過去，並未任何刺客前來，楚瀚更加擔心，不知道萬貴妃究竟將施出什麼奸計。

他心中隱隱猜想，萬貴妃很可能想使用那萬蟲囓心蠱，讓太子中蠱衰老而死，便可稱太子患上「怪疾」暴斃。然而自從百里緞將那木盒子呈給萬貴妃之後，便沒人知道它的下落，百里緞多次入宮探究，楚瀚也去昭德宮搜索了無數次，向宮裡的宮女宦官探問，卻更無人知曉此事。他想起大祭師離開京城時，提起李孜省曾向他詢問關於蠱毒之事；如果李孜省略識蠱物，能夠掌控這蠱，那麼他要害太子便再容易不過了。楚瀚愈想愈擔心，便潛入李孜省的府第暗中觀察，想發現他們的密謀，但卻始終查不到什麼線索。

他一想起萬蟲齧心蠱的可怖之處，便全身毛骨悚然。思來想去，終於決定潛入宮中，面見太子。

他往年幾乎每隔幾日就去會見太子，但自從太子以西廠惡行詰問他，要他不要再去見他之後，他便只能偷偷從暗處觀望太子，從來沒有現身過。這時他來到太子的書房外，小影子已然警覺，在房中喵喵叫了起來。楚瀚伸手在窗格上輕輕敲了兩下，又敲了一下，那是他往年與太子約定見面的暗號。

太子正在讀書，聽見小影子的叫聲，又注意到窗外的暗號，微微一怔，便揮手讓身邊的宦官退出。等房中只剩下太子一人時，楚瀚才從窗中閃身躍入屋中，在太子的書桌前拜倒。小影子緩緩走上前，舔舐楚瀚的手。楚瀚將牠抱起，輕輕撫摸，牠的皮毛已不復往年的光滑柔順，身子瘦骨嶙峋，金黃色的眼睛依舊，但已失去了昔日的光彩。

太子見到楚瀚，站起身，臉上神色不知是喜是怒，更多的還是吃驚。過了好一會兒，他才道：「瀚哥哥，你……真的是你？你怎麼變成這樣了？快起來！」

自從百里緞死後，楚瀚傷痛逾恆，形銷骨立，對自己的飲食外貌一切全未留心，加上被汪直革職之後，更不需出門見人，便連打理梳洗都免了。此時從太子眼中見到的他，鬚髮蓬亂，臉色黧黑，面頰如蠟，雙目凹陷，往年的英氣朝氣都已消失殆盡，直如行屍走肉一般。

太子自然知道西廠汪直已然遭黜，但他對於楚瀚曾經幫助汪直為惡之事始終耿耿於懷，未曾諒解。這時陡然見到楚瀚形貌改變如此之劇，吃驚之餘，心中對他的惱恨、關切、感激種種情緒混雜在一起，一時說不出話來。

楚瀚放下小影子，站起身，摸摸自己的臉，也意識到自己近來消瘦了許多。似他這等長年習練飛技之人，體格原本便精瘦輕便，此時更是乾瘦得不成樣子了。他抬頭望向太子，見其面目清秀，眼神清澈，才想開口，便忍不住熱淚盈眶，勉強忍住淚水，說道：「太子殿下，近來可好？」

太子點了點頭，說道：「我都好。」遲疑一陣，才道：「你坐下。」楚瀚坐下了，偷偷拭去淚水，又抬頭望向太子。太子眼神中露出憐憫和關懷，溫言道：「瀚哥哥，我好久沒有見到你了。你看來過得……並不太好。有什麼我能幫到你的，你儘管說。」

楚瀚心中一暖，暗想：「泓兒畢竟是個心地仁慈的孩子。」說道：「不，我沒有事情要請太子幫忙。這回來，是想將一件要緊的事物送給殿下。」

太子懷疑地問道：「你有什麼事物要給我？」

楚瀚欲言又止，心想：「泓兒年紀大了，可以跟他說實話。」便道：「懷公公被貶去鳳陽，殿下可知道是什麼原因？」太子搖了搖頭。

楚瀚便將梁芳和萬貴妃倡議廢太子、立興王，懷恩力勸不果，被皇帝貶謫的經過說了，又道：「若非前一陣子泰山地震，將萬歲爺嚇怕了，殿下的位子可能已被換下了。」

太子微微皺眉，他對這些宮廷中的鬥爭雖時有耳聞，但他畢竟年輕，並不知道該如何應付面對。

楚瀚又道：「萬貴妃眼見更換太子失敗，惱怒非常，我懷疑她已起心毒害殿下。」太子一呆，說道：「毒害？我所有的飲食，都由侍者試過我才吃，他們沒有辦法毒害我的。」

楚瀚搖頭道：「她想使用的毒物，很可能是苗蠱。這蠱不用吃下，只要看一眼，便會中毒。中者神智昏迷，不時感到萬蟲嚙心，並會急速衰老，病痛不絕，以至於死。」於是將自己親眼見到的那白髮蒼蒼的蛇族青年，以及馬山二妖中蠱呻吟而死的情況說了。

太子甚是驚異，但不免露出懷疑之色，說道：「世間眞有這等邪物麼？」

楚瀚點頭道：「我在苗族待了兩年，親眼見識過苗蠱的威力。它迷障人心的魔力，絕對不能低估。」他取下頸中的血翠杉，捧在手中，說道：「這是天下至寶血翠杉，是我在廣西密林中無意間找到的，珍貴非常，天下只有少數幾塊。它是世間唯一能讓人保持頭腦清醒、不被萬蠱噬心蠱所迷惑的神物。泓兒，你戴在身上，千萬不要脫下來，一刻也不能離身。知道麼？」他心中關切，一時又喚他「泓兒」，而忘了稱他「殿下」。

太子心中感動，伸手接過了，珍而重之地戴在頸上，貼身而藏，伸手撫著胸口的那塊血翠杉，感到它傳來微微的暖意，說道：「瀚哥哥，我一定聽你的話，好好珍惜這件寶物。」

楚瀚吁了一口氣，露出微笑，又道：「這蠱可以存放在任何容器之中，但是萬貴妃手中的蠱，很可能是呈放在一只古老的木盒當中。如果有任何人送什麼事物來給你，盛放在木盒或是其他盒子裡，要你親自打開，你都切切不可去碰，一定要讓送來的人自己打開，將裡面的事物取出來給你瞧。人只要一看見這蠱，便會驚恐莫名，你便知道那裡面有不好的事物，需趕緊躲避。」太子點了點頭。

楚瀚又囑咐道：「就算別人沒有要你打開，只送給你一只盒子，這蠱擁有奇怪的魔力，會對你說話，吸引你去打開他。你如果忽然很想打開什麼，或聽見有人在你耳邊催促你去作什麼，你得立即警覺，趕緊拿出這血翠杉，放在鼻邊聞嗅，便能保持清醒，不受誘惑。知道了麼？」

太子伸手去摸那段神木，說道：「我知道了。這神木的味道真香。瀚哥哥，謝謝你。」

楚瀚望著他純淨俊秀的臉龐，心中湧出一股難言的愛惜和痛苦。他愛太子之深，世間大約沒有任何事物可以比擬，而太子性情之純，處境之危，又令他不能不感到錐心的苦痛。他真想能時時來探望太子，來看看他親愛的弟弟，但是他隨時都得活在戒慎恐懼之中，知道只要自已有一點兒的疏忽，下一次見到的，很可能就是弟弟的屍體了。他勉強擠出一個笑容，說道：「殿下請保重。我去了。」

太子似乎也體會到了自身處境之危，一股孤寂淒涼之感陡然襲上心頭，說道：「瀚哥哥，你往後也常來看我，好麼？我很念著你。」伸手撫摸一旁的小影子，說道：「小影子也很念著你。我每次見到牠，都忍不住想起你，請你以後常常來看我們吧。」

楚瀚心中又是感動，又是歡喜，口中答應了，強忍著眼淚，閃身出屋而去。他在夜色之中飛身離開皇宮，回到磚塔胡同時，已是淚流滿面。

第七十六章 喋血攻防

不多久，將近七月初三，正是太子十六歲誕辰，內外大臣送了極多的賀儀入宮給太子。楚瀚十分擔心，要麥秀命令宦官宮女事先將所有的賀儀都打開清點，整理成冊，讓太子過目，賀儀便留在宮外，一件也別送入宮中。

初三當天，成化皇帝在宮中為太子賜宴，完畢後，又有宦官送來兩箱皇帝御賜和嬪妃們贈送的賀禮。

楚瀚疑心其中有詐，暗中吩咐太子不可接近這兩個箱子，讓麥秀率領小宦官先行打開了，確定無事，楚瀚又全部親自看過，都無異狀，才將禮物呈給太子過目，其中有皇帝送的冠服，萬貴妃送的金器銀器，還有其他嬪妃贈送的文房四寶、珍貴補品和器皿擺設等等。清點過後，便由麥秀代太子書寫謝表，向皇帝及一眾送禮的長輩答謝。

皇帝贈送給太子的衣服乃是以松江府所造大紅細布裁製，成化皇帝最愛使用這種布料，每年都要向松江府加派上千匹。這種織品的製作用工繁浩，雖說是「布」，實際卻是用細絨織成，奢華昂貴。太子見了，暗中對楚瀚道：「用這種布縫製的衣服，抵得上幾件錦緞衣服，穿它實在是太浪費了。」命令宦官收起，始終不曾穿著。

宮外的賀儀中，有一部由閣臣合送的北宋司馬光主編的《資治通鑑》，太子一直很想閱覽。楚瀚便讓宦官將這套書搬入皇宮的藏書閣，自己將兩百九十四卷每一卷都取出來翻看過，確定沒有問題，才送入太子的書房。

一場熱鬧過後，事情似乎又平靜了下來。然而一個月過去，情況又急轉直下。這天夜裡楚瀚去探訪太子時，但見太子在房中快步踱來踱去，一見到他，立即奔上前，神色惶急，低聲道：「不見了，血翠杉不見了！」

楚瀚大驚，忙問道：「什麼時候不見的？怎麼不見的？」

太子臉上現出迷惘之色，說道：「我……我也不知道。我晚上都貼身戴著它而睡，昨晚入睡時，我還特意將神木握在手中。昨夜我睡得非常香甜，醒來時，手中的神木卻……卻變成了這個。」說著舉起手，手掌心中赫然是一段描金青墨，大小和血翠杉倒也相似，正是原本擱在太子書桌上的墨條。

楚瀚心中一凜，問道：「小影子呢？」太子搖搖頭，說道：「幾天前牠跑了出去，便沒有回來。」

楚瀚感到一陣不祥，心想小影子大約是凶多吉少了。他知道太子昨夜定是中了三家村的奪魂香一類的迷藥，才會睡得特別沉，任別人從他手中換取事物，也毫無知覺。能從太子手中換走血翠杉，又特意預先除掉小影子的，必然是三家村中人。那會是誰？是柳家父子？上官婆婆？還是上官無嫣和胡月夜？

他知道對頭出手偷走血翠杉，很快便會以萬蟲齧心蠱來對太子下手，心中焦急如焚，忽然想到：「世間還有一塊血翠杉，我得立即取出來，讓太子戴在身上！」當即對太子道：「殿下且莫著急，我有辦法。請殿下對外稱病，任何人都不見，也別讓人送任何事物進來房中，好麼？」

太子神色嚴肅，點頭答應。楚瀚便搶出門，往東裕庫奔去。

這時已是夜深，楚瀚來到東裕庫外，四下靜悄悄地，平時守衛的宮女宦官都已休息去了。他用百靈匙打開了三道門，一一關上，跨入倉庫之中，來到左邊第三間房，掀開吳道子的《送子天王圖》，伸手扳動畫後方的機括。

便在此時，忽覺手腕一緊，竟已被繩索套住，接著雙腿也被繩圈套住，繩索陡然扯緊，將他拽倒在地，面向地下，臉頰貼著冰涼的石磚地面。

楚瀚使勁掙扎，竟然無法掙脫繩索的綁縛，心中大驚，知道自己已落入了陷阱。他暗罵自己太過大意；他已來過這地庫兩次，熟悉其中機關，因此來取物時更未多想，豈知此地已被人動過手腳，設下了新的陷阱！

但聽哈哈呵呵笑聲不絕，三個人影從倉庫黑暗的角落如幽靈般浮現，來到自己的身前。楚瀚趴在地上，抬頭望去，見那是兩男一女，竟然都是舊識，正是三家村的柳子俊、胡月夜和上官無嫣！

楚瀚又驚又怒，心想：「這三個傢伙竟湊到了一塊！如今聯手起來，在此設下陷阱，想是專爲對付我而來！」

他吸了一口氣，心知自己被這幾人捉住，定是凶多吉少，忽然想起百里緞生前曾警告過自己，說他留下這幾人不殺，定會給自己留下莫大禍患，沒想到竟眞被她說中了。

柳子俊走上前來，蹲下來望著他，笑嘻嘻地道：「小賊，這可被我們逮到了吧！」胡月夜甚是精明，說道：「先別殺他。他剛才動了牆上的機關，這倉庫裡一定另有密室，我們快找！」

三人舉起火摺四下張望，不多久，便發現了地上那塊微微下陷的磚板。胡月夜俯身查看，說道：「有三個匙孔。」柳子俊道：「鑰匙一定在小子身上。」伸手到楚瀚懷中搜索，摸出了紀淑妃的那柄紅寶金鑰匙，喜道：「有了！」拿著鑰匙來到那塊凸起的磚版之旁，胡月夜和上官無嫣一齊湊過來看。

這三人都是三家村的取物高手，各自使出渾身解數，沒有多久，便發現要先將鑰匙插入左首的匙孔，往左轉半圈，再插入右首的匙孔，往右轉半圈。在三人的凝神注視下，前方第五塊磚塊向旁移開，露出了通向地窖的孔穴。

三人都是大喜，一齊歡呼起來。他們商量了一陣，決定由上官無嫣落入地窖查看。跟楚瀚當時落入地窖一般，上官無嫣將一條繩子的一端綁在樑上，一端綁在自己腰間，緩緩墜入地窖。她一落下，便驚喜叫道：「三絕！三絕之一的漢武龍紋屏風在這兒！」過了一會，又喜叫道：「血翠杉！這兒還有一塊血翠杉！」她探出頭來，對胡月夜道：「血翠杉周圍有機關，是你們胡家的手段。」

胡月夜將頭深入地窖，看了一陣，說道：「是我哥哥設下的。這很容易，妳聽我說，機關設在血翠杉的左邊。妳伸手過去，按住桌面的左上角，再按右下角兩下，再按左下角三下，機關便解除了。」

上官無嫣回入地窖之中，依言而行，不多時，便扯著繩索回入倉庫，滿面得色，攤開手掌，那段被明軍從大藤瑤族奪來的血翠杉正躺在她的手心，笑道：「原來還有一塊血翠杉藏在這兒！」言下滿是興奮得意。

柳子俊從懷中取出一物，正是他從太子手中偷得的血翠杉，說道：「原來天下有兩塊血翠杉！這等天下寶物，原該由我們三家村中人擁有才是。」他低頭望向地上的楚瀚，踢了他一腳，不屑地道：「你身懷這寶物這麼久，當眞是褻瀆了神物！」

胡月夜摸著鼠鬚，滿面鄙夷，從懷中取出一本書冊，對楚瀚道：「說起褻瀆寶物，小賊，你從我哥哥那兒騙去了這件胡家傳家之寶，可終究被我取回啦！」

楚瀚看清楚了，胡月夜手中拿著的正是舅舅傳給自己的《蟬翼神功》祕譜。原來這些人亦已闖入他在磚塔胡同的地底密室，取得了這本祕笈。他怒氣勃發，喝道：「那是舅舅親手交給我的！」

胡月夜冷笑著，說道：「小賊滿口謊言！我哥哥被你騙得好慘，竟然將這麼寶貴的祕笈傳了給你！我可不會上你的當。待我清理門戶，廢了你偷學來的這身功夫！」大步走上前，舉起手中鐵棍，用力揮下，正打在楚瀚的左腿之上。楚瀚但聽喀刺一聲，只覺左腿一陣劇痛，不單是小腿被打斷的痛楚，更是心中的痛楚。胡月夜這卑鄙小人，竟對他苦練多年的胡家飛技毫無顧惜，存心毀去！

柳子俊和上官無嫣在旁看著，一齊大笑起來，顯得又是快意，又是放心。柳子俊滿面得意，譏笑道：「無恥的小跛子，臭乞丐，你混入我三家村，靠著我三家村的功夫在京城混吃混喝，攬權斂財，好不風光，卻從不曾照照鏡子，看看自己是個什麼貨色！現在可不又成了個跛子！」

上官無嫣抿嘴笑道：「小子，你說過我們遲早要分個高下。我瞧自此以後，我們也不必再比了吧？」

三人肆意嘲笑辱罵了一陣，上官無嫣忽然柳眉一豎，蹲下身，直瞪著楚瀚，冷冷道：「小子，你若不想多吃苦頭，最好自己乖乖招了。你將我們的寶物都藏去哪兒了？」

楚瀚閉目不答。

上官無嫣對柳子俊點點頭，說道：「小子不吃一頓狠打，不會肯招的。」

柳子俊走上前，舉起一根帶刺的鞭子，在空中虛揮兩下，臉上露出獰笑，說道：「你在西廠日夜拷打罪犯，可沒想到自己也會有今日吧！這叫作現世報，來得快！」舉起鞭子，狠狠地打在楚瀚背脊之上。楚瀚背後痛極，咬緊牙關，沒有叫出聲來。柳子俊又揮鞭打了他三下，只打得他背後鮮血淋漓。

上官無嫣走上前，一雙杏眼緊盯著他，喝問道：「你將寶物都藏到哪裡去了？快快說出！不然我們一百鞭，兩百鞭，直打到你不成人形爲止！」

楚瀚哼了一聲，冷冷地道：「像你們這等背叛殘害親人的奸賊，不配擁有任何寶物！」

柳子俊舉起鞭，又重重地打了他兩鞭，楚瀚眼前一黑，幾要暈去。

胡月夜舉起鐵棍，冷然道：「你說我們不配，難道你這跛腿小乞丐，倒配擁有寶物？哼，打斷你的腿還不夠，待我廢了你一雙手，讓你這輩子再也不能取物！」舉起鐵棍，便要往楚瀚的右手砸下。

便在此時，一道黑影從門外閃入，眾人只覺眼前一花，上官無嫣尖叫一聲，只見胡月夜手中的鐵棍往外飛出，而他的手竟仍連在棍子之上，原來他的右手竟在一瞬之間已被人斬斷！接著又聽他一聲慘呼，滾倒在地，卻是被闖進來的那人反手一刀，斬斷了左腿，鮮血噴了滿地。

楚瀚這時才看清，來者身形佝僂，一頭黃髮稀稀疏疏，竟然是上官家的大家長上官婆婆！

上官婆婆殺傷胡月夜後，更不停頓，左手一揮，將狐頭拐杖向柳子俊擲去。柳子俊距她甚近，不及躲避，杖尖正刺中他的左眼。柳子俊慘呼出聲，扔去鞭子，雙手掩面，蹲下身去。

上官婆婆奔上前，揮刀斬斷了綁縛楚瀚的麻繩，轉頭望向上官無嫣，眼中如要噴出火來，怒喝道：「叛徒！」飛身上前，揮刀直往上官無嫣斬去。

上官無嫣怒斥一聲，往旁避開，也拔出柳葉刀回擊。祖孫二人兩柄刀並不相交，只各自施展飛技，盡量趁隙接近對手，好遞出致命的一擊。她二人乃是上官家族飛技最精湛的兩大高手，一老一少身法皆快如閃電，手中的刀如兩條銀龍，隨著她們盤旋飛舞的身形，在倉庫之中劃出一道道細長耀眼的銀光。

楚瀚感到左腿和背後傷處疼痛已極，上官婆婆斬斷他的綁縛後，便勉力翻過身來，觀看二女打鬥，心中暗暗詫異：「上官家的飛技，果然不同凡響！」

他想趕緊找件武器，上前相助上官婆婆，想起胡月夜剛才打斷自己小腿的鐵棍，轉頭去望，但見胡月夜倒在血泊之中，左手捧著被斬斷的右腕，左腿斷處鮮血流個不止，臉色青白，卻尚未死去，一對小眼直盯著上官祖孫的搏鬥，嘴角露出詭詐的微笑。

楚瀚心中一凜，發現上官無嫣起落之處，漸漸接近胡月夜，陡然明白：「她是想引上官婆婆靠近胡月夜！」叫道：「不要靠近！」

但卻已太遲，只聽得上官婆婆一聲悶哼，原來她落地之際，胡月夜陡然伸手抱住了她的小腿，令她身形一滯。上官無嫣怎會放過這個機會，立即揮刀砍去，打落了上官婆婆手中的刀，接著搶攻而上，柳葉刀砍入了上官婆婆的肩頭，這一刀砍得極深，從肩頭斬入，直至胸口。

上官婆婆貓臉扭曲，黃澄澄的眼睛直瞪著上官無嫣，張開口，露出一對殘缺的虎牙，面目猙獰，眼中滿是火燒一般的憤怒。

上官無嫣冷冷地道：「老不死的，還不快去見閻王！」抽出刀來，往後退去。

上官婆婆哇的一聲，往前噴出一口鮮血。上官無嫣雙眼微眯，側身閃避，就在那一瞬間，上官婆婆陡然從袖中翻出一柄匕首，奮力往前擲出。匕首劃過黑暗，直刺入上官無嫣的心口。上官無嫣不料婆婆重傷垂死之際竟然還能反擊，就此著了道兒，杏眼圓睜，滿面高傲頓時轉爲滿面不可置信，呆了半晌，才仰天倒下。

胡月夜眼見二女同時斃命，立即伸手去撿上官婆婆跌落的刀，一摸之下，卻沒摸著，卻是被楚瀚取走了，正持刀站在自己身旁。胡月夜抬起頭，一對鼠眼充滿懇求地望向楚瀚，捧著被斬斷的右手，說道：「你可憐可憐我，你看，我斷了手，斷了腳……」

楚瀚對此人憤恨難抑，舉起上官婆婆的刀，便往胡月夜的頭上砍下。胡月夜哼也沒哼，側過頭去，雙眼圓睜，已然斷氣。

楚瀚喘了幾口氣，低聲道：「舅舅，舅舅，我替你報了仇了，但我也犯了家規，親手殺了人……」他多年來恪守三家村的規條，即使在西廠幫汪直辦事，卻始終不曾親手殺人。這回他親自下手結束了一條性命，心中震動驚悚，身子顫抖不止，難以自抑。

他不敢再去看胡月夜那張酷似舅舅的臉孔，取過他衣袋中的那本《蟬翼神功》，收入懷中，勉力移動身形，過去檢視上官婆婆。但見她一張貓臉顯得蒼老又安詳，泛黃的貓眼已經閉上了，稀稀落落的頭髮散在身後，瘦弱的身軀有如一個骯髒的破布娃娃般攤在地上，已然斃命。上官無嫣的屍身就躺在不遠處，婆婆的匕首正插在她的心口。

楚瀚心中又是震動，又是傷感，這位飛賊家族的大家長，用她最後的奮力一擊，誅殺了摧毀上官一家的叛徒孫女。而這老婆子竟然未曾忘記自己對她的恩情，在千鈞一髮之際趕來相救自己。

楚瀚走近上官無嫣的屍身，從她手中取過那段血翠杉，轉過頭去，但見柳子俊倚牆而立，原本英俊的臉上滿是驚恐，一手摀著臉，左眼顯然已被上官婆婆的狐頭拐杖刺瞎，不斷流出鮮血。他見到楚瀚向自己望來，尖叫一聲，握緊了那段從太子身上偷來的血翠杉，跌跌撞撞地搶出東裕庫的大門。

楚瀚左腿痛極，無法追上，只好任由柳子俊逃去。他放眼望向東裕庫地上的屍首，心頭湧起一股強烈的悲哀憤慨：「誰能毀滅三家村？只有我們自己！唯有內賊叛變，自相殘殺，才毀得了我們！」

他想起如今三家村的三大家族都已凋零衰落；柳攀安年老病弱，柳子俊瞎了一隻眼，上官家的唯一傳人上官無邊淪為盜賊，而胡家的唯一傳人……自己，腿也被打斷了。三家村當年素負盛名的藏寶窟被胡月夜和上官無嫣盜走一回，又被自己盜走一回，散置四方，有的送了人，有的交給了青幫，有的藏在不知名的寺廟道觀的後院之中。三家村這聞名天下的偷盜之族，竟毀得如此徹底，如此慘烈，如此難堪。

楚瀚吸了一口長氣，轉過頭不忍心再瞧滿地的屍首。他忽然想起太子，心中一緊：「我被關在這兒已有幾個時辰，不知萬貴妃是否已對太子下手？」忍著左腿劇痛，一跛一拐地出了東裕庫，來到花園邊上，折了樹枝，用腰帶綁在小腿之旁，又用一根樹枝當作拐杖，匆匆往仁壽宮奔去。

太子寢宮中安靜無聲，似乎一切如常。楚瀚鬆了一口氣，正想找個地方休整一下，包紮身上腿上的傷口，忽然感到有些不對勁——這地方靜得有些詭異。他撐著拐杖上前，輕輕敲了兩下窗戶，屋內卻無人回答。他推開窗戶，但見屋中無人，也沒有點燈。楚瀚暗覺不祥，繞著太子的居處走了一圈，但聽後面倉房中傳來鬱悶的貓叫聲。楚瀚心中一跳：「小影子！」趕緊搶入倉房，尋找了一陣，才發現叫聲是從一只檀木箱子傳來的。他連忙搬開箱子上的其他事物，打開箱子，果然見到小影子躺在裡面，奄奄一息。楚瀚抱起了小影子，又驚又急，問道：「小影子！你還好麼？太子呢？」

小影子雖已年老體衰，又被關在箱子中好幾日，此時卻一躍落地，快速往書房奔去。楚瀚快步跟上，來到太子的書房，但見桌上油燈黯然，幾乎燃盡，地上隱約躺著一個人形。

楚瀚大驚，推門闖入，見地上那人仰天而臥，動也不動，小影子趴在那人身邊，不斷舔著他的手。楚瀚立即蹲下身去查看，但見躺在地上之人正是太子！

只見太子雙目緊閉，緊咬牙根，臉色蒼白，有如殭屍。楚瀚心中一跳，知道事情大大地不對了，連忙低喚道：「太子，太子！」

太子聽見他的呼喚，微微睜眼，說道：「瀚哥哥，我在書中……在那《資治通鑑》中，看到了……看到了一張嘴，紅得像血……紅得像血……它不斷對我說話，叫我去打開它……我沒想到……我以為自己只是想看書罷了……我打開了第一卷，那張嘴就在裡面，它對我笑……一直笑……」

楚瀚只嚇得魂飛魄散，全身如跌入冰窖一般，太子畢竟中了萬蟲嚙心蠱！原來他們竟將蠱藏在了那部《資治通鑑》當中，太子一旦失去血翠杉，便無法自制，在萬蟲嚙心蠱的誘惑之下，拿了第一卷來閱讀，就此見到了蠱。楚瀚雖將每一卷都翻過，但這一卷想是在整套書搬入太子的書房後，萬貴妃才派人去調換過的。

楚瀚見過中蠱的人，知道如果沒有立即致命，也會迅速老化而死。他一時只覺天崩地裂，俯身抱住泓兒的身子，放聲大哭起來。他聽見外面傳來腳步聲，知道服侍太子的宮女和宦官正往這邊奔來，心想：「我得帶太子離開這兒。我得救他的命。我得讓他活下去，我不能讓他死！」

他忍著左腿劇痛，抱著泓兒的身子飛身離開仁壽宮。小影子再也沒有力氣跟出，伏在書房地上，不再移動了。牠望著楚瀚匆匆離去的背影，似乎期盼主人能回頭再看牠一眼，但是楚瀚卻已去得遠了。

楚瀚抱著泓兒出了皇宮，走在黑漆漆的京城街頭，只想對天哭號，對地怒吼，但是哭號怒吼又有何用？他心底自然清楚，天下沒有任何人能救得了泓兒，沒有任何人能救得了他親愛的弟弟！那麼多人已爲了他而犧牲，那麼多人對他寄予厚望，天下人翹首期盼的明君，十六年的辛苦努力，流血流汗，難道就此毀於一旦，付諸東流？

第七十七章　捨身延命

夜晚淒清寒冷的街道上，楚瀚茫然地抱著昏迷的太子，踉蹌獨行，忽然耳中傳來一陣又細又柔，又熟悉又誘人的樂聲。他毫無戒備，悠悠恍恍地循著聲音來處行去，來到一座大屋的門前。他穿過大門，穿過前院，來到一間廳堂之外。他一抬頭，見到臺階上站著一個大頭人，一張醜臉在夜色中顯得極爲可怖，竟然便是蛇族大祭師！

大祭師將一支笛子從口邊移開，笑道：「楚瀚，我一召你，你就乖乖來啦。快，有人專程來找你，向你討一件東西來了。」

楚瀚這才省悟：「他用蛇王笛引誘了我過來。」他凝望著大祭師的臉，張口想說話，卻發不出聲音，只不斷流淚。大祭師低頭望向他手中抱著的人，挑起眉毛，露出驚訝之色，問道：「這人……他中了萬蟲齧心蠱？」

楚瀚哭著點頭，哽咽道：「我不能讓他死，我不能讓他死！」

大祭師倏然領悟，說道：「他就是太子？就是皇帝的兒子？」

楚瀚緊緊抱著泓兒，泣不成聲。

大祭師望著楚瀚和太子，醜臉扭曲著，似乎在斟酌考慮什麼，過了良久，他才深深吸了一口氣，說道：「楚瀚，我帶你去見一個人。你將太子放在這兒。」也不等他回答，便讓蛇族人上前來，接過太子，將太子放在屋中的軟榻之上。

大祭師拉起楚瀚的手，往屋外走去。楚瀚渾渾噩噩地跟著他，出了大屋，走上一條暗巷。楚瀚倏然清醒過來，停下腳步，說道：「你要帶我去哪裡？放開我！我要回去太子身邊！」

大祭師連連搖頭，說道：「不，不。你回去太子身邊又有什麼用？還不只是眼睜睜地看著他死去？我要帶你去見巫王。她或許……或許會有辦法。」

楚瀚眼睛一亮，反手捉住了大祭師的手臂，忙問：「眞的？她在這兒？」大祭師道：「可不是？我回去南方後，便特地去苗族砦子見她，告訴她那裝著萬蟲齧心蠱的木盒子被帶入了京城。她一聽，便決定立即北來，好取回那蠱。我用蛇笛召喚你，就是想問你知不知道那蠱現在何處。」

楚瀚急忙追問道：「她能救活泓兒麼？她能解除萬蟲齧心蠱麼？」

大祭師又是搖手，又是搖頭，說道：「我不知道，我不知道！你得親自去問她。」又道：「楚瀚，要救你的太子，去求巫王可是你唯一的機會。快別哭了，哭哭啼啼又有什麼用？快清醒過來，打起精神，跟我來！」

楚瀚連忙甩了甩頭，伸手撥整了一下一頭亂髮，一跛一拐地跟上大祭師，來到巷尾的一間祠堂之中。祠堂中點著黯淡的油燈，飄散著芳香而怪異的煙霧，彷彿當年巫王所住的喪宅。

楚瀚跨入祠堂，但見一個苗女背對著門，斜倚在正中的地氈上，正悠閒地抽著水煙。她身穿苗族巫女色彩鮮豔的服飾，身形婀娜，一頭黑亮的長髮散在身後，有如一灘打翻了的濃墨。

楚瀚定了定神，心中念頭急轉：「巫王！這是我第二次拜見巫王了。但是她究竟是誰？是彩，還是咪縍？」

大祭師走上前去，神態恭敬，行禮說道：「啓稟巫王，有故人求見。」看來即使這一任的巫王輩分比大祭師還小，大祭師對她的敬畏仍絲毫不減。

那苗女放下水煙銅管，回過頭來，楚瀚見到她臉面青脹浮腫，醜怪有如鬼魅，但眼神卻十分熟悉，一呆之下，才認出這苗族巫王竟然是咪縍！他脫口叫道：「咪縍，是妳！」心中雪亮：「原來當年彩畢竟鬥不過她，讓她當上了巫王！」

咪縍望著他，嘎嘎一笑，眨了眨眼睛，當年在苗砦見到的甜美容顏和假裝出的傻氣呆樣早已一掃而空，醜怪的臉龐只流露出一股霸氣和妖氣。她笑嘻嘻地道：「喋瀚，你還認得我，眞是難得啊。你好麼？」

楚瀚心中登時升起一線希望，對著咪縍噗通一聲跪下，忍住斷腿的劇痛，拜倒在地，說道：「巫王，喋瀚請求妳幫我一個忙！」

咪縍揚揚眉毛，笑容收斂，冷然道：「你偷走毀去了我巫族的蠱種，我還沒跟你算舊帳呢，你就指望我幫你忙！喋瀚，你這算盤可太會打了。」

楚瀚向她連磕三個頭，說道：「咪縍，我得罪過妳，妳要取我性命，要我一輩子最妳的奴隸，我都心甘情願。我不是求妳饒過我，而是求妳幫我救一個人。」

咪縍聽他這麼說，登時被挑起了興趣，閒閒問道：「你要救誰？是你的情人麼？」說到「情人」二字，語氣又是揶揄，又是酸妒。

楚瀚搖頭道：「不，不是我的情人。我要救的，乃是當今太子。」於是將泓兒中了萬蟲囓心蠱的前後說了。

咪縍聽了，臉色凝重，沉吟良久，才道：「你應該知道，萬蟲囓心蠱是無藥可救的。」楚瀚懇求道：「妳是巫王，一定有辦法的！」

咪縍咬著嘴唇，站起身，在屋中踱了幾圈，才道：「我能不能幫你是一回事，願不願意幫你又是另一回事。你剛才說，你願意交出性命，或是一輩子作我的奴隸，是麼？」楚瀚立即道：「只要能救得活他，我什麼都願意！」

咪縍低頭望向他，語音竟極為溫柔，幽幽地道：「喋瀚，你為什麼總想著他人，不想想你自己？當年你對我那麼好，我難道會忘記麼？我只希望你回到我身邊，陪我一輩子，我就心滿意足了。但是啊，你不能放下這個太子，寧可自己死去也要救他。我不願意失去你，你卻不願意失去他。是不是？」

楚瀚默然無語。咪縍歎了口氣，走上前，俯下身來，一張恐怖絕倫的臉正對著楚瀚的臉，緩緩靠近，吻上他的唇。楚瀚沒有躲避，任由她親吻自己，猛然想起許多許多年前，他們兩人都還年輕的時候，那一個夏日的夜晚，他在淨水池中洗浴，她用冰涼的小手撫摸他身上的大小疤痕，最後踮起腳尖，吻上他唇上的傷疤。

那彷彿已是上一輩子的事情了，但是印在他腦海中的形象卻異常清晰，異常眞切。他彷彿又回到了許多年前那個夏夜裡的淨水池中，心中不禁動念：「如果那時我不曾跳出水池，如果那時我伸手摟住了裸身的她，或許我此刻仍會身在巫族之中，或許我和咪縍也會彼此愛戀體惜，也會共度一段美好歡快的時光。」

當然這一切都已經過去了，時光不能回頭，就如他當年拋下紅倌離京遠遁之時一般，他決定不去碰觸咪縍的那一刹那，這段情緣便如打翻了的水，再也難以收回了。

咪縍吻完了他，將口湊上他的耳際，悄聲道：「很可惜，是不是？喋瀚，你將自己弄成這副模樣，我也將自己弄成了鬼怪一般。我們倆都很可憐，很可惜，很可悲。喋瀚，我告訴你吧，太子中的蠱是不能逆轉的。要救你的太子，只有一個方法，那就是用你的命去延他的命。你可以抽出自己幾年的性命，拿去交給蠱。那幾年之中，它會放過太子，暫且不殺死他。」

楚瀚聽了，眼前頓時出現一道光明，立即道：「我還有多少年可活，通通去交給蠱，全部拿去延長太子的生命！」

咪綍哀然一笑，說道：「我就知道你會這麼說。你連一點時光都不留給我，全部要拿去給太子，是麼？」她不等楚瀚回答，便道：「快帶我去見你的太子。我若改變主意，決定不幫你的忙，你可就後悔莫及啦。」

大祭師聽了，連忙接口道：「太子就在我那兒，請巫王移步。」當下領著咪綍和楚瀚，離開祠堂，穿過暗巷，回到大屋，進入廳堂，來到太子躺臥的軟榻之前。

咪綍低頭望向太子的臉，太子雙目半睜半閉，臉色蒼白如紙，似乎已呈彌留狀態。咪綍輕輕地道：「你好幸運哪，有人願意犧牲自己，延長你的性命。」

她從懷中掏出一把小小的銀色彎刀，對楚瀚道：「伸出手來。」

楚瀚不禁想起自己當年被彩下藍蟲蠱時的恐怖情景，暗暗心驚，忽想：「如果咪綍騙了我，那番用我的命去延長太子的命都是鬼話，只不過是爲了讓我心甘情願讓她下蠱，此後一輩子受她奴役，卻又如何？」隨即心想：「如果太子確實沒救了，我活下去又有什麼意味？作她的奴隸，或是死去，不都是一樣？」

當下深深吸了一口氣，抬頭望向咪縍，伸出了左臂。咪縍一張青紫變形的面孔在火光下更顯恐怖，她眼神凝肅，從懷中掏出一把白色的粉末，在他的手臂上撒下薄薄的一層，接著用那把銀色彎刀的刀尖在他的手臂上劃了一道弧形，又反過刀尖，再劃了一條弧形，兩端合攏，好似一枚杏仁一般。

咪縍凝視著那兩道血痕，眼神熾烈，忽然用苗語說道：「蠱！我以巫王之名，命你饒過了這年輕的孩子！」

楚瀚正疑惑她在對誰說話，一低頭，但見自己手臂上的兩道血痕陡然扭動了起來，有如一對嘴唇般，竟然說起話來：「巫王！我只交換，從不給予！」

楚瀚驚恐莫名，張大了口，一時不知自己是醒是夢，眼前的情景是眞是幻。

咪縍哼了一聲，說道：「交換便交換。要換什麼？快說！」

楚瀚手臂上的嘴唇張得極大，發出尖銳的笑聲，說道：「當然要用命來換命！」

咪縍伸出冰涼的手指，點著楚瀚的手臂，說道：「既然如此，這人願意將自己剩下的命全都交付，交換那孩子的命。快快收下，莫再遲疑推拖！」

那對嘴唇抿在一起，似乎在考慮巫王提出的條件，最後露出一個詭異的笑容，說道：「好。二十年，這人還有二十年的性命。我取走了！」說完又笑了起來，笑聲尖銳刺耳。

忽地笑聲戛然而止，在一片震耳欲聾的寂靜之中，楚瀚再定睛看去，只見鮮血從自己手臂上的兩道弧形血痕中滲出，劃過他的手臂，一滴滴跌落到地上，血痕仍是血痕，不復是一對嘴唇了。

楚瀚忽然感到全身無力，坐倒在地，仰天倒下。大祭師趕緊在後伸手扶住了他，醜臉正對著他，滿面關切焦急，叫道：「撐著點，喂！楚瀚，你撐著點！」

楚瀚感到生命正一點一滴遠去，忽覺一隻冰冷的手按上自己的額頭，咪縍的聲音在耳邊響起：「你還不會就死。喋瀚，我剛才親吻你時，已經給你下了『吊命蠱』，讓你留下一口氣。」

楚瀚勉強睜開眼睛，望著面前咪縍變形恐怖的臉，和一旁大祭師那張醜怪的臉，忽然感到這是世界上最美麗的兩張臉龐。

他抬起頭，問咪縍道：「我……我還有多少時間？」

咪縍神色哀傷，低聲道：「憑我的力量，也只能讓你多活三天。」

楚瀚點點頭，說道：「三天。足夠了。」掙扎著站起身。大祭師驚詫地問道：「你打算作什麼？」

楚瀚低頭望向太子，見到他的面色已恢復紅潤，不再是方才奄奄一息的模樣，心中又喜又悲，知道咪縍所說果非虛言，蠱已接受用自己的命延長太子的命。他說道：「我要好好保住他這三十年的性命。」

大祭師若有所悟，說道：「你要去刺殺那萬貴妃！」

楚瀚點點頭，說道：「正是。請你們幫我照看著太子，我會派人來將他接回宮去。」又道：「大恩不言謝，楚瀚無以為報，這兩件事物，請你們收下吧。」從懷中掏出那段從東裕庫地窖中取出的瑤族血翠杉，和胡家家傳《蟬翼神功》祕譜，分別給了巫王和大祭師。

巫王接過了血翠杉，握在手中，眼睛卻沒有離開過楚瀚的臉龐，眼中淚水盈然。大祭師雙手抓著那本《蟬翼神功》，激動得微微顫抖，大口微張，卻沒有發出聲音來。

楚瀚微微一笑，轉過身，一跛一拐地走了出去。

巫王咪縍和大祭師站在廳中，望著楚瀚的背影在深深的夜色中漸行漸遠。夜晚靜得如能令人窒息，他們默默地望著他的背影，都沒有出聲。

楚瀚走在清寒的京城街道之上，感到未來的一切似乎都變得異常地清晰明白。他的生命只剩下三天，而這三天他得作什麼，他看得再清楚不過——他得殺死萬貴妃，這個對太子性命最大的威脅！這女人狠毒如此，竟對太子施動這天下最毒的萬蟲嚙心蠱，他絕對不能放過她！往年他執著於三家村的規條，從不曾動過殺人傷人的念頭，因此從未想過要出手除去萬貴妃。然而他眼見太子身受蠱毒，前日他又親手殺死了胡月夜，殺戒已開，這時他要殺死萬貴妃的心意堅定如山，再也不能動搖。

他回到磚塔胡同，見到住處被柳子俊等人翻得亂七八糟，進入地底密室的門也已被打開。他點起油燈，坐倒在炕上，奮力脫下滿是鮮血的衣衫，走到屋後的水缸旁，沾濕了布，開始洗淨背後和腿上傷口的血跡。這時天色還未亮起，他就著油燈，往水缸中一望，不由得一呆，但見自己的頭髮竟已全數轉爲白色，臉上的肌膚也多出不少皺紋。

他一時不敢相信自己的眼睛，伸手撫摸臉頰，觸手果然都是皺紋，又拔下了兩根頭髮拿在手上觀看，髮絲銀白如雪，知道萬蟲齧心蠱已取走了自己大部分的生命精氣，不過幾刻之間，他的外貌便已衰老如此。他深深地吸了一口氣，不再去看，只顧洗淨傷口。胡月夜在他左腿那一棍打得甚重，骨頭裂開，幸而沒有全斷。他用木板固定了左腿小腿，用布條包緊。傷處雖疼痛，但仍能勉強行走。背後的鞭傷也十分疼痛，但只是外傷，他稍稍清洗過後，便用布條包上。

包紮完傷口後，他又梳頭洗面，將自己打理整齊。他想了想，知道自己此時一腿不管用，飛技使不上五成，光天化日下要潛入皇宮只怕不易，便找出往年的宦官服色換上。

他來到隔壁院子的主房，叫醒了碧心。碧心見到他外貌陡然轉變，驚得呆了，一時說不出話來。楚越此時已有五歲，聽到聲響，清醒過來，坐起身，昏暗中也沒注意到父親老了許多，揉著眼睛，說道：「爹爹，你回來了！你好久沒有回家啦。」

楚瀚抱起了他，對碧心道：「快收拾一下，帶楚越到城外去躲一陣子。」碧心猜知事情嚴重，也不多問，便去匆匆收拾東西。

楚越問道：「爹爹，我們要去哪兒？」楚瀚道：「我讓碧心帶你去城外尹伯伯家住幾天。」楚越問道：「你跟我們一起去麼？」楚瀚搖搖頭，說道：「不，我要去別的地方。」楚越又問：「你要去哪兒？」

楚瀚搖頭不答，低頭親了親他的小臉，醒悟這是自己最後一次跟兒子說話，也是最後一次親他了，心中頓覺一陣揪痛。他知道自己這輩子給這孩子的實在太少，太少了。

這時碧心已整理好包袱，從楚瀚手中接過孩子。楚瀚叫醒睡在門房的老僕人，讓他打起燈籠，送二人到城門口，等天亮城門一開，便趕緊出城去。他望著三人的身影在黑暗中漸漸遠去，暗暗鬆了一口氣，壓抑心中的悲哀傷痛，開始計畫自己的最後一步。

注胡家的《蟬翼神功》由楚瀚送給蛇族大祭師，傳入了貴州蛇族，但因語言隔閡，數十年中都未有人能練成。之後這部祕笈輾轉被天風老人取得，他憑著精湛的武學修爲，略加增減改進，使練者不必再在幼年時於膝蓋中嵌入楔子，「蟬翼神功」遂成爲天風堡的鎮堡武功之一，令天風堡在輕功一門上獨領風騷數十年，無人能及。但後人皆不知這獨步武林的輕功，乃傳自成化年間三家村偷盜家族胡家傳下的「飛技」，此是後話。

第七十八章　無言之逝

楚瀚知道要殺萬貴妃，李孜省是關鍵人物。京城之中，唯一可能操控萬蟲囓心蠱的，便是此人。他趁著天還未亮，趕緊出門而去，來到李孜省御賜的大宅。他已來過這裡幾次，上回大祭師入京，便是住在李孜省的宅第之中。他很快便尋到了李孜省的臥房，用小刀撬開了窗櫺，跳入房中。他左腿傷重，手腳笨拙了許多，但是練成蟬翼輕功多年，他體內積蓄了一股清氣，身形仍舊十分輕盈，落地時竟未發出任何聲響。

他來到李孜省的床前，伸手點上眼前人胸口的膻中穴。李孜省氣息受阻，登時全身動彈不得，一睜眼，見到一個白髮老人站在自己身前，嚇得驚叫出聲。

楚瀚早已伸手捂住了他的嘴，將小刀抵在他的喉頭，說道：「不准出聲！告訴我，你們是如何用蠱毒害太子的。說實話，我便饒了你性命！」

李孜省感到那柄刀的刀鋒直抵在自己喉頭，趕緊定下神，呑呑吐吐地道：「我……我……什麼都不知道……」楚瀚手上用力，刀鋒切破他的咽喉肌膚，流出血來。

李孜省嗚咽了兩聲，呑了一口口水，這才道：「是，是！萬貴妃知道這蠱很厲害，很早便派親信宦官將那木盒子交給了我，但是我並不會施用這蠱，只將盒子牢牢鎖在櫃子裡。我知道這蠱危險非常，但是……但是對宦官好似沒有作用，可能因為他們已不是……不是正常人了吧？」

楚瀚一呆，他從來沒想到這一層，喝道：「說下去！」

李孜省道：「後來……我就想了一個主意，將一本《資治通鑑》的第一卷中間挖空了，吩咐一個小宦官將木盒從櫃子裡取出，藏在書裡，並讓他拿去太子的書房，跟原來的第一卷調換了。」

楚瀚聽他所說，和自己猜想十分相近，心中大為後悔：「我怎麼沒有想到他們會使出這一招？實在太過大意！」喝道：「後來呢？」

李孜省一驚，又忙接下去道：「但是過了一個月，太子始終未曾受到誘惑，我們都很覺奇怪。我之前從大祭師口中得知，血翠杉可以保護人不受這蠱的誘惑，便懷疑太子身上佩戴著血翠杉，於是決定讓柳子俊出手，偷走太子身上的血翠杉。」

楚瀚聽到這裡，心中痛悔已極：「原來如此！如果我早點發現他們的奸計，就不會陷太子於危了。」但是他也清楚，自己孤身一人，又沒有千手千眼，原本難以對抗他們這許多人合力設計陷害太子。他不再去想已經過去的事，問道：「那麼，那蠱應該還在那卷書中了？」

李孜省搖了搖頭，但發現小刀仍抵在自己頸中，又趕緊停下，不敢搖頭，說道：「我……我不知道？應該還在吧？」

楚瀚又問：「萬貴妃爲什麼急著要取得血翠杉？」李孜省茫然道：「我也不知道？可能她也怕人害她，怕了萬蟲齧心蠱，想要懷藏血翠杉自保吧？」

楚瀚伸指點上李孜省頭頂的百會穴，讓他昏厥過去，閃身離開，往皇宮趕去。他潛入太子的宮中，這時已然天明，宦官宮女聽見昨夜的騷動，但又不敢闖入太子宮中探視，都是惶惶不安。麥秀站在太子宮門口外，神色嚴肅，對一眾宦官宮女低喝道：「大家少安勿躁，各作各事。太子沒事，誰敢散播謠言，嚴懲不貸！」

楚瀚在屋內等候，麥秀訓完了話，回身走入太子宮中，他見到楚瀚，一個箭步跳上前，握住了他的手，急道：「楚大人！太子呢？這裡發生了什麼事？」待看清了他的容顏，睜大眼睛，驚道：「你……你的頭髮怎麼了？」

楚瀚道：「太子無事，不必擔心。你跟他們說太子病了，需閉門休養，誰都不見。」

這時鄧原也來了，他見到楚瀚形貌劇變，也是一呆。楚瀚無暇解釋，只道：「太子平安無事，他在城東的一間大屋裡。小凳子，你趕緊帶人抬了轎子去，悄悄地將太子接回宮來。」當下告知蛇族大祭師住處的方位。麥秀和鄧原見到他陡然衰老的模樣，難掩驚詫，但聽事情緊急，關乎太子的安危，也不多問，立即去辦，麥秀出去宣布太子身子不適，閉門不見人，鄧原則帶了幾個親信手下，出宮而去。

楚瀚來到太子的書房，見到一團黑色的身影蜷曲在地上，正是小影子。他一驚，蹲下身去，但見小影子四肢不斷抽動，口中發出低沉而悽厲的吼聲，不時全身痙攣，張開口想要吸氣，卻好似無法吸入。

楚瀚知道牠就快要死去了，不禁淚如雨下，輕輕抱起牠瘦骨嶙峋的身子，靠在自己臉上摩娑著，哭道：「小影子，小影子！我們盡心盡力保護太子，現在我們都已經老了，都快要死啦。你放心，太子沒事，他能活下去。小影子，你安心地去，我很快就來陪你了！」

小影子見到他，似乎放下了心，鬆了一口氣，手腳又抽動了幾次，心臟便停止跳動了，瞳孔放大，就此死去。

楚瀚淚流不止，不斷親吻小影子的臉面手腳，良久才狠下心，將牠輕輕放在暖爐旁的坐墊上，牠生前最喜歡蜷成一團呼呼大睡的地方。

楚瀚忍住心頭悲痛，來到太子的書桌之前，見到一卷書放在書桌之上，攤開在第一頁。他走上前去，果然見到書的中間被挖空了，裡面端端正正地躺著一顆血紅色的小鳥心臟，正穩定地跳動著。

楚瀚已然中蠱，便也無懼於這萬蟲齧心蠱，低頭直視，冷然道：「蠱啊蠱，你當眞害人不淺！」

那小鳥心臟突然扭曲起來，開始幻化，變成曾經出現在他手臂上的那對嘴唇，咭咭笑了起來，開口說道：「是你！」

楚瀚道：「不錯，是我。」

那嘴唇尖聲而笑，說道：「你已是我的囊中之物，需得聽我指令。快帶我回去我主人巫王那兒！」

楚瀚哼了一聲，說道：「我反正快死了，何須聽你的指令？我要毀掉你！」

那嘴唇抿成一個詭異的微笑，說道：「你毀不掉我的。你一毀掉我，自己就沒命了！」

楚瀚哼了一聲，他知道自己還不能就死，需得運用短暫的餘命刺殺萬貴妃，以保障太子的安全，尋思：「我腿已受傷，行刺不易。不如我這便將蠱送入昭德宮去，讓萬貴妃也中蠱而亡。」

想到此處，當即伸手將書闔上，揣入懷中。豈知這蠱的魔力極強，一入他手，便在他腦中尖聲呼叫，唆使他立即離開皇宮，去尋巫王。他感到頭痛欲裂，更管不住自己的身子，如同喝醉酒一般，跌跌撞撞地往宮外走去。他心中焦急，拚命想扔下這蠱，返回昭德宮，但卻無論如何也無法將那本書從懷中掏出。幸而他穿著宦官服色，其他宮女宦官見到一個白頭宦官捧著一本書，一跛一拐地在宮中行走，雖感到奇怪，卻也並未懷疑他是宮外之人。

楚瀚一路與萬蟲齧心蠱對抗掙扎，經過司禮監南司房時，忽然見到一個熟悉的身影匆匆從南司房出來，卻是大太監梁芳。外邊有個人在等候著，但見他臉上包紮著紗布，手中慎重地端著一只精緻的圓形翡翠盒子。

楚瀚心中一凜，強大的好奇心占了上風，勉力壓抑住蠱對自己的箝制，一躍上樹，隱身在枝葉間，低頭望去，但見那頭包紗布的人正是柳子俊。他伸手打開翡翠圓盒的盒蓋，給梁芳看，裡面盛著的正是柳子俊從太子那兒取得的血翠杉。赭紅色的血翠杉在碧綠的翡翠襯托之下，顯得更加搶眼奪目。

梁芳見到血翠杉，又驚又喜，說道：「眞是這事物！主子問了很多次了，這事物可終究被你取到了！快，快讓我呈上去給主子！」

柳子俊卻拉住了他，問道：「主子答應讓我擔任吏部侍郎，可不會反悔吧？」

梁芳道：「這個自然！不用擔心，你在這兒等我的好消息便是。」說著接過那只翡翠盒子，關上盒蓋，讓小宦官捧著，快步往昭德宮走去。

楚瀚怎能放過這個機會，一咬牙，奮力抗拒蠱的斷喊催促，悄然落地，跟在梁芳和那小宦官身後。他耳中聽見那蟲不斷尖聲質問：「你想幹什麼？你想幹什麼？」

楚瀚置之不理，只顧跟著梁芳和小宦官往昭德宮走去。他從懷中掏出那卷書，打開了，取出藏在書頁中的小鳥心臟，捏在右手掌心，用袖子遮住，另一手捧著那本書，裝作匆匆忙忙要送書去什麼地方一般，快步往梁芳追去。

蟲在他耳中尖聲大叫，叫聲撕心裂肺，竭力阻止他的行動。楚瀚咬牙忍耐，置若罔聞，快步來到小宦官身邊，裝作腳下一躓，摔倒在地，手中的書也跌了出去。那小宦官停下腳步，問道：「沒事麼？」

楚瀚狼狽萬狀地爬起身，口齒不清地道：「沒事，沒事。」伸左手在小宦官的手臂上扶了一把，小宦官怕他再次跌倒，伸手相扶。就在那一瞬間，楚瀚施展一生苦練的飛竹取技，右手一閃一落，盒蓋開而復閉，已將小宦官所持翡翠盒中的事物調換過了。梁芳和小宦官的注意力都集中在這踉蹌狼狽的白頭老宦官身上，矇然不覺。楚瀚放開小宦官的手臂，上前彎腰撿起跌落在地上的書，又低頭道：「對不住！對不住！」彎腰低頭，捧著書匆匆去了。

梁芳見他一頭白髮，更不曾懷疑他就是楚瀚，低聲罵了句：「老悖悔的，走路不帶眼睛！」他領著小宦官，快步來到昭德宮外，對宮女道：「快去稟報貴妃娘娘，柳子俊取得了寶物，特來進獻給主子。」

不多久，宮女便傳梁芳入內覲見。楚瀚這時已悄然來到昭德宮外，從窗外偷偷往內張望。

但見萬貴妃肥胖的身軀端坐在堂上，一見到梁芳，便揮手讓身邊的宮女全都出去，壓低了聲音，焦急地問道：「事情可辦成了麼？」

梁芳也壓低聲音，說道：「奴才聽太子宮中的人說，昨夜太子忽然病倒，拒不見人。事情想必是成了。」

萬貴妃大喜，說道：「好極，好極！我派柳子俊去偷走那血翠杉，果然有效！東西在哪兒，快拿來給我看看！」

梁芳招了招手，小宦官走上前，將翡翠盒子呈上給萬貴妃。

萬貴妃得意已極，伸手接過翡翠盒子，一手打開了，一手便去取裡面的事物，說道：「這件聞名已久的天下神物，可終於落入我的手中了！」

便在那一瞬間，萬貴妃的手僵在半空，臉色大變。她看清了翡翠盒之中的事物，竟然不是神木血翠杉，卻是一顆不斷跳動的小鳥心臟；再一定神，那心臟已幻化爲一張血紅的嘴唇！

楚瀚在宮外見到此情此景，忍不住哈哈大笑，笑聲悲愴已極，說道：「自作孽，不可活！」

萬貴妃臉色青白，雙眼直盯著那張不斷開闔的鮮紅嘴唇，霎時想明，這翡翠盒中盛放的，竟然便是中者必死的萬蟲齧心蠱！她一時不知是憤怒多些，還是恐懼多些，還是絕望多些。她用這蠱害了太子，豈知這蠱也害了自己！

梁芳和小宦官看清了翡翠盒中的事物，都驚得呆若木雞，不知所措。他們方才明明見到盒裡放著一段神木，怎會無端變成了一顆小鳥心臟？這是妖術麼？

昭德宮外的宦官宮女聽見宮中騷動，紛紛奔到門口，卻見一個白頭宦官當門而立，舉起雙手，厲聲喝道：「不可進去！」

眾人探頭見到門內的萬貴妃定在當地，一手持著一只翡翠盒子，臉色蒼白如鬼，一時都不知道發生了何事。

便在此時，一個面目醜怪如鬼、身形婀娜的女子翩然向著昭德宮走來。門外的宦官宮女見到她的臉容，都嚇得尖叫起來，紛紛退開。那女子一逕來到昭德宮門外，更不停步，從楚瀚身畔走入宮中，來到萬貴妃之前。只見她素手一伸，便收回了翡翠盒中那對血紅的嘴唇，攏入一節竹管之中，這女子正是巫王咪縍。

咪縍轉頭望向楚瀚，目光掠過他的一頭白髮和滿面皺紋，臉上神情愛憐橫溢，柔聲道：「喋瀚，你終究拉了你的大仇人陪你一起死，可遂了你的心願啦。這就好好地去吧。」說完便轉身離去，如一陣風般消失在宮外，竟沒有人敢上前阻止或追趕。

梁芳這時才定下神來，他眼見萬貴妃被人下了蠱，而這翡翠盒子乃是自己領著小宦官送來，裡面原本放著血翠杉，怎會突然變成了邪蠱？他一時想不明白，只知道自己若脫不了干係，那可是殺頭的大罪，立即伸手指著那白頭宦官，大嚷起來：「捉刺客！快捉住刺客！」眾宦官宮女七手八腳，將楚瀚捉住綁起，立即去稟告皇帝。

成化皇帝聽說竟有人敢在光天化日之下意圖行刺萬貴妃，怒不可遏，立即將此人下入廠獄審問。東廠錦衣衛聽梁芳等人言辭鑿鑿，而此人又在昭德宮中當場被捕，罪行昭然，當即判了個滿門抄斬。但楚瀚並無家人，妻子早已離異，兒子也不知下落，要斬也只能斬他一人，後來在鄧原和麥秀的暗中求情之下，才改為絞刑。

看守楚瀚的獄卒正是他的老友何美。何美知道此番楚瀚是死定了，悲悽不已，在獄中一邊掉淚，一邊悄聲問他道：「兄弟，有沒有什麼事情我可以替你去辦？有沒有什麼話要我替你轉傳？」

楚瀚感到有千言萬語想對泓兒說，但在此時此刻，只覺一切都已釋然，都已無關緊要。他緩緩搖了搖頭，說道：「我沒有話要說。只有這件事物，是我從太子宮中取出的，請你幫我交給麥秀麥公公，請他歸還給太子。」說著取出那段自己在廣西靛海中找到的血翠杉，交給了何美。何美垂淚道：「我一定替你辦到。」

次日清晨，錦衣衛將楚瀚押到刑場之上，準備行刑。楚瀚忽覺左胸劇痛，知道蠱毒入心，三日之期已至，蠱就將取走他的性命。他一生中對他最重要的人物倏忽在眼前閃過：恩人胡星夜，母親紀娘娘，父親汪直，紅粉知己紅倌，好友尹獨行，「影子」百里緞，前妻胡鶯，兒子楚越……還有親愛的幼弟，泓兒。

想起泓兒，楚瀚的嘴角不禁露出微笑，知道自己這一生是爲何而活，爲何而死：他爲了報恩而活，爲了保住泓兒而死。他報完了恩，也保住了泓兒，是該死的時候了。他忽見面前出現了幾個人影，抬頭望去，卻見母親、紅倌和百里緞三人站在不遠處，彼此正談笑著，形容歡暢，紅倌的手中赫然抱著一隻黑貓，正是小影子。

楚瀚也笑了，這三個他生命中最重要的女子都來了，都回到了他的身邊，他夫復何求？他隨即想起，她們都已去了另一個世界，包括小影子也早他一步去了。如果那個世界中有她們和小影子，那自己怎能不去呢？

他面帶笑意，從容坐下，閉上眼睛，低聲道：「我來了！」便吐出了最後一口氣。

同來行刑的錦衣衛懾於他的威勢，不敢侵毀他的屍身，只送到城外草草埋葬了，回去稟報交差。

胡鶯得訊後，神色木然，更未前來替他收屍，只當世上根本便不曾有過這個人。而尹獨行聞訊後，則痛哭失聲，悄悄買通東廠錦衣衛，到京城外的荒地中找到楚瀚埋身之處，替他收殮了屍身。他收養了楚瀚的獨子楚越，將他和碧心一起接回浙江老家住下。

他清楚知道楚瀚和百里緞一心想攜手回歸大越的夢想，決心完成好友的遺願。他火化了兩人的遺體，囑咐家人照顧獨子尹思瀚和楚越，自己喬裝改扮成個邋遢和尚，帶著兩個骨灰罈，毅然獨行千里，穿越靛海，來到大越國境內。

他在大越國南北遊訪半載，選了塊山明水秀的高地，將兩個骨灰罈埋葬了，立了一個墓碑，上書「瑤人楚瀚及愛侶百里緞之墓」。他向墳地跪拜三次，放眼望向鋪展在面前蜿蜒清澈的洮江，翠綠沃饒的水田，薄霧環繞的山巒，想起摯友楚瀚一生，心中悲慟，不禁愴然淚下。

兩年之後，萬貴妃毒發暴薨。成化皇帝頓失依恃，傷慟欲絕，終日痛哭哀號，形銷骨立，數月之後，便也駕崩了。

十八歲的太子朱祐樘登基，年號弘治。他登基後的第六天，便罷黜一眾得勢的小人，將李孜省下了詔獄，以結交近侍罪處斬，其妻流放二千里；後來李孜省恩詔免死，流放邊疆充軍，卻因往年作惡太多，在邊疆被官民揍打不絕，終至瘐死。

弘治皇帝將梁芳貶去南京，不久他便下獄審問，死在獄中。皇帝並從鳳陽召回受貶的懷恩，命他重掌司禮監。懷恩力勸皇帝逐退萬安等佞臣，任用正直的大臣王恕，皇帝採納，同時重用賢臣劉健、謝遷、李東陽等人，於是正直之士紛紛進用，朝政於一夕之間轉爲清明。皇帝並派遣鄧原出鎮福建，麥秀出鎮浙江，其他派出去的鎮守太監率都守法勤懇，廉潔愛民。弘治皇帝勵精圖治，掌政期間政治醇美，君德清明，端本正始，號稱「弘治中興」。

一夜，弘治皇帝親自批閱前朝宮廷實錄，讀到西廠一段，歷數汪直和楚瀚掌控西廠時的倒行逆施，大興冤獄，害人無數；二害最終惡貫滿盈，一遭流放，一遭處死。

弘治讀到此處，想起楚瀚死前的種種情事，不禁痛心落淚，親筆寫了《楚瀚實錄》：

「楚瀚，大籐瑤人也。父汪直，母紀氏，即朕母孝穆皇太后也。瀚生於顛沛，長於患難，死於罪刑。然天下無楚瀚，即無朕也。朕初生時，瀚護朕於襁褓之中；及長入居東宮，則日夕護衛，經年不輟。瀚之入西廠，助直爲惡，非出己意，咸爲保朕太子之位也。及後朕中邪蠱，瀚捨命相救，毒入己身，終致折壽。瀚相護之義高於天，兄弟之情深於海。然其惡名之入史，朕心豈能安耶？」

但弘治畢竟是一代賢君，知道這段文字不能流傳下去，擦乾眼淚後，便將這親筆寫下的實錄就著燈火燒毀了，卻仍舊於心不忍，又提筆將楚瀚的名字自宮廷實錄中刪去，只留下了汪直。他相信如果讓楚瀚自己選擇，與其惡名流傳千古，他寧可寂寂無名，被歲月所湮沒。

想當年楚瀚一個被父母遺棄的孤兒，孑然一身，跛著腿在京城街頭以乞討和偷竊維生；其後竟高居錦衣衛五千戶、正留守指揮，掌控西廠，呼風喚雨，炙手可熱。然而一切都如夢幻雲煙，轉眼即逝。楚瀚這名字果真並未流傳下來，他出神入化的絕世飛技，驚人傳奇的身世沉浮，那一段段痛徹心扉的赤誠眞情，轉眼全歸於寂滅。

古語云：「小賊竊錙銖，大賊竊天下。」

楚瀚以小賊而入大賊，施展曠世取技謀奪天下，終於爲世人盜得了一段長治久安的平靖之世。一代神偷楚瀚出手謀奪天下，卻並非爲己。他身後唯一爲世人留下的，只有一位「恭儉有制，勤政愛民」，「用使朝序清寧，民物康阜」，足與漢文帝、宋仁宗並稱的一代賢主——明孝宗朱祐樘。

（全書完）

注 孝宗皇帝享年三十六歲。據說他是由於感染風寒，誤服藥物，鼻血不止而死。小說家懷疑他實爲蠱發身亡。本故事中，楚瀚將所有剩下的生命都交給了蠱，以延長泓兒的性命；孝宗皇帝原本該在十六歲夭折，以此而得延壽至三十六歲。時限一到，蠱毒發作，才令孝宗皇帝英年早逝。

後記

別人寫書，大多寫完一本，再寫後傳、續集、再續集。我卻從後面寫起，寫了明世宗時代的《天觀雙俠》後，回頭完成武宗時代的《靈劍》，之後又起心寫再之前的憲宗時期的《神偷天下》。可能因爲明朝愈往後愈灰暗恐怖，我翻來覆去地閱讀《明史》，都找不到好的歷史切入點，最後才決定往回寫，寫明朝最好的皇帝之一——明孝宗朱祐樘的傳奇故事。

孝宗皇帝的出生原本就充滿了故事性，本書中敘述他的幼年，基本上維持歷史原貌。如他的生母紀氏是瑤人，懷胎後萬貴妃令宮女去「鈎治」了胎兒，宮女卻好心放過了她；孩子出生後萬貴妃派門監張敏去溺死嬰兒，張敏卻不忍心，反而相助隱藏孩子。這孩子一藏六年，在一眾宮女宦官的合作下，將萬貴妃全然蒙在鼓裡。一次張敏在替皇帝梳頭髮時，大膽說出了眞相，懷恩在旁證實，成化皇帝喜出望外，立即召見；紀氏替他穿上小紅袍，囑咐他見到堂上留鬚者，便是他的父親。小皇子當時六歲，頭髮從未剪過，長髮垂地，來到堂上，走上去便投入了成化皇帝懷中。成化皇帝高興極了，抱著他說：「這孩子像我！」就此認了這個孩子。之後張敏自殺，紀妃也不明不白地死去，一說是被萬貴妃害死，而這孩子終於受封爲太子，成爲後來的孝宗皇帝。

孝宗皇帝的身世十分令人同情，他身邊的親人一一爲他犧牲，張敏和母親這兩個從小照顧他的人都在他成爲太子之前死去。明史上說他在母親去世時「哀慕如成人」，可見他對母親感情十分眞摯。在成長過程中能與母親朝夕相處、建立深厚感情的，明朝皇帝中可能只有孝宗一人。他的童年是比較正常的，雖然歷盡艱辛危險，但卻充滿了母愛和關懷，這或許解釋了他日後爲什麼較能體會民間疾苦，有著清楚的頭腦，成爲明朝最好的皇帝之一。

孝宗皇帝稟性仁厚，即位後並未對政敵加以報仇、大開殺戒，對殺母仇人萬貴妃的家屬寬容對待。他也是個知恩圖報的人，廢后吳氏在他幼年時曾照顧過他，孝宗即位後，感念她的恩德，對她多般禮敬。《明史．史列傳第一》說道：「孝宗生于西宮，后保抱惟謹。孝宗即位，念后恩，命服膳皆如母后禮，官其侄錦衣百戶。」

我在這個基礎上再添故事，加入了孝宗的同母異父的哥哥——楚瀚這個人物。楚瀚跟其他主角都不一樣，他沒有凌霄的靈能正氣，沒有凌昊天的任性狂傲，更沒有趙觀的俊美機巧。他是個在苦難中長成的貧童，自幼以偷竊維生，不曾讀書，更沒有高深的學問或遠大的理想。但他和他的母親及弟弟一樣，生性寬容，擇善固執。他謹愼沉默，善於忍讓而有智謀。他鄙視自己的父親，最終仍舊寬恕他，讓他不致死於非命。就如孝宗與萬貴妃有殺母之仇，最後卻仍以寬恕之心對待，不曾對其家屬趕盡殺絕，這在宮廷鬥爭之中是極其少見的。

關於偷盜之村三家村的想法，其實在我高中時就有了。我想像三個以偷盜為業的家族，各懷絕技，村中定期舉辦偷盜大賽，彼此爭強，看誰能偷到最珍貴的寶物。想想那也是二十多年前的事了，誰想得到少年時期的一個想法，可以在腦子中潛伏這麼長的時間，才終於有機會出見天日，躍於紙上。

紅倌原本只是一個小配角，沒想到我愈寫愈喜歡她，最後她的戲份加重了許多，成為楚瀚的初戀情人。楚瀚跟她都是社會底層的人物，相識相憐，很快便彼此交心，結下情緣。在以往武俠小說中，男主角的初戀似乎比較神聖嚴肅，大多遵守禮教，兩人以禮自持，直至婚嫁；但楚瀚和紅倌顯然沒有受到任何禮教的束縛，認識不多久便同床共枕，情熱如火，甜蜜如膠。他們當時年紀都很小，大約只有十五六歲。這段青少年男女之間的情緣是非常純真、非常美好的。楚瀚當時並不知道，這段情緣是他一生中最輕鬆、最美好、最甜蜜的時光，往後竟再也不可復得。當他見到紅倌成為好友尹獨行的妻子時，忍不住痛哭流涕，就是因為省悟他已徹底失去了這段美好的情緣，而當年竟是自己親手捨棄了它，無論心中有多少痛悔遺憾，都已經太遲了。紅倌代表的，正是楚瀚少年時期的天眞純淨。

楚瀚的正妻是胡鶯。胡鶯是個非常不可愛的女子，兩人雖生了個兒子，但毫無情義可言。這也有點反傳統，男主角不是應該非至愛不娶嗎？爲什麼會去娶一個無關緊要的女子？我想《神偷天下》的故事中反映了更多的現實世界，在那個時代的現實中，能與自己相愛的人共結連理者畢竟是少數。楚瀚是個生活在非常現實世界中的人物，他有著層層的羈絆，種種的牽扯，最後他決定娶胡鶯，也是出於諸多考量，而愛情並不是其中之一。即使娶了妻，他仍舊以百里緞爲重，花了許多心思時間陪伴她，給妻子的只有冷淡和虛應。而胡鶯在不斷嫌棄楚瀚貧窮之後，也一怒之下紅杏出牆，兩人同床異夢，漸行漸遠，最後這對夫妻連形同陌路都不是，幾成仇敵。胡鶯代表的，是楚瀚身邊不斷利用他、折磨他、消耗他的一群人，包括梁芳、汪直、柳子俊、胡月夜和上官無嫣等。這些人將他磨成了醜惡的爪牙，他的青年時期便是失陷在這一批人的漩渦之中，無法自拔。

然而不論楚瀚娶了誰，幹下如何可鄙的惡事，他心中最在意的人，也是他的救贖的，正是百里緞。

百里緞也不同於以往的女主角，她雖美貌，但性格殘酷冷傲，是個殺人不眨眼的錦衣衛，個性上毫無可愛之處。她和楚瀚間的情感是很奇特的，他們都生活在黑暗中，是世上少數輕功不相伯仲的人物。兩人在靛海中被蛇族追殺的過程中，不得不互相倚賴，互相信任，培養起過人的默契，以致成爲心靈相通的彼此的「傷疤」，使他們兩人的命運緊緊地連結在一起。他們兩人之間實在不能說是男女愛情，而是類似戰友或同袍的緊密情感。楚瀚對她從來沒有如對紅倌那般的熱戀和甜蜜，他只是知道自己應該照顧她，疼愛她，因爲她是他的一部分。

百里緞也是一般。她最後選擇背棄萬貴妃，爲楚瀚受盡酷刑，堅不屈服，因爲她也將楚瀚當成了自己。當她聽說楚瀚要回家鄉去娶恩人的女兒、青梅竹馬的小妹妹時，心中完全沒有嫉妒，只淡淡地祝福他。她並不需要楚瀚娶她或給她什麼名分，她知道這些都不重要。爭取到名分又如何？爲他生個兒子又如何？她和楚瀚原本就是一體的，兩人之間已是同生共死的情誼，沒有別的可說。

靛海中的經歷將二人的身心緊緊地綁在一起，而大越國的經歷則是他二人最美好的共享經驗。在那兒，百里緞第一次打扮得美艷動人；在那兒，楚瀚第一次見到百里緞純善天眞的一面。他們在大越國時能夠自在地展現自我，回到京城後便不得不掩蓋壓抑，再也無法重見天日。因此他們都極想回去，雖然大越不是他們的家鄉，他們停留在大越也不過短短數月的時間，還曾受到大越皇帝黎灝的壓迫，但回歸大越，就等同回歸他們最原始的自我，找回他們被熏染之前的眞面目。楚瀚承諾帶百里緞回去大越國，這是他們二人到死都一直不能放棄的夢想和嚮往。最後這個夢想的實現，是靠了尹獨行千里跋涉，帶著二人的骨灰歸葬大越，回到他們魂縈夢牽的歸宿。

在寫《神偷天下》寫到兩百多頁時，我忽然一時興起，開始重看《天觀雙俠》。這一看就沒法停下，說來可笑，我竟被自己早期的作品迷住了，從前半開始看，連續看了好幾天，無法停下，一直看到結尾。一來我很驚訝自己早期作品竟然這麼有魅力，二來也看出其中不少粗疏之處，如用辭不夠精準妥當，或情節轉折太快等等。

魅力的來源，主要是凌昊天和趙觀這兩個主角：他們的個性十分突出，卻又截然不同。他們都爽快大度，都豪邁英雄，他們的行徑，每每令我感動；他們的對白，每每令我莞爾。《天觀雙俠》的基調是明快的，凌昊天每回出場都展現過人的武功勇氣，令人折服；他精通琴棋書畫，武功高絕，是個天之驕子，雖然身受冤枉，最終總能眞相大白。趙觀則俊美得要命，風流得要命，每出場總是瀟灑俊逸，占盡上風，贏遍美女青睞。他們都是天生的英雄豪傑，開開心心，痛痛快快，加上整體情節則曲折而快速，一氣呵成，有讓人不斷讀下去的衝動，這是《天觀雙俠》引人入勝之處。

《神偷天下》的主角沒有那麼神勇。楚瀚是個稱不上英雄的人物，他出場從來不會引人注目，所受的訓練全是讓他躲在暗處，偷竊物品或刺探消息，絕對不能引人注意。他只會飛技取技，雖跟隨虎俠學過一些點穴的技巧，但是武功從來也沒有入流。然而一個偷子也有他生存的權利，小人物也一樣能爲天下立功。如果說《靈劍》是悲壯，《天觀雙俠》是歡快，《神偷天下》便是沉鬱。《神偷天下》訴說的是一個無可奈何的情境，一個身不由己的人物。

另外我學到的還有：寫新書時千萬不要去看舊作。一來分心，二來費時，三來徒然給自己帶來壓力——新書寫得不如舊作怎麼辦？最後只能承認，作爲一個武俠小說作者，從十八歲開始寫，直到現在三十多歲，心境不可能始終不變。歲月和經歷都將讓我的作品不斷轉型，不斷演變。在寫舊作時有其特殊的背景和心境，寫新作時也是一般。我不能不隨時間成長變化，我的小說也不得不跟著我的成長而變化。變化中有沒有進步？有沒有新意？有沒有突破？這些應是我需要留心的重點。金庸大師的小說公認晚期較佳，表示他愈寫愈好，愈寫愈得心應手，我也期待自己能在不斷創作的過程中有所進步。

我愛看小說，喜歡沉浸在小說創造的情境之中，但是寫小說是很孤獨很苦悶的。寫不出來時，不想寫時，誰也幫不上你的忙。我發現自己必須愛上主角，必須與他感同身受。如果我自己不歡喜，不痛苦，又怎能寫出人物的歡喜和痛苦呢？但是愛上主角，就得隨著主角的苦樂感受而經歷種種情緒起伏，這是很辛苦，很辛苦的事情。

寫這部書的期間，我又懷了第五胎，生了第五個孩子。懷孕和照顧初生嬰兒的極度疲勞，讓這本書的進度變成龜速，算算從懷孕四個月起，到寶寶出生四個月後，前後九個月的時間，一共只有六十頁的進展，平均每五六天才寫一頁，基本上大部分的日子根本沒打開這個故事的檔案。

直到老五滿四個月了，在可愛的編輯雪莉的軟求硬逼之下，我才強迫自己重新進入這個故事，有計畫地、超快速地將這本書寫完。最快的時候，一天可以寫超過三千字。這是在我還得兼顧給寶寶餵奶，督促另外四個大的作功課、讀書和練琴，以及幫孩子的學校作各種義工的情況之下，最快的速度了。

感謝雪莉殷勤的督促，並給了我很多中肯的修改意見；另外也要感謝牛君老師幫我審閱草稿，指出種種錯誤並提出許多極好的建議。

感謝家人長久以來的支持，孩子們是我寫作最大的干擾和阻力，也是我最大的希望和動力。希望有一天你們能看得懂媽媽寫的書。

鄭丰　於香港

二〇一一年五月三十一日

神偷天下・卷三（最終卷）

作　　者／鄭丰
企劃選書人／楊秀真
責 任 編 輯／王雪莉
行 銷 企 劃／周丹蘋
業 務 企 劃／林非影
行銷業務經理／李振東
總　編　輯／楊秀真
發　行　人／何飛鵬
法 律 顧 問／台英國際商務法律事務所　羅明通律師
出版／奇幻基地出版
城邦文化事業股份有限公司
台北市 104 民生東路二段 141 號 8 樓
電話：(02)25007008　傳真：(02)25027676
網址：www.ffoundation.com.tw
e-mail：ffoundation@cite.com.tw
發行／英屬蓋曼群島商家庭傳媒股份有限公司城邦分公司
台北市 104 民生東路二段 141 號 11 樓
書虫客服服務專線：(02)25007718・(02)25007719
24 小時傳真服務：(02)25170999・(02)25001991
服務時間：週一至週五09:30-12:00・13:30-17:00
郵撥帳號：19863813　戶名：書虫股份有限公司
讀者服務信箱 E-mail：service@readingclub.com.tw
歡迎光臨城邦讀書花園 網址：www.cite.com.tw
香港發行所／城邦（香港）出版集團有限公司
香港灣仔駱克道 193 號東超商業中心 1 樓
電話：(852) 2508-6231 傳真：(852) 2578-9337
e-mail : hkcite@biznetvigator.com
馬新發行所／城邦（馬新）出版集團
【Cite(M)Sdn. Bhd.(458372U)】
11, Jalan 30D/146, Desa Tasik, Sungai Besi, 57000 Kuala Lumpur, Malaysia.
電話：603-9056 3833　傳真：603-9056 2833

封面設計／黃聖文
排　　版／浩瀚電腦排版股份有限公司
印　　刷／高典印刷有限公司
■2011 年（民 100）7 月 28 日初版一刷
■2011 年（民 100）8 月 24 日初版十九刷

售價／250元

國家圖書館出版品預行編目資料

神偷天下・卷三／鄭丰作, -初版-台北市：奇幻基地出版；家庭傳媒城邦分公司發行；2011. 07
（民100. 07）
面：公分. -（境外之城）

ISBN　978-986-6275-46-3（卷3：平裝）

857.9　　100011613

ISBN　978-986-6275-46-3
Printed in Taiwan.

奇幻基地部落格
http://ffoundation.pixnet.net/blog

鄭丰的武俠夢部落格
http://emprisenovel.pixnet.net/blog

城邦讀書花園
www.cite.com.tw

廣　告　回　函
北區郵政管理登記證
台北廣字第000791號
郵資已付，免貼郵票

104台北市民生東路二段141號11樓

英屬蓋曼群島商家庭傳媒股份有限公司城邦分公司 收

請沿虛線對摺，謝謝

奇幻基地

每個人都有一本奇幻文學的啓蒙書

奇幻基地部落格：http://ffoundation.pixnet.net/blog

書號：1HO027　　書名：神偷天下・卷三

請於此處用膠水黏貼

奇幻基地

讀者回函卡

謝謝您購買我們出版的書籍！我們誠摯希望能分享您對本書的看法。請將您的書評寫於下方稿紙中（100字為限），寄回本社。本社保留刊登權利。一經使用（網站、文宣），將致贈您一份精美小禮。

姓名：＿＿＿＿＿＿＿＿ 性別：□男 □女

生日：西元＿＿＿＿年＿＿＿＿月＿＿＿＿日

地址：＿＿＿＿＿＿＿＿

聯絡電話：＿＿＿＿＿＿＿＿ 傳真：＿＿＿＿＿＿＿＿

E-mail：＿＿＿＿＿＿＿＿

您是否曾買過本作者的作品呢？□是 書名：＿＿＿＿＿＿＿＿ □否

您是否為奇幻基地網站會員？□是 □否（歡迎至http://www.ffoundation.com.tw免費加入）

請於此處用膠水黏貼